크리스마스
피그

크리스마스 피그

J.K. 롤링 지음 | 짐 필드 일러스트 | 공보경 옮김

문학수첩

데이비드에게

— J.K. 롤링

샌디와 롤라에게

— 짐 필드

차 례

제 1 부
더 피그

디 피그

디 피그는 부드러운 수건 재료로 만들어진 작은 돼지 인형이다. 배 속에 작은 플라스틱 콩들이 담겨 있어서 던지면 재미난 소리가 났다. 부드러운 발은 눈물을 닦아 내기에 딱 알맞았다. 디 피그의 주인 잭은 어린 아기라 밤마다 디 피그의 귀를 쪽쪽 빨며 잠들었다.

이 인형에게 '디 피그'라는 이름이 붙게 된 것은 어린 잭이 '더 피그the pig' 발음이 되지 않아 '디 피그'라고 불렀기 때문이다. 원래 디 피그는 반들거리는 까만 플라스틱 눈이 달리고, 몸에 주황빛이 도는 분홍색 돼지 인형이었다. 하지만 잭은 디 피그의 예전 모습을 기억하지 못했다. 잭에게 디 피그는 언제나 지금처럼 색이 바래 회색이 다 되고, 입으로 하도 빨아서 귀 한쪽이 뻣뻣해진 인형이었다. 어느 날 플라스틱 눈알이 쏙 빠져서 디 피그는 한동안 그 자리에 구멍이 뻥 뚫린 채로 있었다. 간호사인 잭의 엄마가 없어진 플라스틱 눈알 대신 그 자리에 작은 단추를 꿰매 넣었다. 그날 오후 어린이집에 갔다가 집에 돌아온 잭은 모직 목도리를 덮고 주방 식탁에 누워 있는 디 피그를 발견했다. 디 피그는 잭이 와서 눈을 덮은 작은 붕대를 풀어 주기를 기다리고 있었다. 엄마는 디 피

13

그의 의료 기록도 적어 놓았다. '디피 존스. 단추 부착 수술을 받음. 수술 의사: 엄마.'

눈 수술 후 다들 디 피그를 줄여서 '디피'로 부르기 시작했다. 잭은 두 살 때부터 디피 없이는 잠자리에 들려고 하지 않았다. 디피가 툭하면 어디론가 사라지는 바람에 잠잘 시간이면 디피를 찾느라 소동이 벌어지곤 했다. 엄마, 아빠가 디피를 찾는 데 꽤 오랜 시간이 걸릴 때도 있었다. 디피는 여기저기에서 모습을 드러냈다. 아빠의 운동화 속에 숨어 있거나 화분 안쪽에 구겨진 채로 박혀 있기도 했다.

주방 서랍에 웅크리고 있거나 소파 쿠션 밑에 숨어 있는 디피를 찾아낼 때마다 엄마는 물었다.

"왜 계속 디피를 숨겨 놓니, 잭?"

그건 잭과 디피, 둘만의 비밀이었다. 잭은 디피가 알맞게 숨어 들어가 잘 수 있는 아늑한 장소를 좋아한다는 사실을 알고 있었다.

디피는 잭이 하는 행동은 뭐든 따라 하고 싶어 했다. 아빠는 덤불 밑 은신처에 숨어 있는 잭을 찾아내 공중으로 휙 던졌다가 품에 안아 주는 놀이를 하곤 했는데, 잭은 디피를 그렇게 던져 주며 같이 놀았다. 디피는 몸이 더러워지는 것도, 어쩌다 물웅덩이에 떨어지는 것도 개의치 않았다. 잭과 함께 즐겁게 놀면 그만이었다.

세 살 때 잭은 디피를 재활용품 통에 집어넣은 적이 있었다. 엄마가 그 통을 재활용품 담는 통^{recycling bin}이라고 말하는 걸 들은 잭은 그 통이 자전거와 관계가 있는 줄 알았다. 그래서 엄마가 주방에서 나가길 기다렸다가 디피를 그 통에 집어넣었다. 뚜껑을 닫으면 그 안에서 디피가 자전거를 타고 놀 거라고 상상했다. 그 안에서 물건들이 몰래 움직이는지 보려고 뚜껑을 한 번씩 살그머니 열고 안쪽을 들여다보곤 했다. 잭의 말을 들은 엄마는 웃으며 설명해 주었다. '재활용'은 자전거 타기와는 아무 관계가 없다고, 이 통에 담긴 물건들은 멀리 떠나 다른 물건으로 변해서 완전히 새로운 삶을 살게 된다고. 잭은 디피가 멀리 떠나는 것도 싫고 다른 무언가로 변하는 것도 싫었다. 그래서 다시는 디피를 재활용품 통에 집어넣지 않았다.

디피는 온갖 곳을 모험하고 다닌 덕분에 몸에서 재미난 냄새가 났다. 잭은 디피의 몸에서 풍기는 그 냄새가 무척 좋았다. 디피가 모험을 떠났던 장소들의 냄새, 따뜻하고 컴컴한 동굴 같은 잭의 담요 속 냄새, 그리고 엄마의 향수 냄새 등이 다 섞여 있었다. 엄마의 향수 냄새가 풍기는 이유는 엄마가 밤마다 잭의 방으로 들어와 잭에게 잘 자라고 말하면서 디피도 같이 안고 뽀뽀를 해 주었기 때문이었다.

엄마는 디피의 몸에서 냄새가 너무 심하게 난다 싶으면 세탁기에 넣고 돌리곤 했다. 디피가 처음 세탁기에 들어갔을 때 잭은 화나고 겁이 나기도 해서 주방 바닥에 드러누워 악을 쓰며 울었다. 엄마는 디피가 세탁기 속에서 빙글빙글 도는 놀이를 재미있어 한다고 잭에게 설명해 주려 했지만 잭은 들으려 하지 않았다. 그날 밤 디피가 보송보송하게 마르고 부드러워지고 세탁 세제의 향긋한 냄새를 풍기는 상태로 잭의 동굴 같은 담요로 돌아온 후에야 잭은 엄마를 용서했다. 그 후 잭은 디피가 한 번씩 세탁기에 들어가는 일에 익숙해졌지만, 디피가 원래 몸에서 풍기던 냄새를 다시 풍기게 되기를 기다렸다.

잭이 네 살 때 디피에게 최악의 사건이 일어났다. 디피가 해변에서 사라진 것이다. 해변에서 놀고 난 뒤 아빠는 수건들을 챙겼고 엄마는 잭을 스웨트 셔츠로 갈아 입혔다. 그동안 잭은 문득 디피를 해변 어딘가에 묻어 둔 사실을 떠올렸다. 하지만 어디 묻었는지 기억이 나지 않는 게 문제였다. 그들은 해가 저물고 해변에 사람이 거의 다 없어질 때까지 디피를 찾고 또 찾았다. 아빠는 짜증을 냈고 잭은 서러워서 엉엉 울었다. 엄마는 희망을 잃지 말라고 잭을 계속 달래며 손으로 주변의 모래를 이리저리 파 보았다. 결국 아빠는 디피를 두고 떠날 수밖에 없다고 선언했는데, 그때 마침 맨발로 모래를 쿡 밟은 잭의 발가락이 말캉한 물건에 닿았다. 모래 속에 파묻혀 있던 디피를 끄집어낸 잭은 행복해서 눈물을 흘렸다. 아빠는 다시는 디피를 해변에 데려오지 말라고 했지만, 잭은 그런 처분은 불공평하다고 생각했다. 잭이 애초에 디피를 모래 속에 묻은 것도 디피가 모래를 좋아하기 때문이었다.

엄마와 아빠

잭이 학교에 다니기 시작하기 직전에, 학교에서 부모님에게 보낸 편지가 집에 도착했다. 학교 첫날 아이가 좋아하는 애착 인형을 가지고 등교하게 해 달라는 내용이었다. 잭의 반 친구들은 전부 테디 인형을 가져왔지만 잭은 당연히 디피를 데려왔다. 아이들은 차례로 교실 앞으로 나가서 자기 애착 인형의 이름이 무엇이고 왜 그 인형을 좋아하는지 설명했다. 드디어 차례가 된 잭은 디피의 이름이 디피인 이유, 디피가 눈 수술을 받은 이야기, 해변의 모래사장에 디피를 묻었다가 영원히 잃어버릴 뻔한 이야기를 아이들에게 들려주었다. 반 친구들은 디피와 디피의 모험에 대한 이야기를 재미있게 들었다. 잭이 이야기를 마치자 다들 박수를 쳐 주었다. 디피는 겉모습은 제일 초라한 편이었지만 누가 뭐래도 반에서 제일 재미있고 흥미로운 인형이었다. 쉬는 시간에 잭은 프레디라는 소년과 디피를 던지고 받으며 놀았다. 그러다 수업 시간이 되기 직전에 잭은 디피를 그만 물웅덩이에 빠뜨리고 말았다. 그날 저녁 디피는 또다시 세탁기에 들어가야 했다.

잭이 학교에서 힘들었던 날, 이를테면 받아쓰기 점수가 안 좋게 나왔다든지 프레디와 말다툼을 했다든지 누가 잭이 점토로 만든 한쪽으로 기울어진 병을 가지고 놀렸다든지 하는 날에도 디피는 언제나 작고 부드러운 발로 잭의 눈물을 닦아 줄 준비를 하며 집에서 기다리고 있었다. 잭에게 무슨 일이 일어나든 디피는 늘 곁에 머물며 잭을 이해하고 용서했다. 그리고 마음을 편안하게 해 주는 집 냄새를 한껏 안겨 주었다. 엄마가 디피를 아무리 자주 세탁해도 그 냄새는 언제나 다시 디피의 몸에 배어들었다.

학교를 다닌 지 얼마 되지 않은 어느 날 밤, 시끌벅적한 소리에 잠을 깬 잭은 얼른 디피에게 손을 뻗어 어둠 속에서 꼭 끌어안았다. 누군가 고함을 지르고 있었다. 아빠 목소리 같았다. 이어서 뭔가가 부서지는 소리, 여자가 악쓰는 소리가 들려왔다. 엄마 목소리 같았는데, 엄마가 그런 소리를 내는 걸 처음 들은 잭은 두려움에 사로잡혔다. 잭은 디피를 자신의 입과 코에 갖다 대고 몇 분 동안 가만히 아래층에서 들리는 소리에 귀를 기울였다. 디피도 두려워할 게 분명했다.

엄마와 아빠가 함께 도둑과 싸우고 있는 걸까. 이럴 때 경찰을 부르려면 몇 번에 전화를 해야 하는지 잭은 잘 알고 있었다. 어둠 속에서 침대를 내려간 잭은 살금살금 층계참으로 걸어갔다. 디피를 품에 안고 조심스럽게 계단을 내려가는데, 아빠는 여전히 고함을 치고 있었고 엄마는 흐느껴 울고 있었다. 도둑의 목소리는 들리지 않았다.

잠시 후 거실 문이 벌컥 열리더니 아빠가 현관으로 성큼성큼 걸어갔다. 아빠는 잠옷이 아니라 청바지에 점퍼 차림이었다. 아빠는 잭이 층계에 서 있는 것도 알아채지 못했다. 아빠는 현관문을 열고 밖으로 나가더니 등 뒤로 쾅 소리 나게 문을 닫았다. 얼마 후 진입로에서 차에 시동을 거는 소리가 들려왔다. 아빠는 그 차를 타고 떠나 버렸다.

　잭은 조용히 거실로 들어갔다. 바닥에 램프가 떨어져 있었고 엄마는 두 손에 얼굴을 묻은 채 소파에 앉아 울고 있었다. 잭의 발소리를 들은 엄마는 고개를 들었다. 엄마는 화들짝 놀란 표정이더니 조금 전보다 더 크게 울었다. 잭은 엄마가 곧 어찌 된 일인지 설명해 줄 거라고, 그럼 다 괜찮아질 거라고 생각했다. 하지만 잭이 다가가자 엄마는 말없이 잭을 꼭 끌어안을 뿐 아무 말도 하지 않았다. 잭이 다치거나 슬플 때 디피를 꼭 끌어안는 것과 같았다.

변화

그날 이후 아빠는 더 이상 함께 살지 않았다. 엄마와 아빠는 잭을 따로 만나, 더 이상 부부로 살지 않게 된 이유를 설명했다. 잭은 이해한다고, 학교에도 부모님이 이혼한 친구들이 있다고 말했다. 엄마와 아빠는 잭이 이 상황을 아무렇지 않게 받아들이길 바라는 눈치였다. 그래서 잭은 그런 척하기로 했다.

하지만 밤에 엄마가 뽀뽀를 해 주고 방문을 닫아 주면 잭은 디피의 말랑한 몸에 대고 울음을 터뜨렸다. 잭이 시시콜콜 설명하지 않아도 디피는 모든 것을 알고 이해해 주었다. 잭의 가슴속에 단단한 멍울이 졌다는 것도 디피는 잘 알아서, 잭의 눈물을 발로 닦아 주었다. 잭은 어둠 속에서 디피와 함께 있으면 마음을 감출 필요가 없었다.

잭의 여섯 번째 생일이 지나고 얼마 안 되었을 때 아빠는 잭을 데리고 나가 버거와 함께 큼직한 상자에 담긴 레고 세트도 사 주면서, 이제부터 해외에서 일하게 됐다고 말했다.

"그래도 너랑 늘 얘기할 수 있어. 언제든 비행기를 타고 아빠를 만나러 오면 돼. 재미있겠지?"

잭은 비행기를 타고 아빠를 만나러 가는 게 아빠와 늘 함께 노는 것보다 재미있을 것 같지는 않았지만 그 말을 하지는 않았다. 잭은 마음속에 있는 말을 하지 않는 것에 점점 익숙해지고 있었다.

얼마 후 엄마는 외할머니와 외할아버지가 사는 집 근처로 이사를 가는 게 좋을 것 같다고 말했다. 그래야 엄마가 야근을 하는 날 두 분이 잭을 돌봐 줄 수 있기 때문이라고 했다. 엄마는 큰 병원에 새 일자리를 구했고, 할아버지는 두 분의 집에서 두 개의 도로 너머에 있는 정원 딸린 예쁜 집을 구해 주었다. 할머니와 할아버지 집에는 '토비'라는 이름의 아주 버릇없는 개가 살고 있었다. 잭은 토비가 웃기는 개라고 생각했다.

"전학도 가야 돼요?"

잭은 절친한 친구 프레디를 떠올리며 물었다.

"응. 새집 근처에 학교가 있어. 너도 그 학교가 마음에 들 거야."

"그럴 것 같진 않아요."

잭은 이사 가고 싶지 않았다. 새 학교도 싫었다. 엄마는 이해하지 못하는 것 같았다. 잭은 더 이상의 변화는 원치 않았다. 지금 다니는 학교의 친구들과 함께 있고 싶고, 지금 집에서 계속 살고 싶었다. 이 집에서 잭은 디피와 함께 수많은 모험을 했다.

할머니와 할아버지가 잭에게 전화로 말했다. 두 분은 잭과 엄마가 근처에 이사 오는 날을 손꼽아 기다리고 있다고, 공원에서 토비와 함께 놀면 재미있을 거라고 했다. 그래서 잭은 아무렇지 않은 척했지만, 진심이 아니었다. 그런 잭의 심정을 이해하는 존재는 디피뿐이었다. 디피도 늘 즐겨 숨던 은신처를 그리워하게 될

게 분명했다.

엄마가 새집 얘기를 꺼내고 몇 주일 후, 잭은 학교 선생님과 프레디에게 작별 인사를 해야 했다. 그리고 다음 날 이삿짐센터 아저씨들이 와서 그 집을 집처럼 느껴지게 했던 모든 물건들을 끄집어내 차에 실었다. 엄마는 잭과 디피를 차에 태우고 수백 킬로미터를 운전했다.

막상 길을 떠나고 보니 여행은 꽤 재미있었다. 잭은 디피를 무릎에 앉히고 엄마와 스파이 게임을 했고, 가는 도중에 차를 세우고 피자와 아이스크림을 먹었다. 엄마는 잭이 껌 뽑기 기계에서 알사탕을 두 개 사는 걸 허락해 주었다. 알사탕 하나는 잭의 것, 또 하나는 디피의 것이었다. (차로 돌아온 잭은 자기가 디피의 알사탕을 대신 먹어 줄 수밖에 없다고 엄마에게 설명했다.)

잭은 별로 기대하지 않았지만 막상 와서 보니 새집이 마음에 들었다. 잭의 침실은 엄마의 침실 바로 옆이었고 창밖에는 키 큰 나무가 서 있었다. 그들이 도착하고 5분도 채 안 돼서 할머니와 할아버지가 냉장고를 채워 줄 음식 봉지들을 잔뜩 들고 찾아왔다. 토비는 집에 들어오자마자 잭의 손에서 디피를 빼앗아 가려고 했다.

"안 돼, 토비. 디피는 내 거야!"

잭은 소리치며 디피를 얼른 점퍼 안쪽으로 집어넣었다. 디피의 머리를 점퍼 위쪽으로 나오게 해서 안전하게 바깥을 살필 수 있게 해 주었다.

이삿짐센터 아저씨들은 익숙한 가구들을 새집으로 옮겨 넣어 주었다. 엄마와 할머니가 주방용품들을 정리하는 동안 잭과 할아버지, 토비, 디피는 정원을 돌아보러 나갔다. 정원에는 흥미로운 은신처들이 많았고 디피를 위한 멋지고 높은 횃대도 있었다. 디피를 빼앗아 갈 기회를 호시탐탐 노리는 토비 때문에 잭은 디피를 계속 점퍼 속에 넣어 두었다.

　그날 밤 잭은 디피를 품에 안고 침대에 누웠다. 디피의 몸에 밴 익숙하고 위안을 주는 냄새를 들이마셨다. 잭과 디피는 이삿날이 잭의 예상만큼 나쁘지는 않았다고 묵묵히 동의했다. 잭의 방 창문에 아직 커튼이 설치되지 않아서 잭과 디피는 어두워져 가는 하늘을 배경으로 바람에 흔들거리는 나뭇잎을 바라보다 스르르 잠이 들었다.

홀리 매콜리

월요일, 잭은 학교 가방에 디피를 몰래 집어넣으려다 엄마에게 들키고 말았다. 엄마는 잭을 부드럽게 타일렀다.

"안 돼, 잭. 학교에 디피를 가져갔다가 잃어버리면 어쩌려고?"

새 학교에서, 낯선 사람들 사이에서 디피를 잃어버리는 상상을 떠올리다가 아찔해진 잭은 디피를 방에 도로 가져다 두었다. 하지만 디피 없이 혼자 교문을 향해 걸어가자니 너무 외롭고 두려웠다.

"오늘 하루는 틀림없이 즐거울 거야."

엄마는 이렇게 말하며 잭을 안아 주었다. 종이 울리고 잭은 학교로 들어가야 했다.

잭은 아무 말도 하지 않았다. 겁먹지 않은 척 안간힘을 쓰느라 인상까지 썼다.

새로운 반 아이들이 잭을 일제히 쳐다보았다. 예전 반 친구들보다 몸집들이 커 보였다. 선생님은 잭에게 다정하게 말을 걸며 이름을 물었다. 그리고 반 아이들에게 한 명씩 앞으로 나와서 수집해 온 자연 속 사물을 소개하라고 지시했다. 잭은 준비해 온 게 없어서 다른 아이들이 나뭇잎이며 도토리, 마로니에 열매 등을 소개하는 동안 조용히 지켜보았다.

쉬는 시간이 되자, 잭은 아무도 성가시게 하지 않을 구석 자리에 앉아 시간을 보냈다.

쉬는 시간이 끝나고 수업 종이 울렸다. 선생님은 아이들에게 읽기 책을 꺼내라고 지시한 다음 잭에게도 읽기 책을 내주었다. 그리고 오늘은 고학년 학생들이 찾아오는 특별한 날이라고 아이들에게 말했다. 고학년 학생들이 저학년 아이들의 짝이 되어 읽기를 도와줄 거라고 했다.

교실 문이 열리고 큰 고학년 학생들이 떼를 지어 안으로 들어왔다. 다들 웃는 얼굴이었고 몇 명은 자기가 아는 저학년 아이들에게 손을 흔들기도 했다. 잭은 어느 때보다도 더 겁이 났다.

고학년 학생들 중에 키 큰 소녀 하나가 눈에 띄었다. 소녀는 길고 검은 머리를 하나로 모아 뒤로 묶었다. 그 소녀는 다른 몸집 큰 소녀들처럼 손으로 입을 가리고 깔깔 웃지도 않았다. 선생님이 다른 아이들에게 짝을 고르라고 하는 동안 소녀는 차분하게 서 있었다. 그 키 큰 소녀와 눈이 마주친 잭은 얼른 고개를 숙여 손가락만 내려다보았다.

몸집 큰 고학년 학생들이 책상 사이로 걸어오자 잭의 반 아이들이 일제히 소곤거렸다.

"홀리다! 홀리! 저기 있어, 홀리!"

잭의 옆줄에 앉은 소녀도 소곤거렸다.

"홀리야! 홀리!"

옆줄 소녀는 잭과 눈이 마주치자 설명을 해 주었다.

"저기 길고 검은 머리를 한 언니 보이지? 저 언니가 홀리 매콜

리야. 실력이 엄청 좋은 체조 선수야. 텔레비전에도 나온 적 있
어."

잠시 후 잭의 머리 저 위쪽에서 목소리가 들렸다.

"안녕."

잭은 고개를 들었다. 텔레비전에 나오는 체조 선수 홀리 매콜
리가 그를 내려다보고 있었다.

홀리가 말했다.

"너 새로 전학 왔구나?"

잭은 "응" 하고 대답하고 싶었지만 목소리가 나오지 않았다.
모두가 그를 쳐다보는 가운데 "홀리, 홀리, 홀리. 이쪽으로 와!"라
고 속삭이는 목소리들이 점점 커지고 있었다.

하지만 홀리는 자기를 부르는 목소리들을 들은 척도 안 하고
는, 의자를 뒤로 빼고 잭 옆에 앉으며 말했다.

"내가 네 짝이야."

말랑하고 자그마한 돼지 인형을 텔레비전에 나오는 키 큰 열
한 살 소녀와 비교하는 건 이상할지 모르겠지만, 잭에게는 그 둘
이 비슷하게 느껴졌다. 잭은 예전 학교에 처음 갔던 날 디피 덕분
에 친구들을 사귈 수 있었다. 이 새 학교에서 홀리 매콜리는 디피
와 비슷한 역할을 해 주었다. 홀리와 읽기 짝이 되고 한 시간 겨우
지났을 뿐인데, 잭은 더 이상 말없고 조용한 전학생이 아니었다.
잭은 홀리 매콜리가 짝으로 선택한 소년, 점심시간에 여러 아이들
과 식탁 앞에 앉아 있던 홀리 매콜리가 '내 짝 잭'이라고 부른 소년
이 되어 있었다.

반 아이들은 깊은 인상을 받았는지 다들 잭에게 말을 걸고 싶

어 했다. 점심시간에 샌드위치를 먹고 온 잭에게 로리라는 소년이 다가와 같이 축구할 생각 있냐고 물었다. 로리는 재미난 농담을 엄청 많이 알았다. 학교가 끝나고 엄마가 잭을 데리러 왔을 때 로리는 자기 엄마를 잭의 엄마에게 데려왔다. 두 엄마는 잭이 그 주말에 로리의 집에 가서 함께 놀게 하기로 약속했다.

디피는 잭이 새 학교에서 첫날을 멋지게 보내고 돌아오자 무척 기뻐했다. 디피는 홀리 매콜리와 로리에 대한 얘기도 재미있게 들어 주었다. 잭은 그 얘기를 전부 소리 내서 들려줄 필요가 없었다. 창밖에서 나뭇잎 바스락거리는 소리를 들으며 담요 속에 아늑하게 숨어서도 디피는 잭에 관한 모든 것을 알았다. 굳이 자세히 듣지 않아도 전부 이해했다. 잭은 플라스틱 콩들로 채워진 디피의 몸에 뺨을 붙이고 잠들었다. 익숙한 집의 냄새, 교실에서 풍기던 새 페인트 냄새가 콧속에서 한데 뒤섞였다.

홀리의 디피

그 학기 내내 잭과 홀리는 읽기 짝이었다. 잭은 홀리에 대해 알아 갈수록 반 아이들 모두가 홀리의 친구가 되고 싶어 하는 이유를 이해할 수 있었다.

홀리는 무척 영리했고 늘 최고 성적을 받았으며 학교 조회 때 독창을 할 만큼 목소리도 좋았고 무엇보다 이 나라 최고의 어린 체조 선수 중 하나였다. 텔레비전에 한 번 나왔고 신문에 두 번 실렸다. 홀리는 나중에 올림픽 경기에 나가려는 포부를 갖고 있었다. 잭은 홀리에 관한 얘기 중 일부는 본인한테 직접 들었고 나머지는 다른 사람들한테 들었다.

홀리는 유명인인데도 거만하지 않았다. 평균대에서 떨어질 때 생긴 멍 자국들을 잭에게 보여 주기도 했다. 체조는 무척 힘든 운동 같았다. 홀리는 어떻게 지금까지 승리를 거둬 왔는지, 그 기운을 이어 가려면 어떻게 해야 하는지도 말해 주었다. 홀리에게 2등은 큰 의미가 없었다. 올림픽에 나가려면 어떤 경기에서도 패배하면 안 된다고 했다.

어느 날, 읽기 수업 시간에 홀리는 평소와 다른 모습으로 나타났다. 눈이 빨갛게 부었고, 인사를 건네는 목소리는 까마귀처럼 쉬어 있었다. 잭은 홀리를 무척 좋아했지만 여전히 수줍음을 타서 조심스럽게 속삭이듯 물어보았다.

"누나, 혹시…… 졌어?"

잭이 알기로 홀리는 지난 주말에 큰 체조 대회에 나갔다. 홀리는 고개를 저었다.

"대회에 안 나갔어."

"어디 아파?"

홀리는 다시 고개를 저었다.

그들은 잭의 읽기 책을 펼치고 또 한 페이지를 읽었다. 그런데 굵은 눈물방울이 페이지로 툭 떨어졌다.

홀리가 속삭이듯 말했다.

"우리 엄마가 아빠를 떠났어."

홀리의 아빠가 병원에서 일하는 동안, 홀리의 엄마는 홀리에게 가방에 짐을 싸라고 하더니 차에 태우고 어떤 집으로 출발했다. 홀리는 아빠를 또 볼 수 있을지 알 수 없었다. 아빠가 보고 싶었다. 지금까지 늘 홀리를 체조 대회에 데리고 갔던 사람은 아빠였다. 엄마는 아빠를 더 이상 사랑하지 않는다고 말했다.

홀리는 조용히 말했다.

"두 분 모두 나랑 같이 살고 싶어 하셔. 어떻게 해야 될지 모르겠어."

읽기 시간이 끝나고 홀리는 자기 반으로 돌아갔다. 잭은 홀리가 무슨 마음으로 그런 비밀스럽고 개인적인 얘기를 털어놨는지 알 수 없었다. 잭은 어쩌면 자기가 홀리에게 디피 같은 존재일지도 모른다는 생각을 했다. 디피처럼 잭은 굳이 말하지 않고도 홀리의 마음을 이해할 수 있었다.

또 다른 변화

어느덧 잭은 아빠가 출장 간 다양한 도시에서 보내 준 엽서를 받는 것에 익숙해졌다. 엄마는 잭이 늘 볼 수 있도록 그 엽서들을 냉장고에 붙여 놓았다. 운하 위를 가로지르는 다리 사진도 있고, 눈 덮인 산의 높은 곳에 위치한 마을 사진도 있었다. 잭은 아빠와 전화 통화를 하고, 학교에서 그린 그림들과 4급 수영 자격증을 사진으로 찍어 문자 메시지로 보냈다. 잭은 수영을 무척 좋아했다. 반에서 수영을 제일 잘하는 편이라 일곱 살 생일 파티도 수영장에서 열었다. 제일 친한 로리를 포함해 여러 친구들이 파티에 왔다.

여름 방학 전에 홀리 매콜리는 두 번째로 텔레비전에 출연했다. 그리고 조회 시간에 단상에 올라 모두에게 금메달을 보여 주었다. 모두가 박수를 보냈고 홀리는 손을 흔들며 잭에게 윙크를 했다.

방학 때 잭과 엄마는 할머니, 할아버지와 함께 그리스로 여행을 떠났다. 물론 디피도 함께였다. 디피는 태양을 사랑했다. 잭과 나란히 수영장 주변에 수건을 펼쳐 놓고 누운 디피의 작고 말랑한 몸통은 햇볕을 받아 더 옅은 회색으로 바래졌다. 하지만 잭은 디피를 모래사장에 묻으면 안 된다는 것을 잘 명심하고 있었다.

잭은 새 학년을 맞이해 학교로 돌아갔고, 홀리 매콜리는 상급 학교로 진학했다. 잭은 홀리가 보고 싶었지만 지금은 친구들이 많이 생겨 괜찮았다.

어느 날 저녁, 엄마가 외출을 하게 돼서 할머니와 할아버지가 잭을 돌보러 집에 오셨다. 이상한 일이었다. 평소에 엄마는 저녁에 외출한 적이 없었다. 잭이 어디 가냐고 묻자 엄마는 친구와 저녁을 먹으러 나간다고 말했다. 새 원피스를 차려 입은 엄마는 무척 예뻤다.

그 후 엄마는 일주일에 한 번씩 저녁에 외출을 했다. 잭은 크게 신경 쓰지 않았다. 그런 날이면 할머니와 할아버지가 집에 오셔서 함께 보드게임을 하고 놀았다. 하지만 토비도 같이 와서 하룻밤 자고 갔기 때문에 잭은 토비가 건드리지 못하도록 디피를 높은 곳에 놓아 두곤 했다.

어느 화창한 주말, 엄마는 잭에게 엄마 친구인 브렌던 씨가 차를 타고 올 건데 셋이 같이 외출을 하자고 했다.

"그동안 엄마가 나가서 같이 저녁을 드신 분이에요?"

잭의 물음에 엄마는 그렇다고 답했다.

브렌던은 목소리가 굵고 낮았지만, 친절한 인상을 가진 아저씨였다. 그는 엄마와 잭을 차에 태우고 놀이터가 있는 지역 공원으로 향했다. 놀이터에 도착한 잭은 미끄럼틀을 타고 쭉 내려갔다가 밧줄 그물을 잡고 올라가는 놀이를 했지만 그다지 재미있지는 않았다. 엄마를 독차지할 수 없게 되자 기분이 이상했다. 잭이 놀이터에서 실컷 놀고 나자 세 사람은 강가로 산책을 갔다. 브렌던은 잭에게 돌멩이를 던져 강 수면을 스치듯 지나가게 만드는 방법을 직접 보여 주었다. 잭은 속으로 저 아저씨가 아니라 아빠가 가르쳐 주었으면 더 좋았겠다고 생각했다.

브렌던은 엄마와 잭을 집까지 다시 태워다 주고 떠났다. 엄마는 잭에게 브렌던이 마음에 드냐고 물었다. 잭은 괜찮은 아저씨인 것 같다고 대답했다.

그 후 그들은 브렌던과 자주 외출을 했다. 잭은 엄마가 브렌던을 무척 좋아한다는 것을 알 수 있었다. 한번은 그네를 타고 돌아와 보니 두 사람이 벤치에서 손을 꼭 잡고 있었다. 하지만 엄마는 잭이 쳐다보자 재빨리 손을 놓았다.

디피는 담요 속에 있으면서도 잭이 말하지 않아도 모든 것을 알고 있었다. 브렌던이 엄마의 손을 잡았을 때 잭이 느꼈던 서운한 감정도 디피는 이해했다. 잭이 브렌던에 대해 더 잘 알게 되고 나서도 그런 기분을 느끼는 건 어쩔 수 없었다. 잭은 엄마의 손을 잡은 사람이 아빠이길 바랐다. 디피는 그런 잭의 심정을 이해했다. 브렌던이 더 이상 엄마와 친구로 지내지 않겠다고 하면 엄마가 다시 우울해할까 봐 잭은 걱정했는데 디피는 그런 마음도 알아주었다. 잭이 더 이상의 변화는 원하지 않는다고 솔직하게 말할 수 있는 유일한 상대가 바로 디피였다. 디피에게는 진심을 숨길 필요가 없었다.

7

네 아빠가 아니야

잭은 브렌던이 엄마와 마찬가지로 전에 결혼을 한 적이 있고, 딸이 하나 있다는 사실을 알게 됐다. 브렌던이 엄마를 만나러 오지 않는 주말도 있었는데, 그때는 딸이 와서 함께 이런저런 일을 하며 보낸다고 했다.

어느 날 엄마는 넷이서 같이 영화관에 가자고 했다. 엄마와 잭, 브렌던 그리고 그의 딸 홀리가 같이 가는 거라고 했다.

"홀리요?"

잭이 물었다.

역시 잭이 아는 그 홀리였다. 홀리 매콜리. 전보다 키가 훨씬 커졌고 잭이 기억하는 것보다 많이 성장한 모습이었다. 또 다른 변화도 있었다. 잭은 홀리를 보고 신이 났지만 홀리는 잭을 보고도 그다지 반가워하지 않았다. 홀리는 엄마에게 예의를 갖추기는 했지만, 엄마가 체조에 대해 뭘 물어도 '예'와 '아뇨'로만 대답했다. 엄마가 도와주려고 해도 손길을 거부했다. 엄마가 화장실에 가고 싶으냐고 묻자, 홀리는 자기는 화장실 정도는 혼자 갈 수 있는 나이니까 신경 쓰지 말라고 대꾸했다. 잭은 홀리가 엄마한테 버릇없이 구는 게 싫었다. 홀리가 남한테 고약하게 구는 모습을 본 건 처음이었다.

잭은 침대에 누워 디피에게 그런 심정을 모두 털어놓았다. (입으로 소리 내서 말한 건 아니지만, 디피는 잭의 생각을 전부 알고 있으니 말을 한 것이나 마찬가지였다.) 잭은 자기 아빠가 다른 아줌마와 함께 있는 모습을 보고 홀리가 기분이 이상해서 그런 것 같다고 생각했다. 그래도 엄마가 얼마나 사랑스러운 분인데. 홀리는 엄마한테 그런 식으로 말하면 안 되었다.

브렌던이 잭에게 물수제비를 뜨는 방법을 가르쳐 주고 나서 거의 1년이 지났을 무렵 엄마는 잭에게 할 말이 있다고 했다. 엄마는 신경이 곤두선 모습으로, 왼손을 허벅지 아래에 감춘 채 말했다.

"브렌던이 결혼하재."

"아."

잭은 잠시 생각을 해 보고 물었다.

"그 아저씨가 여기 와서 우리랑 같이 사는 거예요?"

"응." 엄마는 여전히 초조해 보였다. "싫으니, 잭?"

잭은 브렌던과 많이 친해졌다. 브렌던은 잭에게 체커 게임(보드게임의 일종—옮긴이) 하는 방법을 가르쳐 주었고 숙제도 도와주었다. 그래도 잭은 왜 지금처럼 지내면 안 되는지 이유를 알 수가 없었다.

"그럼 이제 그 아저씨를 아빠라고 불러야 돼요?"

"아니야. 네 아빠가 '아빠'지. 그냥 브렌던 아저씨라고 부르면 돼."

"할머니랑 할아버지도 알아요?"

잭은 할머니와 할아버지가 별로 안 좋아하길 속으로 바랐다. 하지만 엄마는 두 분이 브렌던을 무척 마음에 들어 하셔서 결혼 소식을 듣고 기뻐하셨다고 말했다.

"홀리가 제 누나가 되는 거예요?"

"그래, 이복 누나야. 홀리 좋아하지?"

"네."

사실이기는 했다. 새 학교에 처음 간 날 홀리가 친절하게 대해 준 걸 잭은 아직 잊지 않았다. 홀리는 무척 재미있게 굴 때도 있었고 날카롭게 빈정댈 때도 있었다. 엄마는 홀리가 10대 청소년이라 그렇다고 했다.

엄마와 브렌던은 늦여름에 등기소에서 결혼을 했다. 그날 잭은 반지를 들고 가는 역할을 해야 해서 정장을 입었다. 신부 들러리가 된 홀리는 파란색 드레스를 입고 긴 머리에 수레국화를 꽂았다.

결혼식이 끝나고 다 같이 레스토랑에 갔다. 브렌던의 부모님도 오셨다. 그분들은 잭에게 다정하게 대해 주셨고 할머니, 할아버지와도 잘 어울렸다. 홀리는 거의 말을 하지 않았지만, 다들 행복해 보였다.

브렌던은 신부 들러리 드레스를 입은 홀리에게 한 팔을 두르며 말했다.

"홀리가 다음 주에 큰 시합이 있어. 우리 다 같이 가서 홀리를 응원해 주자."

홀리가 물었다.

"'우리'라는 건 누굴 말하는 거예요?"

"주디와 잭도 같이 갈 거야."

주디는 잭의 엄마의 이름이다.

"전 두 사람이 오는 거 싫은데요." 홀리의 눈에 눈물이 그렁그렁 맺혔다. "아빠만 오세요. 예전처럼."

테이블에 잠시 어색한 침묵이 흘렀다. 그러다 다들 입을 열어 떠들기 시작했다.

그날 저녁 늦게 브렌던의 친구들 중 하나가 피아노를 연주하자 어른들은 춤을 추었다. 잭은 잠이 쏟아졌다. 침대에 가서 디피와 자고 싶었다.

그때 홀리가 잭 옆으로 다가와 앉더니 낮지만 사나운 목소리로 말했다.

"저분은 네 아빠가 아니야. 내 아빠야. 너랑 한집에 산다고 해서 저분이 네 아빠가 되는 건 아니야. 알겠어?"

홀리의 표정에 겁이 난 잭이 대답했다.

"응."

두루마리 휴지 천사

그 후 홀리는 격주로 주말마다 잭의 집에 와서 지냈다. 홀리가 다정하게 굴 건지 못되게 굴 건지 잭은 예상할 수 없었다. 잭과 엄마는 홀리가 체조하는 모습을 보러 가도 안 되고, 홀리에게 시합에 대해 물어봐서도 안 되었다.

홀리는 기분이 좋으면 잭과 비디오 게임을 하거나 뒷마당에서 축구를 하기도 했다. 하지만 기분이 안 좋은 날, 특히 시합에서 졌을 때는 엄청 못되게 굴었다. 한번은 디피를 안고 있는 잭을 보고 멍청한 애라고 부르기까지 했다. 부끄러움을 느낀 잭은 그 후 홀리가 오는 주말이면 디피를 숨겨 놓았다.

브렌던은 홀리가 요즘 시합에서 이기기 위해 전보다 두 배는 더 연습을 하느라 힘들어서 그럴 거라고 잭에게 말해 주었다. 그 지역에 홀리와 실력이 엇비슷한 새로운 소녀가 이사를 왔다고 했다.

잭은 주말에 온 홀리의 기분을 상하게 하지 않으려고 최선을 다했다. 하지만 무엇 때문에 홀리가 한 번씩 벌컥 화를 내는지 알 수가 없었다. 한번은 잭이 감기에 걸려 코를 훌쩍거렸는데, 좋아하는 텔레비전 프로그램을 보고 있던 홀리는 시끄럽다고 잭에게 소리를 질렀다. 브렌던이 야단을 치자 홀리는 방에서 휙 나가 등 뒤로 문을 쾅 닫았다. 브렌던은 홀리를 쫓아갔다. 잠시 우두커니 혼자 앉아 있던 잭은 위층 방으로 올라가, 디피를 안고 침대에 웅크리고 누웠다. 디피는 코를 훌쩍인 건 잭의 잘못이 아니라고, 홀리가 못되게 군 거라고 말없이 동의해 주었다.

크리스마스가 얼마 남지 않았다. 학교는 방학을 맞이했다. 잭은 크리스마스 선물로 새 자전거를 받고 싶다고 말해 두었고 제일 친한 친구 로리도 같은 소원을 빌었다. 잭은 무척 기대가 됐다. 로리의 집 근처에 바닥이 잘 닦인 놀이터가 있으니 새 자전거를 받으면 로리와 함께 거기서 타고 놀 생각이었다.

그 해에 사용할 크리스마스 장식이 담긴 상자를 꺼낸 엄마는 가족 크리스마스트리 꼭대기에 늘 올려 두곤 했던 천사 모양 인형을 브렌던에게 보여 주었다. 잭이 어린이집에 다닐 때 만든 것이었다. 두루마리 휴지로 된 몸통, 반짝이를 붙인 판지로 된 양 날개, 갈색 털실로 만든 턱수염을 붙인 천사였다.

"턱수염 난 천사가 어디 있어!"

크리스마스트리 꼭대기에 잭이 만든 천사 인형이 놓인 것을 보고 홀리가 코웃음을 치며 말했다. 엄마와 브렌던은 주방에 있었다. 홀리가 계속해서 말했다.

"크리스마스트리 위에 왜 낡아빠진 두루마리 휴지를 얹어 놓지? 우리 엄마 같으면 내가 아기 때 만든 물건을 저렇게 장식용으로 안 쓸걸. 내가 창피해할 걸 아실 테니까."

문득 잭은 예전 일이 생각났다. 크리스마스 때마다 아빠는 '이제 마무리를 해 볼까'라고 말하며, 잭을 위로 안아 올려 트리 꼭대기에 두루마리 휴지 천사 인형을 올려놓게 했다. 그 순간 잭은 아빠가 집에 돌아오기를 가슴이 아리도록 간절히 바랐다.

그 후 크리스마스 때까지 잭은 홀리를 볼 일이 없었다. 홀리의 엄마가 와서 해외에 사는 친척 집에 간다고 홀리를 데려갔기 때문이었다. 잭은 기분이 좋아졌다. 비록 아빠는 없지만 잭의 곁에는 엄마와 브렌던 아저씨, 할머니, 할아버지, 그리고 토비가 있었다. 문을 쾅 닫거나 자기 기분을 맞춰 달라고 어른들을 들볶는 홀리만 없으면 토비는 얌전하게 있는 편이었다.

크리스마스이브 전날, 엄마와 브렌던이 둘 다 일하러 가서 할머니가 잭을 돌봐 주러 집에 왔다. 눈이 내리기 시작했다. 창밖에는 눈송이가 휘날리고, 잭은 디피를 무릎에 얹은 채 크리스마스 영화를 보았다. 거실 한쪽 구석에서 크리스마스트리에 달아 놓은 조명들이 반짝거렸다. 토비는 바닥에 엎드려 잠이 들었고, 잭은 편안하고 행복했다. 그때 집 밖에 택시 한 대가 다가와 멈췄지만 잭은 알아채지 못했다.

초인종이 울렸다. 토비가 벌떡 일어나 짖어 대기 시작했다. 현관문 여는 소리, 할머니의 놀란 목소리가 연달아 들렸다.

"홀리! 이게 무슨 일이냐?"

잭이 고개를 돌려 보니 홀리가 여행 가방을 질질 끌고 현관 복도로 들어오고 있었다. 잔뜩 성질이 난 표정이었고 두 뺨은 눈물로 얼룩져 있었다.

할머니가 말했다.

"지금쯤 비행기에 타고 있을 줄 알았는데!"

"저 안 가요! 아빠가 보고 싶어요!"

할머니는 당황한 모습이었다.

"아빠는 지금 일하고 계시지. 네 엄마는?"

할머니는 눈 덮인 앞뜰을 내다봤지만 그곳에는 아무도 없었다. 홀리는 이 집에 혼자 온 것이다.

"난 엄마랑 같이 안 갈 거예요!"

홀리는 소리를 빽 질렀다. 그리고 무거운 여행 가방을 질질 끌면서 쿵쿵대며 계단 쪽으로 걸어갔다. 할머니가 무어라 물어도 코 대답도 하지 않았다.

할머니가 전화를 걸어 상황을 알리자 브렌던은 조퇴하고 온다고 했다. 얼마 후 홀리의 엄마가 찾아왔다. 홀리 엄마의 이름은 내털리였다. 잭은 처음 보는 아줌마가 낯설어 얼른 방으로 가서 숨었다. 아래층에서 다들 소리를 질러 대서 잭의 귀에도 무슨 얘기들을 하는지 잘 들렸다. 홀리가 큰 체조 대회에서 승리를 거두지 못했는데 홀리의 엄마가 홀리에게 연습을 계속 빼먹은 탓이라고 말한 모양이었다. 잔뜩 화가 난 홀리는 공항에 엄마를 두고 도망쳐 이곳으로 온 것이다. 내털리가 브렌던에게 악을 써 댔다.

"당신이 부추겨서 애가 이렇게 된 거야!"

결국 내털리는 울면서 집을 떠났다. 홀리는 크리스마스를 아빠랑 보내고 싶다고 고집을 부리면서 끝내 제 엄마를 따라가지 않았다. 잭은 배가 몹시 고팠지만 엄마가 올 때까지 아래층으로 내려가고 싶지 않았다.

엄마가 집에 도착했을 무렵, 잭은 침대에서 디피를 꼭 끌어안고 곤히 잠들어 있었다.

크리스마스이브

크리스마스이브 날, 잭은 평소처럼 디피를 품에 안은 채 눈을 떴다. 몇 분 동안 가만히 누워, 다음 날 받게 될 새 자전거를 생각하니 기분이 들떴다. 엄마는 이미 출근했을 것이고 오늘 저녁에는 늦게 퇴근할 것이다. 그래도 엄마는 크리스마스 당일과 박싱 데이 Boxing Day(크리스마스 다음 날인 12월 26일은 영국에서 '박싱 데이'라 불린다 ―옮긴이)에는 쉬기로 되어 있었다.

문득 홀리가 아직 이 집에 있다는 사실이 떠올랐다. 오늘은 홀리가 또 뭘 가지고 성질을 부려 댈까 생각하고 있는데 아래층에서 요란하게 우당탕 소리가 들렸다. 토비도 짖어 대기 시작했다. 잭은 무슨 일인지 보려고 침대에서 일어나 아래층으로 내려갔다.

거실에 가 보니 크리스마스트리가 바닥에 쓰러져 있고 그 옆에는 뒤집힌 의자가 놓여 있었다. 할머니는 토비를 붙잡으려고 애쓰고 있었다. 토비는 개라서 초콜릿을 먹으면 안 되는데 초콜릿을 찾아 먹으려고 장식물들을 마구 뒤지고 있었다.

"난 트리에 내 장식을 달려고 했을 뿐이야!"

홀리는 반쯤은 미안해하고 반쯤은 반항적인 말투로 내뱉었다.

손에는 학교에서 만든 장식을 들고 있었다. 그걸 트리 꼭대기 언저리에 매달려 한 모양이었다. 그러다 균형을 잃는 바람에 나무를 붙잡아 쓰러뜨린 것이다.

할머니가 홀리에게 말했다.

"괜찮아, 아가. 안 다쳤으니 됐다."

하지만 아무도 다치지 않은 것은 아니었다. 망가지지 않은 덤불 장식을 다시 트리에 꽂고 보니 두루마리 휴지 천사 인형이 보이지 않았다. 한참 후 할아버지가 침에 푹 젖은 판지와 털실 조각을 찾아냈다. 토비가 천사를 물어뜯어 놓은 것이다.

"못된 개 같으니라고!"

할아버지가 탄식했다.

잭은 엄마가 알면 얼마나 속상해할지 알고 있었다. 엄마는 잭이 만든 그 천사 인형을 무척 좋아했다. 그런데 이런 상황에서도 아무도 홀리를 야단치지 않았다.

할머니는 분위기를 밝게 유지하려 애쓰며 말했다.

"이제부터 뭘 할 건지 말해 줄게. 다 같이 차를 타고 마을로 가서 새 천사를 골라 오자!"

자기 때문에 천사가 개에게 물어뜯긴 걸 아는 홀리는 싫다는 말도 못 했지만, 잭은 홀리가 같이 가고 싶어 하지 않는다는 걸 알 수 있었다. 홀리는 표정을 박박 찡그리면서 소파에 앉아 친구들에게 문자를 보냈다. 외투를 입으러 위층으로 올라간 잭은 디피를 슬쩍 외투 주머니에 집어넣었다. 위로가 되어 줄 존재가 필요했다.

새로운 천사

홀리는 마을로 가는 내내 자동차 뒷좌석에 웅크리고 앉아 핸드폰만 만지작거렸다. 잭은 그 옆에 조용히 앉아 있었다.

앞 유리에 하얀 눈송이가 쌓이기 시작하자 할아버지는 와이퍼 스위치를 켰다. 할머니가 유쾌하게 말했다.

"눈 좀 보렴! 멋진 화이트 크리스마스가 될 것 같지 않니?"

하지만 잭도, 홀리도 아무 말이 없었다.

마을의 보도는 온통 갈색 진창으로 뒤덮여 있었다. 가게마다 크리스마스 음악이 흘러나오고 거리 한쪽 구석에서는 군밤 장수가 군밤을 팔았다. 잭은 한 손으로는 할머니의 손을 잡고 다른 손은 주머니에 넣어 디피를 꼭 잡았다. 사람들은 가게 문을 닫기 전에 쇼핑을 하느라 주변에서 북적였다.

그들은 어느 부산한 백화점으로 들어갔다. 판매대에 크리스마스 장식은 몇 개 안 남았고 남은 것들도 쇼핑객들이 서둘러 집어 들었다 놨다 해서 뒤죽박죽이었다.

"여기 예쁜 천사가 있구나."

할머니는 제일 처음 본 천사 인형을 집어 들었다.

잭은 그 천사가 전혀 마음에 안 들었다. 집에 있는 트리에 달기에는 지나치게 색깔이 화려했다. 금몰로 장식된 호화로운 보라색 드레스를 입었고 등에는 커다란 플라스틱 금색 날개가 달려 있다. 잭이 보기에는 엄마의 마음에 들 것 같지 않았다. 엄마는 털실 수염이 달린 두루마리 휴지 천사 인형을 무척 좋아하고 아꼈다.

"이거 어떠니, 홀리?"

할머니가 물었다. 홀리는 버릇없이 어깨를 으쓱하고는 핸드폰만 내려다보았다.

할머니는 잭에게는 물어보지도 않았다. 할머니는 그들을 데리고 계산대로 가서 그 천사 인형을 구입했다. 그리고 그들은 차가운 진창길을 지나, 북적이는 사람들 사이를 헤치고 주차장으로 돌아갔다.

차를 타고 집으로 돌아가는 길에 홀리가 말했다.

"속이 울렁거려요."

그러자 할머니가 조언했다.

"차를 타고 가는 동안에는 문자를 안 해야 속이 가라앉지."

홀리는 눈알을 위로 굴리고는 버튼을 눌러 차창을 내렸다. 얼음처럼 차가운 강풍이 눈송이까지 이끌고 차 뒷좌석으로 몰려 들어왔다.

잭이 말했다.

"나 추워."

홀리가 날카롭게 말했다.

"난 신선한 공기를 쐬어야 해."

이윽고 그들이 탄 차는 고속도로로 올라섰다. 잭은 덜덜 떨었다. 기분도 비참하고, 화도 났다. 홀리는 도대체 왜 늘 자기 멋대로 구는 걸까?

"할머니, 나 추워요."

"홀리. 창문 좀 닫으렴."

홀리는 차창을 살짝 올렸다. 진눈깨비와 눈이 계속해서 차 안으로 불어 들어왔다.

잭이 말했다.

"창문이 계속 열려 있잖아."

홀리는 아랫입술을 비쭉 내밀고는 아기가 떼쓰는 것 같은 표정을 지었다. 그리고 잭이 주머니에서 꺼내 무릎에 올려 둔 디피를 손가락으로 가리켰다. 할아버지는 백미러로 홀리를 흘끗 쳐다보며 말했다.

"그만해라, 홀리. 창문을 올려주면 좋겠구나."

홀리는 인상을 쓰면서 차창을 찔끔 올렸다. 그러더니 잭을 돌아보며 아랫입술을 비쭉 내밀고는, 아기처럼 눈을 문질러 눈물을 닦는 시늉을 했다.

잭이 보기엔 속이 울렁거린다는 홀리의 말은 거짓말 같았다. 홀리는 그저 못되게 굴고 싶은 것뿐이었다. 홀리는 크리스마스이브를 망치고 있었고, 크리스마스 당일도 망쳐 놓을 게 분명했다. 홀리는 기회만 생기면 잭을 괴롭혔고 어른들의 관심이 전부 자기한테 쏠려야 직성이 풀렸다. 지금도 아기 얼굴 흉내를 내며 소리 없이 잭을 골리고 있었다. 잭의 마음속에서 단단하게 뭉쳐져 있던 분노의 응어리가 새빨갛게 달아올랐다.

"루저."

잭은 나지막하게 내뱉었다.

아기 흉내를 내던 홀리는 즉시 표정을 일그러트리더니 으르렁대듯 말했다.

"닥쳐라."

잭은 홀리가 더 화를 내든 말든 상관없었다. 홀리는 모든 것을 망쳐 놓고 있었다. 엄마와 할머니, 할아버지한테 버릇없이 굴었다. 잭이 원치 않는 때에 처들어와 집에 눌러앉았다. 토비가 수염 난 천사를 물어뜯어 놓은 것도 전부 홀리 탓이었다. 잭은 크리스마스를 망쳐 놓은 홀리를 벌주고 싶었다. 그리고 어떻게 해야 홀리를 화나게 하는지 잘 알고 있었다. 홀리가 세상에서 제일 싫어하는 건 바로 패배였다.

"루저."

잭은 목소리를 좀 더 높였다.

운전석에서 할아버지가 날카롭게 말했다.

"잭. 내가 방금 들은 그 말을 다시는 하지 말거라."

잭은 대답하지 않았다. 홀리의 눈에 눈물이 차오르는 걸 알아챈 잭은 고소했다. 홀리의 괴롭힘이 지긋지긋하던 참이었다. 더 이상 평화롭게 지내고 싶지도 않아졌다. 어젯밤에도 홀리 때문에 저녁을 굶었다. 홀리만 근처에 있으면 눈치를 봐야 하는 것도 지겨웠다.

홀리는 별안간 버튼을 눌러 차창을 끝까지 내렸다.

할머니가 말렸다.

"홀리."

"멀미 난다고요!"

홀리는 빽 소리쳤다. 잭은 홀리가 일부러 복수하려고 그러는 걸 알아챘다. 그래서 학교에서 아이들이 하던 행동을 해 보였다. 아이들은 엄지와 검지를 이용해 'L' 자 표시를 만들고 이마에 갖다 붙였다. 'L'은 'Loser(루저. 패배자라는 뜻—옮긴이)'를 뜻했다.

잭은 손가락으로 'L' 자를 만들어 머리 위로 들어 올리며 홀리를 노려보았다.

너무 순식간이라 잭은 홀리를 말릴 틈도 없었다. 홀리는 앞으로 몸을 확 기울이더니 잭의 무릎에 놓인 디피를 낚아채 열린 차창 밖으로 집어 던졌다. 일순간 잭의 눈에는 디피가 강철 빛 하늘을 배경으로 허공에 얼어붙은 것처럼 보였다. 작은 다리를 양옆으로 쫙 벌린 디피는 어느새 시야에서 사라졌다.

사라진 디피

잭이 목이 터져라 악을 쓴 바람에 할아버지가 운전대를 옆으로 꺾어서 하마터면 위험할 뻔했다.

잭이 소리쳤다.

"홀리가 창밖으로 디피를 던졌어요! 홀리가 디피를 창밖으로 던졌다고요!"

하지만 할아버지는 고속도로 한가운데서 무작정 차를 세울 수는 없었다. 그대로 한참을 더 달린 끝에 할아버지는 겨우 갓길에 차를 세웠다. 팔짱을 끼고 앉은 홀리는 차갑게 굳은 표정이었다. 자기가 한 짓에 대해 전혀 개의치 않는 눈치였다. 차를 세운 할아버지는 운전석에서 내려 왔던 길로 뛰어갔다. 디피를 구하러 나간 할아버지는 어느새 눈 속으로 사라졌다.

"할아버지가 디피를 찾아오실 거야."

할머니가 달랬지만 잭은 그 말을 믿을 수가 없었다. 당장 디피를 찾으러 차 밖으로 뛰쳐나가려는 잭을 할머니가 붙잡고 말렸다. 잭은 악을 쓰며 울기 시작했다. 디피를 도로 찾아야 했다. 세상에서 잭의 마음을 전부 알아주고 늘 신경 써 주며 변치 않는 존재는 디피뿐이었다. 디피가 필요했다. 꼭 곁에 두어야 했다. 디피에게도 잭이 필요했다. 그 둘은 서로를 이해하는 유일한 짝이었다. 그런 디피가 고속도로 어딘가에 길을 잃고 누워 있었다. 잭이 자기를 영원히 버렸다고 믿으면서. 잭은 운전석 뒤쪽을 걷어차며 분을 못 참고 악을 썼다. 홀리를 때리려고까지 했다.

놀란 할머니가 소리쳤다.

"잭! 진정해! 우린 디피를 찾을 거야!"

경찰차가 가까이 오더니 그들 뒤에 차를 세웠다. 경찰이 차에서 내려 할머니에게 왜 갓길에 차를 세웠냐고 물었다. 할머니가 사정을 설명하자 경찰은 물러갔다. 할아버지는 아직 돌아오지 않고 있었다. 차들은 쌩쌩 달려 지나가고 눈은 점점 더 많이 내렸다. 잭은 서럽게 울며 뒷좌석 창문 밖을 내다보았다. 디피가 차창 너머로 날아가던 모습이 머릿속에서 지워지지 않았다. 작고 말랑한 디피는 겁에 질린 채 허공으로 휙 날아갔다. 할아버지가 디피를 찾아야 했다. 반드시.

잠시 후 차로 돌아온 할아버지는 할머니를 쳐다보며 고개를 슬며시 저었다. 그리고 잭을 바라보며 말했다.

"미안하다, 잭. 아주 잃어버린 것 같아."

잭은 소리소리 지르며 울어 댔다. 누가 무슨 말을 해도 귀에 들어오지 않았다. 디피가 저 뒤쪽 어딘가에 누워 있는데 자신은 이 차에 실려 멀리 가고 있으니 도저히 견딜 수가 없었다. 길을 잃은 디피는 크게 당황했을 것이다. 왜 잭이 자기를 찾으러 오지 않는지 의아할 것이다. 집으로 가는 내내 잭은 운전석 뒤쪽을 주먹으로 쳐 대면서, 디피를 찾을 수 있게 차에서 내려 달라고 애원했다.

그 상태로 집에 도착한 잭은 차에서 내리자마자 고속도로 쪽으로 달려가려고 했다. 할아버지는 잭을 붙잡아 반쯤은 질질 끌고 반쯤은 품에 안고서 집으로 들어갔다. 집 안으로 끌려 들어간 잭은 위층 방으로 달려 올라가 방 안의 물건들을 집어던지기 시작했다. 선반에 놓인 장난감들을 전부 방바닥에 집어던졌다. 벽에 붙은 포스터들도 죄다 뜯어냈다. 서랍도 다 빼내고 책상까지 뒤집었다.

할머니가 위층으로 올라와 말렸다

"잭, 그만해! 그만하란 말이다! 넌 원래 착한 아이잖니!"

잭은 대답 대신 휴지통을 들어 창문으로 던졌다. 유리가 박살나길 바랐지만 유리에는 금도 가지 않았다.

문간에 선 할머니 뒤에서 할아버지가 호통을 쳤다.

"그만해라, 잭! 진정해, 당장!"

더는 던지거나 부술 것이 없자 잭은 침대에 엎드려 꼼짝도 하지 않았다. 대꾸도 하지 않았다. 결국 할머니와 할아버지는 잭을 혼자 두고 내려갔다.

잭은 침대에 누울 때마다 늘 디피를 찾아 품에 안고 잤다. 지금도 디피의 존재가 느껴졌다. 디피의 늘어진 작은 몸뚱이, 플라스틱 콩들로 채워진 배, 눈물을 닦기에 딱 좋을 만큼 부드럽게 해진 발. 퀴퀴한 집 냄새가 밴 디피의 냄새.

잭은 눈물에 흠뻑 젖은 베개에 대고 맹세했다.

"널 꼭 찾을게, 디피. 다들 잠들면 너를 찾으러 갈 거야."

한 시간 뒤, 실컷 울고 난 잭은 엉망이 된 방 안에서 침대에 가만히 누워 집 안에서 들려오는 소리에 귀를 기울였다. 앞 현관문

52

이 열리는 소리가 들리길 바랐다. 할머니가 일하러 간 엄마에게 전화를 해서 무슨 일이 일어났는지 설명하면 엄마는 일찍 집으로 돌아올 것이다. 엄마는 디피가 잭에게 얼마나 소중한지 잘 알고 있었다. 그러니 잭이 디피를 찾으러 갈 수 있게 도와줄 것이다. 하지만 앞 현관문은 좀처럼 열리지 않았다.

오후 1시, 할아버지가 와서 잭의 방문을 두드리며 점심을 먹자고 했다. 잭은 "안 먹어요!"라고 소리쳤다. 할머니도 와서 방문을 열고 크리스마스트리 꼭대기에 놓아 둘 새로운 천사 인형을 보러 내려오라고 했다. 잭은 더 크게 "싫어요!"라고 소리쳤다. 얼마 후 앞 현관문이 열렸다가 닫히는 소리가 들려왔다. 혹시 엄마가 일찍 온 건가 싶어서 잭은 잠깐 기분이 좋아졌다. 하지만 누군가 눈 내리는 집 앞길을 자박자박 걸어 내려가는 소리가 들렸다. 그게 누구든, 이 날씨에 무슨 이유로 외출을 하든 잭이 알 바 아니었다. 크리스마스도 더 이상 기대되지 않았다. 잭은 온통 디피 생각뿐이었다.

크리스마스 피그

차 마시는 시간쯤에 정원 문이 삐걱 열리고 집 앞길을 올라오는 발소리가 들렸다. 엄마이길 바라며 잭은 벌떡 일어나 창밖을 내다보았다. 엄마가 아니라 할머니와 홀리였다.

잠시 후 누가 또 잭의 방문을 똑똑 두드리며 열었다.

"잭." 할머니였다. "홀리가 너한테 주려고 뭘 좀 가져왔단다."

홀리의 얼굴은 통통 붓고 눈물에 젖어 있었다. 잭은 일어나 앉아 홀리가 손에 들고 있는 갈색 종이 가방을 바라보았다. 잭이 생각하기에 홀리가 한 짓을 보상할 수 있는 방법은 하나뿐이었다. 고속도로로 가서 디피를 찾아온 게 틀림없었다.

홀리가 종이 가방에 손을 집어넣자 배 속의 플라스틱 콩들이 달그락거리는 소리가 들렸다. 잭은 추측이 맞을 거라고 잠깐 생각했다.

하지만 희망은 곧 꺼지고 말았다. 홀리가 가방에서 꺼낸 것은 새 돼지 인형이었다. 디피와 같은 크기, 같은 수건 재질이지만 이 인형은 통통하고 의기양양한 표정이었다. 주황빛이 도는 분홍색의 매끈한 피부, 작은 딱정벌레를 닮은 반짝이는 작은 눈도 디피

54

와는 달랐다.

할아버지가 말했다.

"같은 인형이야. 봐 봐. 홀리가 무척 미안해하고 있어, 잭. 그래서 자기 용돈으로 널 위해 이 인형을 산 거야."

홀리가 조그만 목소리로 사과했다.

"미안해, 잭. 진짜, 진짜 미안해."

잭이 대꾸도 하지 않자 할아버지는 분위기를 밝게 만들려 애쓰며 말했다.

"이 인형은 크리스마스 피그야. 그렇지?" 할아버지는 홀리의 손에서 돼지 인형을 받아 들고 잭 앞에서 인형의 통통한 발을 잡아 흔들었다. "이거 봐라, 잭? 얘는 네가 마음에 드나 봐. 우리랑 아래층으로 내려가지 않을래? 내려가서 차 마시면서 영화 보자. 다 같이 긴 양말도 걸어 놓아야지. 네 새 자전거도 잊지 마, 잭! 산타 할아버지가 지금쯤 새 자전거를 썰매에 싣고 있을 거다! 어서, 잭. 아래층으로 내려가자. 크리스마스 피그도 같이 데려가. 우린 다 같이 친구가 되는 거야."

천천히 침대에서 일어선 잭은 크리스마스 피그를 향해 손을 뻗었다. 예상대로 질감이 끔찍했다. 거칠고 닳아빠진 몸이 아니라 미끄러울 정도로 매끈했다. 이 인형의 반들거리는 까만 눈과 뻣뻣한 분홍색 귀도 기분 나빴다. 원래 이 귀는 한쪽으로 처지고 회색빛이어야 하는데.

"그래, 착하지."

할아버지의 말에 잭은 분노가 폭발하고 말았다. 새 돼지 인형으로 디피를 대신할 수 있다고 생각하다니. 어른들은 이해를 못

하는 것이다. 디피는 세상에서 유일한 존재였다. 이 새 돼지 인형
은 아무것도…… 아무것도 아니었다. 잭은 크리스마스 피그를 바
닥에 던지고 발로 콱콱 밟았다. 인형 다리를 집어 들었다가 옷장
에 대고 몇 번이나 던지고 또 던졌다. 이번에는 인형 머리를 잡고
아예 뜯어내려고 잡아당겼다.

할아버지가 소리쳤다.

"잭! 그만해, 잭!"

홀리는 방에서 뛰쳐나갔다. 잭은 크리스마스 피그를 옷장에 휙
던지고 침대로 올라가 누워 베개를 주먹으로 팍팍 내려치며 악을
썼다. 할아버지가 무슨 말을 해도, 어떤 말로 설득해도 아래층으
로 내려가지 않을 것이다. 잭은 긴 양말을 거는 일 따위는 하고 싶
지도 않았다. 착한 아이가 되고 싶지도 않았다. 새 자전거도 싫었
다. 세상에서 그가 원하는 건 오직 디피뿐이었다.

한참 시간이 흐른 뒤 아래층에서 시끌벅적한 소리가 들려왔다.
가만히 들어 보니 혹시 떨어져 있을지 모를 초콜릿 조각을 찾으려
고 크리스마스트리를 잡아당긴 토비가 결국 새 천사 인형도 이빨
로 마구 씹어 버린 모양이었다. 고소했다. 이번에는 슬프거나 화
가 나질 않고 웃음이 났다. 크리스마스 전체를 마구 찢어 버리고
싶은 심정이었다. 그래야 다들 고속도로에서 디피를 잃어버린 잭
의 심정이 어떤지 조금이나마 이해할 것이다.

할머니가 위층으로 올라와, 잠자리에 들기 전 잭에게 잠옷을
입혀 주었다. 잭은 속으로 생각하고 있는 계획을 숨긴 채 할머니
가 하라는 대로 순순히 잠옷을 입었다. 그리고 최선을 다해 엉망
으로 만들어 놓은 방에서 침대에 누웠다. 구겨진 포스터가 바닥에

나뒹굴고 서랍들은 죄다 책상 밖으로 빠졌으며 크리스마스 피그
는 옷장 발치에 널브러져 있었다. 잭은 이대로 얌전히 잠을 잘 것
처럼 굴었다. 마침내 할머니가 방을 나갔다.

창밖의 하늘이 시커멓게 물들고 눈이 소용돌이치기 시작했다.
잭은 온 집 안이 조용해질 때까지 침대에 누워 가만히 기다렸다.
다른 때 같으면 무척 신이 났을 것이다. 엄마와 함께 긴 양말을 걸
어 놓고 루돌프에게 줄 당근도 그 옆에 놓아두었을 것이다. 하지
만 이번 크리스마스이브는 아니었다. 이번 크리스마스를 즐겁게
보내는 건 디피에 대한 배신이었다. 디피는 크리스마스 전체를 합
친 것보다 훨씬 중요했다. 다들 잠이 들면 잭은 살그머니 일어나
옷을 입고 이 집을 빠져나갈 것이다. 오랜 친구를 찾으러 고속도
로로 갈 것이다.

기적과 잃어버린 것들의 밤

잭은 어느새 잠이 들었던 모양이었다. 눈을 뜨니 칠흑처럼 캄캄한 어둠이 내려 있었다. 방 안에서 두런두런 얘기 소리가 들렸다. 할머니와 할아버지가 잭이 괜찮은지 보러 들어오신 걸까. 잭은 계속 자는 척하려고 눈을 도로 감았다.

걱정스러운 목소리가 말했다. "해 본 적이 없잖아. 가능할지 모르겠어."

두 번째 목소리가 말했다. "가능하다니까. 저 아이가 어느 정도 용감한지에 달려 있어."

좀 더 나이가 있는 듯 걸걸한 세 번째 목소리가 말했다. "용감하기는 한데 애한텐 너무 위험한 일이야. 나도 여러 번 거기 갔다 와서 아주 잘 알아."

네 번째 목소리가 말했다. "나도 가 봤어. 다들 한 번쯤은 거기 갔다 왔을걸."

느릿하고 낮은 다섯 번째 목소리가 말했다. "난 한 번도 안 가 봤어."

다시 첫 번째 목소리가 말했다. "그렇겠지. 넌 몸집이 너무 크잖아. 난 작은 물건들 얘길 하는 거야."

전혀 익숙한 목소리들이 아니었다. 잭은 겁이 나기 시작했다. 저들은 누구지? 낯선 사람들이 잠에서 깬 걸 알아챌까 봐 눈을 뜰 수가 없었다.

두 번째 목소리가 말했다.

"어차피 할 거면 오늘 밤에 해야 돼. 내가 쟤를 깨울게."

그 말에 목소리들이 다 같이 웅얼대며 반대의 뜻을 나타냈다. 하지만 잭은 무언가가 침대 옆쪽을 타고 올라오는 듯한 괴상한 느낌 때문에 더 걱정이 됐다. 잭의 이불을 슬그머니 잡아당기는 그것은 새끼고양이처럼 자그마했다. 배 속에 플라스틱 콩이라도 담긴 것처럼…… 달그락달그락 소리도 났다. 잭이 뭐든 해 보려는 결심을 하기 전에 무언가가 그의 얼굴을 콕 찔렀다.

겁에 질린 잭은 그의 얼굴을 콕 찌른 그것을 손으로 탁 후려쳤다. 그것이 옷장으로 날아가 와그작 부딪치는 소리가 났다. 낮고 느릿한 목소리가 "아이고"를 외쳤고 두 번째 목소리가 "맞는 건 진짜 지긋지긋하다니까!"라고 탄식했다.

잭은 손으로 더듬더듬 조명 스위치를 찾아 켰다. 눈을 껌벅이며 방 안을 둘러보았다. 사람은 없었다. 크리스마스 피그가 옷장 앞에 엎어져 있을 뿐이었다.

잭은 방금 전 손으로 친 게 크리스마스 피그임을 알아챘다. 하지만 크리스마스 피그가 혼자 일어서서 앞발로 엉덩이를 짚고 말하는 모습을 보게 될 줄은 전혀 예상 못 했다.

"한 번만 더 치면 절대 안 도와줄 거야, 이 못된 녀석아."

잭은 엄청 충격을 받고 겁이 나서 꼼짝도 할 수 없었다. 문득,

살을 꼬집어 보면 꿈인지 아닌지 알 수 있다고 한 엄마의 말이 기억났다. 다리를 꼬집어 보았다. 아팠다. 잭이 속삭였다.

"너 말할 줄 아는구나!"

크리스마스 피그가 부루퉁하게 내뱉었다.

"이제야 그걸 알다니 똑똑하기도 해라."

"잭은 똑똑한 아이야."

걸걸한 목소리가 말했다. 오래전 아빠의 장난감이었던 낡고 오래된 성냥갑 자동차가 한 말이었다. 그 자동차가 말을 할 때마다 보닛이 위로 올라갔다 내려갔다 했다. 자동차의 헤드라이트는 눈알로 변해 있었다.

"잭한테 못되게 굴지 마. 잭은 네가 모르는 마음고생을 엄청 했어."

자동차의 말에 크리스마스 피그가 받아쳤다.

"고생이라면 나도 실컷 했어. 잊어버렸나 본데, 쟤가 내 머리를 잡아 뽑으려고 했어. 그래서 쟤를 돕는 대신 조건을 걸 생각이야."

돼지 모양 봉제 인형과 장난감 자동차가 서로 얘기를 나누는 게 그다지 이상한 일도 아닌 것처럼 느껴졌다. 문득 주변을 돌아보니 방 안의 다른 물건도 저 자동차처럼 눈과 입이 달려 있었다. 옷장은 옹이 부분이 커다란 갈색 눈이 되었고 열쇠 구멍은 입이 됐다. 그의 방 휴지통은 마치 달팽이 눈처럼 길쭉한 주석 손잡이에 작은 눈 두 개가 붙어 있었다. 몇몇 물건들은 팔까지 돋아났다. 휴지통에는 금속 막대처럼 생긴 팔이 생겨났고, 깔개에는 털실로 된 헐렁한 팔이 붙어 있었다. 흥미로우면서도 상당히 무시무시한 모습들이었다.

성냥갑 자동차가 크리스마스 피그에게 말했다.

"이게 얼마나 위험한 일인지 애한테 제대로 경고를 해 줘야 돼. 본인이 잘 모르는 내용에 동의하게 할 수는 없잖아."

방 안의 물건들이 웅성대며 동의를 표했다.

잭은 겨우 목소리를 냈다.

"나, 나는 물건들이…… 말을 할 수 있는 줄 몰랐어."

원래 하려고 했던 말은 '너희가 느낄 수 있는지 몰랐어'였다. 잭은 어렸을 때부터 이 물건들을 무척 험하게 가지고 놀았고 크리스마스 피그에게는 특히 더 심한 폭력을 저질렀다.

크리스마스 피그가 대답했다.

"오늘 밤에는 우리도 살아 있는 자들의 나라에서 말을 할 수가 있어. 오늘은 특별한 밤이거든. 오늘이 무슨 날인지는 알지?"

"크리스마스이브잖아."

"맞아. 그렇다는 건 오늘 하룻밤 동안은 우리가 다른 때 못 했던 걸 할 수 있다는 뜻이지. 우린 네 돼지 인형을 찾아올 수 있어."

"알아." 잭은 이불을 젖히며 말했다. 다행히 이 이불은 방 안에 있는 다른 물건들처럼 눈이 생겨나거나 말을 하지 않았다. "난 고속도로에 다시 가 볼 생각이야."

"그런 방법으로는 못 찾아. 지금 디피는 분실물 나라에 가 있거든. 디피를 구해 내려면 분실물 나라로 가서 찾은 다음 집으로 데리고 와야 돼."

잭은 콧방귀를 뀌었다.

"분실물 나라 같은 건 없어. 막 지어내네."

그러자 방 안의 물건들 대부분이 일제히 웅성거렸다. 휴지 케이스와 잭의 슬리퍼 두 짝, 잭이 예전 집에서 새집으로 가져온 전등갓도 떠들어 대고 있었다. 무척 혼란스럽고 무시무시한 광경이었다. 이들이 내는 시끌벅적한 소리 때문에 할머니, 할아버지가 잠에서 깰까 봐 더 걱정스러웠다. 할머니, 할아버지가 아시면 분명 잭이 디피를 찾으러 나가지 못하게 막을 것이다. 이 물건들도 당연히 단속하실 것이다.

"내가 설명해 줄게!"

성냥갑 자동차가 걸걸한 목소리로 외쳤다. 성냥갑 자동차는 방 안에 있는 물건들 중 제일 작았지만 제일 오래된 물건이라 그런지 다들 웅성대던 입을 다물었다.

성냥갑 자동차는 녹슨 바퀴를 삐걱삐걱 굴리며 앞으로 굴러와 잭에게 말했다.

"네가 잃어버린 물건들이 가게 되는 곳이 바로 분실물 나라야. 괴상한 법이 적용되는 이상하고 무시무시한 곳이지. 너와 네 아빠가 나를 자주 잃어버린 바람에 난 거기 여러 번 갔다 왔어."

"미안."

잭은 우물거리는 목소리로 사과했다. 잭은 정원에서 이 작은 자동차를 가지고 놀다가 몇 번이나 어디 뒀는지 잊어버리곤 했다. 이 자동차의 몸통 곳곳이 깨지고 녹이 슨 것도 그래서였다.

"그래도 항상 다시 나를 찾아줬잖아. 덕분에 루저가 나를 잡아가지 못했어."

"누구?"

"루저. 분실물 나라를 다스리는 자야. 주머니에 안전하게 넣어 뒀다고 생각했는데 물건이 주머니에서 쏙 빠져 없어지는 건 다 그 루저 때문이야. 루저는 네 마음을 흔들어서 펜을 쓰고 어디다 뒀는지 잊어버리게 만들어. 루저는 인간들에게 속한 물건을 전부 쏙쏙 빨아들여서 자기 왕국에 영원히 가둬 두고 싶어 하거든. 루저는 살아 있는 자도 싫어하고 살아 있는 자들에게 속한 물건들도 증오해. 그 물건들을 잡아다가 고문하고 잡아먹어."

겁에 질린 잭이 기어들어 가는 목소리로 물었다.

"루저가 디피도 잡아먹을까?"

"디피가 분실물 나라의 법을 지키는 한 무사할 거야. 루저는 그 법을 따르지 않고 저항하는 물건을 잡아먹을 수가 있거든. 그런데 그 법을 만든 게 루저라서 때로는 법을 가지고 속이기도 해."

"난 디피를 구하러 갈 거야. 분실물 나라에 어떻게 해야 갈 수 있어?"

크리스마스 피그가 나섰다.

"넌 못 가. 적어도 혼자서는 불가능해. 넌 인간이잖아. 분실물 나라는 사물들의 영역이야. 원래는 그렇지만, 크리스마스이브는 기적과 잃어버린 것들을 위한 밤이니까 오늘은 너도 그리로 갈 수 있어. 목숨을 걸 만큼 디피를 사랑한다면 분실물 나라로 데려가줄게. 거기서 디피를 데리고 나올 수 있을지는 가 봐야 알아."

"난 디피를 사랑해. 이 세상 무엇보다 사랑해."

"좋아. 그럼 도와줄게. 대신 조건이 있어. 우리가 디피를 찾아서 집으로 데려오면, 나를 이 집으로 데려온 소녀한테 돌려보내 줘."

"왜?"

"난 그 소녀가 좋아. 그 소녀는 나를 발로 콱콱 밟지도 않았거든.”

낡은 성냥갑 자동차가 무어라 말하려 했지만 크리스마스 피그가 날카롭게 노려보자 자동차는 입을 다물었다.

“네가 디피를 되찾고 행복해하지 않으면 그 소녀는 나를 돌려받지 않으려고 할 거야. 어때, 이 조건으로 거래할래?”

“좋아.”

잭은 곧장 대답했다. 잭은 크리스마스 피그가 마음에 들지는 않았지만 디피를 구하려면 그가 필요했다.

크리스마스 피그가 말했다.

“잠옷 말고 다른 옷을 입어. 슬리퍼도 신고.”

잭은 이래라저래라 명령하는 새 돼지 인형이 마음에 들지 않았다. 무엇보다 그를 올려다보며 눈을 깜박이는 슬리퍼 속에 발을 집어넣으려니 기분이 너무 이상했다.

“이대로도 편해. 어서 분실물 나라로 데려다줘.”

작아진 잭

그 말을 하는 순간 잭은 괴상한 느낌에 휩싸였다. 마치 승강기를 타고 빠르게 아래층으로 내려가는 듯한 기분이었다. 동시에 그의 침대와 시트가 급속도로 커져 잭은 바닥이 내려다보이지도 않았다. 깜짝 놀란 잭은 일어서려다 시트의 주름에 발이 걸려 앞으로 고꾸라지고 말았다.

　몇 초 후에야 잭은 침대가 커진 게 아니란 걸 알았다. 잭의 몸이 확 작아진 것이었다. 겨우 똑바로 일어선 잭의 눈앞에 시트의 주름들이 마치 거대한 눈 더미처럼 펼쳐져 있었다. 말 몇 마디 했다고 몸이 이렇게까지 작아지다니 생각할수록 무시무시했다. 이불에 눈코입이 생겨나지 않아 다행이었다. 만약 그렇게 됐으면 이불이 잭을 뒤덮어 죽일 수도 있을 것이다.

　방바닥에서 크리스마스 피그의 목소리가 들려왔다.

　"이불 한쪽 구석을 타고 내려와! 어서. 그게 제일 쉬워!"

　막상 해 보니 쉽지 않았다. 잭은 두려웠지만 최선을 다해 이불을 잡고 방바닥으로 내려갔다. 이불 끝자락을 잡고 바닥으로 툭 떨어진 잭은 드디어 크리스마스 피그 옆에 섰다. 이제 그들은 키가 같아졌다. 둘 다 20센티미터 정도였다.

크리스마스 피그는 잭의 방문을 향해 씩씩하게 걸어가며 물건들에게 인사를 했다.

"그럼, 다들 잘 있어. 만나서 반가웠다."

몇몇 장난감이 그들을 말리려 했다.

잭이 해양 생물 센터에서 산 작은 플라스틱 상어 인형이 바닥에 지느러미를 탁탁 부딪치며 말했다.

"다시 한번 생각해 봐. 네가 무슨 짓을 하려는 건지 생각해 보라고, 피그!"

"충분히 생각했어. 충고 고마워."

크리스마스 피그는 방문 아래쪽으로 몸을 밀어 약간 열어 놓았다.

잭이 버거를 사면서 사은품으로 받았던 작은 로봇이 울부짖었다. 잭은 그 로봇을 가지고 놀다가 벽에 던진 적도 있었다.

"살아 있는 아이가 분실물 나라에 들어간 적은 한 번도 없었어!"

"뭐든 처음이 있게 마련이야."

크리스마스 피그는 이렇게 대답하고 잭과 함께 방을 나섰다.

"잭, 크리스마스 피그가 너한테 말 안 한 게 있어……."

잭의 방 서랍장에서 툭 떨어진 바지가 말을 하려는데, 크리스마스 피그가 문 밑에 끼워 두었던 앞발을 쏙 빼고는 살짝 열려 있던 문을 당겨 닫았다. 그러고는 잭에게 말했다.

"네가 가진 물건들은 참 지루한 애들이구나. 가자."

잭이 보기에 이처럼 무례한 녀석인 크리스마스 피그는 홀리랑 아주 좋은 짝이 될 것 같았다. 크리스마스 피그의 뒤를 따라 계단 쪽으로 걸어간 잭은 크리스마스 피그가 하는 것을 보고 계단을 한 칸 한 칸 내려가기 시작했다. 키가 아주 작아져서 그런지 난간이 고층 건물처럼 높아 보였다. 난간은 계단을 등반하듯 내려가는 소년과 돼지 인형에게 무시무시한 그림자를 드리웠다.

잭은 계단 한 칸을 내려가며 물었다.

"계단들은 왜 말을 못 해? 내 이불도 말을 못 하던데 왜 그런 거야?"

"크리스마스이브에 말을 할 수 있을 정도로 깨어나지 못하는 물건들도 있어. 네 이불 새거냐?"

"응."

"그럼 아직 네 감정이 그 이불에 많이 깃들지 않아서 그럴 거야. 네 감정이 많이 깃들면 물건들이 깨어날 수 있거든. 손을 많이 타고 인간의 감정을 흡수할수록 그렇게 돼. 계단이나 벽 같은 것들은 인간들이 존재를 너무 당연시해서 좀처럼 깨어나질 못해."

"너도 새 인형이잖아. 그런데 잘만 깨어 있네."

'너무 잘 깨어 있어서 탈이지'라고 잭은 속으로 생각했다. 물론 그 말을 소리 내어 하지는 않았다.

"난 특별한 경우야."

잭의 귀에는 잘난 척하는 말로 들렸다. 겸손한 디피라면 절대 하지 않을 말이었다.

"길을 잃고 분실물이 되기에 제일 좋은 장소가 어디일지 결정해야 돼. 일부러 분실물이 되려고 하면 그게 또 쉽지가 않아. 좋은 아이디어 있어?"

"분실물 나라로 갈 수 있는 방법이 그거야? 분실물이 되는 거?"

"당연하지. 그런데 넌 이 집에 대해 잘 알 테니까 그게 어려울 수도 있어."

"정원에서라면 좀 쉬울 거야. 지금은 내 몸이 작아졌으니까 될 것 같기도 해. 뒷문으로 의자를 끌고 가 자물쇠에 올라가서 열어 보자."

"좋은 생각이야."

둘은 드디어 계단을 다 내려갔다. 크리스마스 피그가 물었다.

"어디로 가야 돼?"

잭은 어두컴컴한 복도를 지나 주방 쪽으로 크리스마스 피그를 데려갔다. 20센티미터 키가 되고 보니 복도가 어마어마하게 넓게 느껴졌다. 덕분에 주방 문 밑의 틈새로 기어 들어갈 수 있을 듯했다. 바닥에 엎드린 그들은 몸을 꼼지락꼼지락 움직여서 주방 문 밑으로 기어 들어갔다.

크리스마스 피그가 말했다.

"좋았어. 이제 의자를 저쪽으로 옮기면……."

하지만 크리스마스 피그는 말을 끝맺지 못했다. 다리가 네 개 달린 거대한 짐승이 그들 앞에 나타난 것이다. 길고 누런 이빨, 텁수룩한 털, 번뜩이는 눈을 가진 괴물이었다. 괴물은 낮고 굵은 소리로 짖으며 크리스마스 피그를 향해 달려왔다. 리놀륨 바닥에 쫙 미끄러지면서 무시무시한 앞발로 크리스마스 피그를 거의 붙잡을 뻔했다.

"뛰어, 빨리!"

크리스마스 피그가 소리치며 문 쪽으로 달려갔다. 잭은 잽싸게

뒤따라갔다. 토비의 구린내 나는 숨결이 목덜미에 뜨끈하게 와닿았다. 토비의 발톱이 바닥을 타닥타닥 긁었다. 동시에 몸을 날린 잭과 크리스마스 피그는 엎드린 채로 주방 문 밑을 지나 복도로 쑥 빠져나갔다.

"개가 있다고 미리 말을 해 줬어야지!"

크리스마스 피그가 숨을 헐떡이며 말했다. 그는 잭과 함께 엎드린 채 가쁜 숨을 골랐다.

"깜빡했어! 원래 이 집에 사는 개가 아니야!"

토비는 주방 문을 넘어오고 싶어서 낑낑거리며 문을 박박 긁어 댔다.

크리스마스 피그는 일어서서 몸에 묻은 먼지를 툭 털며 말했다.

"뒷문은 안 되겠다. 앞문으로 가자. 따라와."

그 순간 토비가 주방 문을 몸으로 밀고 달려 나왔다.

잭과 크리스마스 피그는 복도를 따라 후다닥 달려갔다. 토비는 나무 바닥이라 이리저리 미끄러지면서도 그들을 쫓아왔다. 어두컴컴한 거실로 도망쳐 들어간 잭과 크리스마스 피그는 소파 밑으로 몸을 숨겼다.

토비는 소파 밑 틈새로 반들거리는 검은 코를 들이밀고 킁킁거리더니 곧 요란하게 낑낑거렸다. 그들이 소파 밑에 있는 걸 안 이상 절대 포기하고 물러설 개가 아니었다.

잭은 크리스마스 피그에게 속삭였다.

"크리스마스트리 밑으로 기어가면 거실을 빠져나갈 수 있을 거야. 저 개는 우리가 계속 소파 밑에 있는 걸로 알겠지. 거실을 나가서 주방 문 쪽으로 가자."

크리스마스 피그는 고개를 끄덕였다. 배 속의 플라스틱 콩들이 달그락거리지 않도록 배를 꼭 잡고 잭의 뒤를 따라 소파 뒤쪽의 틈새로 향했다. 그쪽에 크리스마스트리가 서 있었다. 트리의 꼬마 전구 불빛이 방 안을 유일하게 밝히고 있었다. 어둠 속 트리 밑에 놓인 선물 상자들은 마치 엉망진창으로 지어진 집들처럼 몸집이 작아진 잭을 내려다보았다.

토비는 여전히 소파 저쪽에서 코를 킁킁거리며 앞발로 소파 밑을 긁어 대고 있었다. 잭은 천천히 조심스럽게 기어 나가 선물 상자를 붙잡고 위로 올라가기 시작했다. 진홍색 리본으로 싸 놓은 선물 상자는 맨발로 밟고 올라가기에 좋았다. 눈꽃 무늬가 들어간 파란 포장지로 싸 놓은 선물 상자는 잭이 손으로 붙잡자 약간 찢어지고 말았다. 포장지 안에는 큼직한 레고 상자가 담겨 있었다. 아빠가 보낸 선물이 틀림없었다. 저 위에서 반짝거리는 꼬마전구들은 엄마랑 같이 트리에 매달 땐 무척 조그맣게 느껴졌는데 지금은 엄청 커져서 눈이 아플 지경이었다. 잭은 선물 무더기 꼭대기를 향해 천천히 기어 올라갔다. 마침내 금색 포장지로 싸 놓은 제일 큰 상자에 다다랐다. 이 상자를 똑바로 가로질러 가면 트리 밑에서 벗어날 수 있을 것이다. 그런데 발을 헛디뎌 그만 미끄러지고 말았다! 금색 포장지가 너무 반짝거려서 발이 미끄러졌는데 어디를 붙잡아야 할지 분간도 되지 않았다. 잭은 선물 상자들 사이의 틈새로 굴러떨어졌다. 키가 20센티미터밖에 안 되니 상자들 사이가 마치 칠흑처럼 어두운 산골짜기처럼 느껴졌다. 잭은 선물 상자들 사이에서 빠져나가려 했지만 매끈한 포장지로 싸인 거대한 상자들에 둘러싸여 있어 쉽지가 않았다.

"너 어디 있어?"

크리스마스 피그가 속삭이듯 물었다. 하지만 곧 크리스마스 피그도 금색으로 포장된 상자를 밟고 미끄러져 잭의 머리 위로 툭 떨어지고 말았다.

토비가 트리 쪽으로 후다닥 달려오는 소리가 들렸다.

잭이 말했다.

"아, 어떻게 해! 넌 왜 그렇게 달그락거리냐?"

토비가 그르렁대는 소리가 점점 커져 갔다. 크리스마스 피그가 외쳤다.

"주방으로 가는 길이 어디야?"

"모르겠어! 길을 잃었나 봐."

제 2 부
잘못 둔 곳

트리 밑에서

'길을 잃었다'는 말이 나오자마자 잭의 발밑 세상이 사라졌다. 잭은 마루가 있어야 할 자리를 쑥 통과해, 천천히 어딘가로 추락했다. 느낄 수도, 볼 수도 없는 걸쭉한 물질 속에 갇힌 것 같기도 했다. 크리스마스트리의 꼬마전구도 사라지고 사방이 새까맸다.

겁에 질린 잭이 입을 열었다.

"크리스마스 피그?"

어둠 속에서 크리스마스 피그의 목소리가 들려왔다.

"나 여기 있어. 걱정하지 마. 이게 분실물 나라로 들어가는 길이야! 곧 밝아질 거야!"

그의 말대로 몇 초 지나자 크리스마스 피그의 모습이 보였다. 잭과 마찬가지로 크리스마스 피그도 둥실 뜬 채 아래로 떨어지고 있는 중이었다. 주변이 점차 밝아지자 잭은 황금빛 기둥을 따라 내려가고 있음을 알아챘다. 저 위쪽에는 나무 천장에 둥그런 구멍 두 개가 뚫려 있었다. 그들이 떠나온 세상의 마룻바닥일 것이다. 잭의 세상. 잭의 엄마가 살고 있고, 잭이 아는 모든 것들이 존재하는 세상이었다.

그들은 아래로, 아래로, 아래로 내려갔다. 가만히 보니 각자의 빛기둥 속에서 천천히 아래로 떨어지고 있는 것은 잭과 크리스마스 피그뿐만이 아니었다. 수천, 수만 개의 물건들이 그들 주변에서 함께 떨어지고 있었다. 잭은 가볍게 몸을 틀어 주변을 둘러보았다.

가까이에서 떨어지고 있는 물건들로는 티스푼, 반들거리는 빨간색 크리스마스 장식, 개 호루라기, 틀니, 손가락 인형, 반짝이는 동전, 장식용 반짝이 조각들을 길게 이어붙인 끈, 카메라, 스크루 드라이버, 비행기 표, 선글라스, 양말 한 짝, 테디 베어, 순록 무늬 포장지 한 롤 등이 있었다.

"보고도 믿어지지 않지?"

포장지가 잭에게 말을 걸었다. 포장지 표면에 그려진 순록들 중 한 마리가 눈을 깜박거리며 잭에게 말하고 있었다.

"주인 아줌마가 오늘 저녁에 세 번째로 나를 잃어버린 거야! 내가 라디에이터 밑으로 굴러 들어갔거든……. 또 어쩔 줄 몰라 하겠지…… 평소에도 포장을 빨리 안 하고 느릿거리더니만!"

포장지는 이 말을 하자마자 곧장 방향을 틀어 위쪽 천장의 구멍을 향해 올라가기 시작했다. 잭의 시야에서 사라질 때쯤 포장지가 소리쳤다.

"앗싸, 주인 아줌마가 날 찾아냈어! 행운을 빌어! 너희도 곧 다시 올라오길 바란다!"

주변에서 일어나는 온갖 일들에 놀란 잭은 대답할 정신이 아니었다. 특히 저 아래 바닥을 보고는 더더욱 정신이 없었다. 처음에는 다채로운 색깔의 카펫인 줄 알았는데, 내려가면서 보니 수백만 개의 물건들이었다. 겁을 먹은 잭은 그들 중 루저가 누구인지 찾으려고 두리번거렸다. 하지만 루저가 어떻게 생겼는지, 그곳에 있기는 한 건지 알 수가 없었다. 아래로 내려갈수록 소리도 요란해졌다. 바닥에 늘어선 물건들이 와글와글 떠들고 달그락대고 부스럭거려서 귀가 먹먹할 지경이었다.

주변이 조금 더 밝아지자 잭은 이곳이 창고처럼 거대한 건물 내부란 걸 알게 됐다. 어마어마하게 높은 벽돌 벽으로 둘러싸이고, 나무 천장에 무수한 구멍이 뿅뿅 뚫려 있는 건물이었다. 바닥에 내려선 고무공과 일기장, 종이집게와 줄자, 카메라, 펜, 지갑 등은 저희끼리 모여 쉴 새 없이 떠들어 댔다. 처음 보는 풍경에 홀려 사방을 둘러보던 잭은 어느새 바닥에 발이 닿자 깜짝 놀랐다. 그는 따뜻한 나무 바닥을 맨발로 밟고 섰다. 크리스마스 피그도 잭의 옆에 내려섰다. 그들이 내려선 곳은 달그락거리는 열쇠들과 버스럭거리는 우산들 사이로 난 좁은 길이었다.

크리스마스 피그가 활기차게 말했다.

"표가 있어야 돼. 가자."

한 옆에는 열쇠들, 다른 쪽 옆에는 우산들이 모여 있는 곳 사이로 난 길을 따라 크리스마스 피그는 앞장서서 나아갔다. 그들은 칼과 요리용 꼬챙이, 기다란 뜨개질바늘 옆을 지나갔다. 꼭대기에 'L'이라는 글자가 붙은 뾰족한 검은 모자를 쓴 걸 보니 중요한 지위에 있는 자들인 모양이었다. 그것들이 폴짝폴짝 뛰며 이동하고 있는데도 모자 꼭대기의 'L' 자는 균형을 잘 잡고 떨어지지 않았다. 모자를 쓴 물건들은 길 양쪽에서 순찰을 돌면서 다른 물건들이 방금 떨어진 물건들에게 방해가 되지 않도록 잘 모여 서 있게 끔 지도해 주고 있었다.

크리스마스 피그가 잭에게 작은 소리로 설명해 주었다.

"저들은 분실물 조정관들이야. 전에 여기 와 본 물건들한테서 들었는데, 저들이 루저의 하인들이래. 루저한테 잡아먹히지 않는 대신 루저의 법을 실행하는 일을 한대."

기다란 다이아몬드 귀고리 한 쌍이 잭과 크리스마스 피그 앞에 떨어졌다. 귀고리가 심하게 반짝거려서 잭은 눈을 가늘게 떠야 했다.

다이아몬드 귀고리 중 하나가 쟁쟁한 목소리로 물었다.

"여기 담당자가 누구죠?"

그러자 쌍둥이인 또 다른 귀고리가 외쳤다.

"우린 아주 중요한 물건들이에요. 도움이 필요합니다!"

그러자 잭과 크리스마스 피그 옆에서 통통 튀고 있던 테니스공이 쉰 목소리로 말했다.

"진정해요, 아가씨들." 테니스공은 개가 씹다 뱉은 것처럼 생겼고 몸에서 고약한 냄새가 났다. "내가 여기 자주 와 봐서 아는데, 보기엔 엉망이지만 나름 질서가 있어요."

귀고리들은 더러운 물건이 함부로 말을 걸자 불쾌해진 모양이었다.

첫 번째 귀고리가 도와줄 이를 찾아 제자리에서 빙글 돌자 온몸이 휘황찬란하게 반짝거렸다.

"우리가 '잘못 둔 곳'에 와 있는 것 같아!"

첫 번째 귀고리의 외침에 쌍둥이 자매가 물었다.

"우리처럼 고귀한 물건들은 어디로 가야 하죠?"

아무도 대답하지 않았다. 오른쪽에서 열쇠들이 저 멀리 천장의 구멍을 향해 악을 쓰고 있었다. "난 네 다른 외투 안에 있어, 이 멍청아!", "네가 날 다시 자물쇠에 꽂아 놨잖아!" 같은 말들이었다. 우산들은 조용하고 울적한 표정이었다. 낡아빠진 검은 우산이 하는 말이 잭의 귀에 들려왔다. "또 이렇게 될 줄 알았어. 그 남자는 나를 또 기차에 두고 내렸어. 아마 새 우산을 사겠지……."

검은 모자를 쓴 깡통 따개가 금속 다리로 따그닥따그닥 다가왔다. 그녀의 목에는 작은 상자가 걸려 있고, 손잡이 밑에는 가느다란 금속 팔 두 개가 붙어 있었다.

깡통 따개가 외쳤다.

"표 받아요! 새로 도착한 분들, 여기서 표 받아 가세요!"

"내가 가서 받아 올게."

크리스마스 피그가 깡통 따개에게 표를 달라고 말하려는데 다이아몬드 귀고리들이 그를 밀치고 앞으로 나섰다.

첫 번째 귀고리가 말했다.

"여긴 잘못 둔 곳인 것 같은데요."

두 번째 귀고리도 말했다.

"우리처럼 중요한 물건들은 어디로 가야 하죠?"

깡통 따개가 방향을 가리키며 설명했다.

"보석 종류는 서쪽 벽 앞으로 가세요. 우선 표부터 받아요. 여기……." 깡통 따개는 목에 건 작은 상자에서 파란색 표 두 장을 뜯어내 귀고리들에게 한 장씩 내주었다. 귀고리들이 움직일 생각을 안 하자 깡통 따개는 한 번 더 소리쳤다. "서쪽 벽 앞으로 가라고요."

첫 번째 귀고리가 항의했다.

"이해를 못 하시나 본데, 우린 진짜 다이아몬드로 만들어진 귀고리예요."

두 번째 귀고리도 말했다.

"흔해 빠진 플라스틱 목걸이들과 한곳에 있을 수는 없어요. 귀중품들을 위한 장소는 어디예요?"

깡통 따개가 날카롭게 지시했다.

"저쪽 대기 구역에 가 있어요. 다이아몬드든 플라스틱이든 여기서는 다 마찬가지예요. 당신들이 저 위에서 얼마나 가치 있는 존재였는지는 곧 알게 되겠죠."

귀고리들은 화가 난 표정을 짓고 서쪽 벽을 향해 씰룩씰룩 걸어갔다.

분실물 조정관 깡통 따개는 테니스공에게도 파란색 표를 내주며 말했다.

"개 장난감은 저쪽, 운동화와 교과서 사이로 가세요."

테니스공은 지시 받은 곳으로 통통 튀어 갔다. 깡통 따개가 잭과 크리스마스 피그를 돌아보며 물었다.

"방금 오셨죠?"

"예, 우리 둘이 함께 분실물이 돼서요. 주인 소년의 주머니에서 떨어졌어요."

"애들이란!" 깡통 따개는 콧방귀를 뀌며 파란색 표 두 장을 더 뜯어내 잭과 크리스마스 피그에게 한 장씩 나눠 주었다. "여기 내려온 물건들 중 절반은 애들이 잃어버린 거예요. 조심성 없는 꼬맹이들이죠. 이 아래가 조용해지면 저 위에서 애들 우는 소리가

82

들려요. 루저한테 잡혀가지 않게 하려면 테디 인형을 더 꽉 잡고 있든가 했어야지, 안 그래요?"

"그러게 말입니다."

크리스마스 피그가 맞장구를 쳤다.

깡통 따개는 잭을 유심히 바라보며 말했다.

"참 잘 만든 인형이네. 세부 표현이 아주 뛰어나군요."

잭은 쭈뼛거리며 대답했다.

"감사합니다."

"아이들 장난감은 북쪽 벽 앞이에요. 걸어가기엔 너무 머니까 차를 부를게요."

깡통 따개가 날카롭게 호루라기를 불자 낡은 롤러스케이트화 한 짝이 길을 따라 그들 쪽으로 굴러왔다. 지금의 잭과 크리스마스 피그의 몸 크기로 따지자면 골프 카트 정도 된다고 봐야 했다. 롤러스케이트화에 들어간 잭과 크리스마스 피그는 바깥을 충분히 내다볼 수 있었다.

롤러스케이트화는 장난감들이 대기하고 있는 구역을 향해 달려가기 시작했다. 잭은 가슴이 두근거렸다. 이제 곧 디피를 다시 만날 수 있겠지!

잘못 둔 곳

롤러스케이트화는 분실물이 된 놀이용 카드들, 아기 신발들, 립밤들, 연필통들 옆을 지나 빠르게 굴러갔다. 저 위의 구멍에서는 황금빛 기둥을 타고 수천, 수만 개의 분실물들이 둥실둥실 떠내려오고 있었다.

분실물 창고 한가운데로 향하던 잭은 높은 기둥 위에 매달려 있는 커다란 시계를 보았다. 그 시계의 얼굴 네 개가 사방을 향해 나 있어서 물건들은 이 거대한 건물 어디에 있든 시계를 볼 수 있었다. 처음에 잭은 그걸 시계라고 생각했는데 나중에 보니 시곗바늘은 하나뿐이고 얼굴에는 숫자도 적혀 있지 않았다. 시계의 얼굴 바깥쪽은 무지개색이었고, 시계의 하나뿐인 바늘은 노란색에서 벗어나 초록색을 향하고 있었다.

잭은 크리스마스 피그에게 말했다.

"분실물 나라는 무서운 곳인 줄 알았어."

이 커다란 창고는 시끌벅적하고 혼란스러웠지만 무시무시하지는 않았다.

크리스마스 피그가 대답했다.

"우린 아직 창고 밖으로 나가지도 않았어."

"창고 밖으로 나갈 필요 없잖아. 아까 깡통 따개가 한 말 들었지? 디피는 다른 장난감들이랑 같이 북쪽 벽 앞에 있을 거야."

"그렇지는 않아. 디피는 분실물 상태로 너무 오래 있었어. 내가 팔린 가게의 열쇠들한테 들은 얘기가 있거든. 열쇠들은 분실물 나라에 자주 왔다 갔다 했나 보더라고. 그들 얘기로 여기는 '잘못 둔 곳'이라고 불린댔어. 완전히 분실물이 되지 않은 물건들이 가는 곳이라고 하더라. 예를 들면, 인간이 어디 뒀는지 2분 정도 깜빡한 물건인 경우, 한 시간 정도 '잘못 둔 곳'에 머물 수가 있어. 루저의 영역으로 넘어가기 전에 인간한테 다시 발견될 기회를 갖는 곳이야."

"그럼 디피는 루저가 있는 창고 바깥에 있는 거야?"

잭의 들뜬 기분이 순식간에 가라앉았다.

"응. 걱정은 하지 마. 디피가 법을 잘 따르는 한 안전할 테니까."

"하지만 성냥갑 자동차는 루저가 법을 만들고 속인다고 했는데!"

"그것도 사실이야. 하지만 디피는 똑똑하고 분별 있는 돼지니까. 멍청한 짓은 안 하겠지."

"디피가 똑똑하고 분별 있는 돼지인지 네가 어떻게 알아?"

"우린 형제거든."

"넌 디피를 만난 적도 없잖아!"

"그건 중요하지 않아. 디피는 내 형제고, 난 디피의 형제야. 우린 똑같아."

"너희는 전혀 안 똑같아."

잭은 크리스마스 피그가 이대로 집으로 돌아가자고 말할까 봐 아득바득 고집을 세웠다.

"하긴. 난 잊지 않았어. 넌 날 보면 머리를 잡아 뽑고 싶어 하지."

"미안하다고 사과했잖아."

"아니, 사과 안 했어."

"좋아. 다시 사과할게. 정말 미안해."

그 후 둘은 한동안 말을 섞지 않았다. 그들을 태운 롤러스케이트화는 도서관 책들이 쭉 늘어선 넓은 벌판을 달려갔다. 책들은 그들이 어쩌다 잃어버린 물건들이 되었는지에 대해 토론하느라 페이지를 휘릭휘릭 넘기고 있었다.

잭이 다시 입을 열었다.

"저쪽에 장난감들이 보여!"

저 앞쪽, 축구장 다섯 개를 합친 것만큼 넓은 곳에 인형들, 플라스틱 공룡들, 모형 자동차들, 줄넘기 줄들, 요요들, 게임 카드들, 퍼즐 조각들, 도미노들 등 상상할 수 있는 모든 종류의 장난감들이 모여 있었다. 크리스마스 피그는 디피가 그곳에 없을 거라고 했지만 잭은 디피의 비딱한 귀와 단추로 된 눈을 혹시 볼 수 있지 않을까 싶어 연신 살펴보았다. 하지만 디피의 흔적은 어디에도 보이지 않았다.

롤러스케이트화의 속도가 조금씩 느려지자 크리스마스 피그가 말했다.

"이제 우리랑 표를 바꿔 줄 장난감 둘을 찾아내야 해."

"왜?"

"그래야 한 시간이나 여기 죽치고 있을 필요 없이 분실물 나라로 들어갈 수 있어. 어려울 것도 없어. 여기 있는 애들은 전부 최대한 오래 여기 머물고 싶어 해. 루저가 잘못 둔 곳에 있는 장난감들한테는 손을 못 대거든."

드디어 롤러스케이트화가 멈춰 섰다. 잭과 크리스마스 피그가 내리자 롤러스케이트화는 휙 가 버렸다. 잭과 크리스마스 피그 근처에 머리가 두 개인 괴물이 두 손에 얼굴을 묻고 흐느껴 울고 있었다. 분홍 드레스를 입고 작은 왕관을 쓴 플라스틱 공주가 그 우둘투둘한 갈색 괴물을 위로해 주고 있었다.

괴물이 엉엉 울며 말했다.

"그 애가 아직도 날 못 찾다니 믿을 수가 없어. 아마 깊이 잠들었나 봐. 크리스마스 때 받을 새 장난감 꿈을 꾸고 있겠지. 난 루저한테 잡아먹히게 생겼는데!"

공주가 괴물을 달랬다.

"진정하고 기운 내. 아직 그 애가 널 찾아낼 시간은 남아 있어."

크리스마스 피그가 잭에게 소곤거렸다.

"저 둘한테 가서 표를 바꾸자고 해 봐. 이유는 말하지 말고. 우리가 잘못 둔 곳을 빨리 떠나고 싶어 하는 걸 알면 이상하게 생각할 거야. 어서 가 봐. 넌 액션 피겨 인형처럼 생겨서 저들은 네 말을 믿어 줄 거야."

"무슨 이유를 대면서 표를 바꾸자고 해?"

잭은 초조하게 물었다.

크리스마스 피그는 코에 주름을 잡아 가며 머리를 굴렸다.

"공주한테 참 예쁘게 생기셨다고, 루저한테서 보호해 드리고 싶다고 말해. 당신을 조금이라도 안전하게 지키고 싶으니 표를 바꾸자고 해 봐."

잭은 얼굴이 달아올랐다.

"난 그런 말 못 해!"

"그럼 내가 할게."

크리스마스 피그는 답답해하며 잭의 손에서 표를 낚아채 들고 공주와 머리 둘 달린 괴물에게 성큼성큼 걸어갔다. 발을 내딛을 때마다 배 속의 플라스틱 콩들이 달그락거렸다. 크리스마스 피그가 말하는 소리가 잭의 귀에 들렸다.

"공주님, 제 친구가 공주님 친구가 괴로워하는 걸 본 모양입니다. 제 친구가 워낙 용감하고 젊은 액션 피겨라서……."

그 순간 깜짝 장난감 상자가 벌컥 열리고 그 안의 인형이 튀어 나온 바람에 깜짝 놀란 주변의 장난감들이 비명을 질러 댔다. 그 때문에 크리스마스 피그가 플라스틱 공주에게 주워섬기는 당황스러운 말들이 들리지 않게 되어 잭은 다행이라 생각했다. 얼마 후 크리스마스 피그는 파란색 표 대신 초록색 표 두 장을 들고 잭에게 돌아왔다. 크리스마스 피그의 어깨 너머로 머리 둘 달린 괴물이 잭에게 입으로 키스를 불어 보냈다. 잭은 얼굴이 화끈 달아올라 얼른 고개를 돌렸다.

크리스마스 피그가 말했다.

"공주님이 보호는 필요 없대. 자기는 모험을 기대한다더라. 그런데 괴물이 공주를 설득해 우리와 표를 바꾸게 했어. 괴물이 너와 입을 맞추고 싶어 했지만 내가 넌 수줍음이 많아서 안 될 거라고 둘러댔어."

"잘했네."

잭은 중얼거리며 새 표를 받아 들었다.

"이 표를 갖고 있으니까 곧 여길 나갈 수 있게 될 거야. 아하!"

크리스마스 피그는 기둥 위에 매달려 있는 괴상한 시계를 앞발로 가리켰다. 시곗바늘이 노란색을 벗어나 초록색으로 옮겨 가고 있었다. 잭은 시계의 바늘이 새로운 색깔을 가리키면 그 색깔로 된 표를 가진 이들은 잘못 둔 곳을 떠나게 된다는 사실을 알아챘다.

"가자."

크리스마스 피그가 말했다. 초록색 표를 가진 물건들이 울타리를 벗어나 북쪽 벽을 향해 느릿느릿 걸어가기 시작했다. 다들 불안한 표정이었다.

크리스마스 피그는 어깨를 쭉 펴며 말했다.

"이제부터 제대로 여행 시작이야. 준비됐지?"

잭은 고개를 끄덕이며 대답했다.

"준비됐어."

세 개의 문

초록색 표를 쥔 수천 개의 물건들이 어수선하게 줄을 섰다. 서로 거칠게 밀고 당기느라 난리도 아니었다. 대부분의 물건들은 여전히 기대에 찬 눈으로 천장의 구멍을 올려다보고 있었다. 지금이라도 황금빛 기둥을 타고 살아 있는 자들의 나라로 다시 올라가길 기대하는 것이다. 검은 모자를 쓴 분실물 조정관들이 잔인하게 비웃으며 그들을 앞으로 밀어붙였다.

"이미 늦었어. 이제 배정의 시간이다!"

잭이 크리스마스 피그에게 소곤소곤 물었다.

"배정의 시간이라는 게 무슨 뜻이야?"

"나도 잘 모르겠어. 우리를 분실물 나라의 어떤 구역으로 보낼지 정하는 거 아닐까."

둘은 큼직한 사파이어 반지 뒤로 가서 줄을 섰다.

사파이어 반지는 모두에게 들어 달라는 듯 큰 소리로 하소연을 쏟아 냈다.

"이게 믿어지냐고. 주인님이 손을 씻으려고 나를 손가락에서 빼서 세면대 위에 올려놓고는 그냥 가 버렸어!"

잭은 줄 앞쪽을 초조한 눈으로 바라보았다. 처음에는 그곳에 뭐가 있는지 안 보였는데 줄이 빠르게 줄어들면서 드디어 보였다. 앞쪽에는 책상들이 쭉 놓였고 분실물 조정관들이 한 자리씩 차지하고 앉아 있었다. 분실물 조정관들 중에는 쥐덫, 코르크 마개뽑이, 스테이플러도 있었다. 책상 너머에는 커다란 문 세 개가 있었다. 첫 번째 문은 헛간이나 옥외 화장실 같은 곳에 사용되는 소박한 나무문이었다. 두 번째 문은 금고실이나 귀중품 보관실에서 볼 수 있는 빛나는 철문이었다. 마지막 문은 구불구불한 덩굴 식물과 꽃문양이 아름답게 새겨진 눈부신 황금 문이었다. 줄을 선 물건들 대부분은 기대에 찬 표정으로 세 번째 문을 가리키고 있었다.

줄을 선 물건들은 차례로 불려 가 책상 앞에 앉았다. 분실물 조정관들은 그들에게 질문을 했고 면담이 끝나면 표에 도장을 찍은 뒤 문 세 개 중 한 곳을 가리키며 들어가라고 명령했다.

별안간 크리스마스 피그가 말했다.

"걱정되네."

"뭐가?"

"네가 인간인 걸 분실물 조정관한테 들키지 않고 저 문을 통과할 수 있을까 모르겠어."

"깡통 따개도 못 알아챘잖아."

"그건 깡통 따개가 맡은 업무가 네 정체를 파악해서 어디로 보내야 할지를 정하는 게 아니라서 그래. 일단 얘기를 지어내 보자. 넌 어느 공장에서 만들어졌지?"

"모…… 모르겠어."

잭은 그럴듯한 공장 이름을 생각해 내려 했지만 떠오르는 게 없었다.

"버밍엄에 있는 딩글다운 공장이라고 대답해. 내가 만들어진 곳인데 거기서는 돼지 인형 말고도 액션 피겨도 만들거든. 다음 질문할게. 넌 뭐라고 불리지?"

"잭."

"액션 피겨 이름이 잭인 경우는 없어! 보통은…… 잠옷 소년, 뭐 이런 이름을 갖고 있어. 잠과 꿈의 힘을 가진 소년이란 뜻이야."

"난 잠옷 소년 하기 싫어. 바보 같잖아."

줄이 점점 줄어들자 크리스마스 피그는 날카롭게 속삭였다.

"그럼 저들한테 네 이름이 잭이라고 말하고 어떻게 되는지 지켜보든지! 자, 다시 해 보자. 넌 어쩌다가 길을 잃었지?"

잭은 크리스마스 피그가 조금 전 깡통 따개에게 둘러댔던 거짓말을 그대로 따라 했다.

"소년의 주머니 밖으로 떨어졌어."

"지금 네가 있는 곳은 어디야?"

"여기서 너랑 얘기하고 있잖아."

크리스마스 피그는 속 터진다는 듯 앞발로 얼굴을 가렸다.

"우리가 루저한테 곧장 내던져지지 않으면 다행이겠다." 크리스마스 피그는 앞발을 내리고 다시 말했다. "분실물 조정관들한테 넌 '각성한' 부분만 분실물 나라로 빨려 내려왔다고, 플라스틱 몸은 저 위 살아 있는 자들의 나라에 있다고 대충 둘러대!"

"이건 네가 세운 계획이잖아!" 잭은 겁이 나기도 하고, 화가 나기도 했다. 이제 둘은 줄 맨 앞으로 다가와 있었다. "어떻게 말해야 되는지 자세히 알려 줘, 빨리!"

그때 잭과 크리스마스 피그 뒤에서 큰 소동이 일어났다.

끌려가는 토끼 인형

분실물 조정관 두 명—구멍 뚫는 펀치와 포크—이 두 줄로 길게 늘어선 물건들 사이로 진흙투성이인 작은 물건을 질질 끌고 갔다. 분실물 나라에 있는 대부분의 물건들과 마찬가지로 분실물 조정관들도 막대기 모양의 튼튼한 팔이 몸통에서 돋아 있었다. 그들에게 끌려가고 있는 물건은 털이 있는 것 같기는 한데 너무 지저분해서 정체를 분간할 수 없었다.

끌려가던 물건이 꽥 소리쳤다.

"제발요! 제발 저한테 표를 주세요. 여기서 한 시간만 있게 해 줘요! 아, 제발, 제발, 기다리고 있으면 누가 저를 원할지도 모르는데…… 아, 제발 기회를……."

분실물 조정관들은 드디어 잭과 크리스마스 피그 앞으로 지나갔다. 그제야 잭은 엉엉 울면서 그들에게 끌려가고 있는 물건이 자그마한 파란색 봉제 토끼 인형이란 걸 알아보았다. 진창 속에 몇 주일까지는 아니지만 며칠은 처박혀 있었던 것 같은 몰골이었다. 분실물 조정관들이 왜 불쌍한 토끼 인형을 저렇게 괴롭히고 있는지 잭은 이유를 알 수 없었다. 포크 모양의 분실물 조정관이 더 빨리 걸으라고 몸을 쿡쿡 찌를 때마다 토끼 인형은 아파서 비명을 질렀고 구멍 뚫는 펀치 모양의 분실물 조정관은 입을 벌렸다 닫았다 하며 웃음을 터뜨렸다. 구멍 뚫는 펀치가 웃을 때마다 동그랗게 잘린 종잇조각들이 마치 색종이 조각처럼 입에서 튀어나왔다. 그들은 토끼 인형을 질질 끌고 또 다른 두 분실물 조정관들의 책상 앞을 지나, 바닥의 금속 맨홀 뚜껑 쪽으로 데려갔다. 잭은 조금 전까지만 해도 바닥에 그런 뚜껑이 있는 줄도 몰랐다.

구멍 뚫는 펀치가 말했다.

"널 루저한테 보내야겠다! 저 위에 주인들이 있는 이 품위 있는 물건들 앞에서 소란 좀 그만 피워!"

잭은 크리스마스 피그에게 소곤소곤 물었다.

"저들은 왜 저 인형을 저렇게 다뤄?"

크리스마스 피그는 괴로운 표정으로 고개를 절레절레 흔들 뿐이었다.

"혹시 저 인형이 지저분해서 그런 거야?"

잭은 이 말을 하며 꼬질꼬질하고 낡은 디피를 떠올렸다. 디피가 잘못 둔 곳에 도착해서 저런 취급을 받았으면 어떻게 하지?

크리스마스 피그는 돌연 단호한 표정으로 말했다.

"토끼 인형에 대해서는 신경 꺼. 기회가 왔어, 잭. 기어가."

"뭐라고?"

"다들 저 토끼 인형한테 눈이 팔려 있는 동안 기어서 저 분실물 조정관 앞을 빠르게 지나가라고. 이따가 문 너머에서 만나자!"

잭은 어떻게 하라는 것인지 알아들었다. 책상 뒤에 앉은 분실물 조정관들을 비롯해 모두의 관심이 토끼 인형과 그 토끼 인형을 붙잡은 분실물 조정관들에게 쏠려 있었다. 잭은 얼른 무릎을 굽히고 살금살금 기어서 사파이어 반지 앞을 지나갔다. 책상 두 개 사이의 틈새 앞을 지나, 이미 문을 배정받은 물건들 쪽으로 다가가, 나무 문 앞에 섰다. 그 문 앞의 물건들도 토끼 인형이 어떻게 될 것인지에 몰입한 나머지 잭이 그들 앞으로 와 섰는데도 알아채지 못했다. 허리를 펴고 일어선 잭은 토끼 인형 쪽으로 고개를 돌렸다.

토끼가 울부짖었다.

"제발요! 아, 제발, 기회를 주세요……."

포크가 발버둥 치는 토끼 인형에게 날카롭게 내뱉었다.

"너 같은 물건들한테 줄 기회 따위는 없어. 아무도 널 원하지 않아. 네가 없어져도 아무도 신경 안 써. 그건 네가 남아도는 물건이기 때문이지."

구멍 뚫는 펀치가 묵직한 맨홀 뚜껑을 옆으로 밀어 치우자 시커먼 구멍이 드러났다. 포크는 겁에 질려 비명을 지르는 토끼 인형을 쿡쿡 찔러 맨홀 가장자리로 보냈다. 마침내 토끼 인형은 발이 미끄러져 구멍으로 떨어지고 말았다. 토끼가 전송 장치인 터널을 따라 쭉쭉 내려가면서, 공포에 질린 비명 소리도 점점 멀어지고 희미해져 갔다. 마침내 구멍 뚫는 펀치가 터널 입구에 금속 맨홀 뚜껑을 도로 덮자 아무 소리도 들리지 않게 됐다.

토끼를 여기까지 끌고 왔던 두 분실물 조정관은 검은 모자를 고쳐 쓰고 폴짝폴짝 뛰어 저쪽으로 물러갔다. 둘 다 흡족해하는 표정이었다. 그 끔찍한 광경을 구경하던 물건들은 자기네끼리 두런두런 떠들기 시작했다.

잭 옆에 선 플라스틱 빗이 속삭였다.

"정말 끔찍하지 않니?"

그 빗은 한눈에 봐도 낡은 물건처럼 보였다. 몸통의 이쪽 면과 저쪽 면에 눈이 하나씩 붙어 있고, 갈라진 빗의 살 사이로 소리 내어 말을 하고 있었다.

"그러게. 끔찍하네."

잭은 그들 중 누구라도 토끼 인형이 전송 장치로 떨어질 때까지 구경만 할 게 아니라 도와줬어야 하는 거 아닌가 하는 생각을 했다. 잭은 토끼 인형을 돕고 싶었지만 그랬다간 살아 있는 소년이라는 게 들통나 디피를 찾기도 전에 분실물 나라에서 추방될 것이다.

빗 옆에 선 배터리가 분실물 조정관이 듣지 못하게 목소리를 한껏 낮추고 말했다.

"저들은 남아도는 물건을 너무 심하게 다뤄."

어느새 크리스마스 피그는 제일 가까운 줄 맨 앞까지 와 서 있었다.

방금 사파이어 반지에게 황금 문 옆에 대기하도록 지시한 코르크 마개뽑이 조정관이 목청을 높여 말하는 바람에 잭은 코르크 마개뽑이와 크리스마스 피그가 어떤 얘기를 주고받는지 다 들을 수 있었다.

코르크 마개뽑이가 물었다.

"이름은?"

"크리스마스 피그입니다."

"어디서 왔지?"

"버밍엄에 있는 딩글다운 공장요."

"각성한 날짜와 장소는?"

"오늘 오후. 펜들턴 장난감 가게에서요."

"오늘 사 갔는데 벌써 널 잃어버린 거냐? 쯧쯧."

코르크 마개뽑이는 앞에 놓인 기다란 명단을 들여다보았다.

"크리스마스, 크리스마스, 크리스마스, 크리스마스…… 아, 그래. 여기 있군. 크리스마스 피그……. 아무도 널 마음에 들어 하지 않았구나?"

"저는 대체품이거든요."

코르크 마개뽑이는 의자에 앉은 채 몸을 약간 비틀어 히쭉 웃었다.

"아, 그래. 대체품이 통할 때도 있고 안 통할 때도 있지. 네 경우엔 '안' 통한 모양이네. 그래도 아직 새것이니 누구든 널 찾아내면 잘 사용할 수 있겠구나. 중고품 가게로 갈 수도 있고. 나무 문 앞으로 가."

그렇게 해서 크리스마스 피그도 잭이 서 있는 나무 문 앞으로 오게 됐다. 드디어 나무 문이 활짝 열렸다.

말을 타고 가자

문을 나서자 얼음처럼 차가운 공기가 훅 밀려들었다. 놀랍게도, 살아 있는 자들의 나라를 떠날 때는 밤중이었는데 지금 창고 밖에는 해가 막 저물고 있었다. 마치 나무 색으로 칠해 놓은 듯한 괴상한 하늘에서 눈이 내리고 있었다. 그 하늘은 살아 있는 자들의 나라에서 본 어떤 천장보다 훨씬 높아 보였다. 나무색 하늘에도 발견 구멍 몇 개가 뽕뽕 뚫려 있기는 했지만 '잘못 둔 곳'의 천장만큼 구멍의 숫자가 많지는 않았다.

주변의 땅은 온통 으스스하고 텅 비어 있었다. 멀리까지 쭉 뻗어 나간 돌투성이 황무지에는 군데군데 엉겅퀴들이 자라고 있을 뿐 아무것도 없었다. 황량한 땅과 휘몰아치는 눈 사이에 위치한 이곳은 잭이 지금까지 본 것 중 분위기가 가장 험악했다.

잘못 둔 곳의 벽을 흘끗 돌아본 잭은 방금 그들이 통과한 문이 사라진 걸 보고 깜짝 놀랐다. 디피를 찾지 못하면 여기서 돌아갈 길이 없는 것이다. 분실물 나라가 생각보다 훨씬 더 괴상하고 복잡한 곳 같아서 잭은 두려워지기 시작했다. 다른 문들을 통과해 들어간 물건들은 어떻게 됐을까? 무엇보다 중요한 것은 디피가 어떤 문을 통과했을까였다.

그때 말발굽 소리가 들려왔다. 잭과 여러 물건들—빗과 배터리를 비롯해 자그마한 플라스틱 자, 판다 모양 지우개, 신발 끈, 젓가락 한 벌—은 소리가 들리는 방향으로 고개를 돌렸다. 말 모양의 물건들 여러 개가 이쪽으로 오고 있었다. 플라스틱 포니, 분홍색을 띤 봉제 유니콘 인형, 도자기 재질의 말, 그리고 안장 양옆에 바구니를 매단 고리버들 당나귀였다. 고리버들 당나귀는 제일 덩치가 크고, 안장 양옆의 바구니에는 플라스틱 과일들이 담겨 있었다. 말들을 이끌고 맨 앞에서 오고 있는 것은 주방 가위 모양의 분실물 조정관이었다. 주방 가위는 손잡이에 하나씩 검은색 모자를 썼는데, 뾰족한 가위 끝을 아래로 한 채 나무 말에 올라타 있었다. 나무 말에는 삐거덕삐거덕 소리를 내는 바퀴가 달려 있었다.

주방 가위가 잭과 물건들에게 재촉했다.

"서둘러, 어서 타!"

잭과 크리스마스 피그가 플라스틱 포니 두 마리 쪽으로 다가가자 주방 가위가 날카롭게 막았다.

"아니! 너희는 몸집이 제일 크니까 당나귀를 같이 타라."

잭과 크리스마스 피그는 고리버들 당나귀에 올라탔다. 당나귀는 끙 소리를 내며 말했다.

"고리버들이 상하지 않게 조심해. 잘못하면 부러져."

다른 물건들은 무척 힘들게 각자의 말에 올라탔다. 빗과 배터리, 플라스틱 자, 젓가락이 말에 바로 올라타질 못하고 계속 미끄러지자 보다 못한 주방 가위는 신발 끈에게 그들의 몸을 말에 묶어 고정시키라고 지시했다.

다들 말에 올라탔을 때쯤 잘못 둔 곳의 벽 뒤에서 울부짖는 듯한 경적 소리가 들려왔다.

주방 가위가 기겁을 했다.

"아, 이런. 좋지 않은 신호인데."

빗이 겁먹은 목소리로 물었다.

"저 소리가 무슨 뜻인데요?"

"저건 여기 있으면 안 될 물건이 들어왔다는 뜻이야."

잭과 크리스마스 피그는 걱정스러운 눈빛을 주고받았다. 잭은 크리스마스 피그가 자신과 같은 생각을 하고 있다는 걸 알았다. 잭이 질문을 받지 않고 슬쩍 문을 통과해 나갔는데도, 분실물 조정관들이 잭에 대해 알게 된 모양이었다.

플라스틱 자가 와들와들 떨며 조용히 주방 가위에게 물었다.

"루저가 오는 건가요?"

"올 수도 있겠지. 어떤 물건이 법을 어기면 루저가 와서 잡아먹으니까. 법을 어긴 자는 남아도는 물건이 되고, 남아도는 물건은 잡아먹히는 거야. 지금까지도 늘 그랬고 앞으로도 계속 그렇게 되겠지. 이곳의 법이 그래."

주방 가위는 말들에 올라탄 물건들을 날카로운 시선으로 돌아보았다.

"너희는 전부 올바르게 문을 배정받아서 나온 물건들이지?"

주방 가위의 물음에 다들 고개를 끄덕이며 "예"라고 대답했다.

주방 가위는 나무 말을 걷어차 출발시켰다. 나무 말의 바퀴가 삐거덕삐거덕 소리를 내며 굴러가기 시작했다. 나머지 말들도 황무지 변두리의 눈 덮인 길을 따라 출발했다.

주방 가위가 엄숙한 목소리로 말했다.

"누가 거짓말을 하든 우리가 곧 알아내게 돼 있어."

고리버들 당나귀

"왜 여기는 아직도 낮이야? 우리 둘이 내 방에서 나올 때는 밤이었잖아."

잭이 크리스마스 피그에게 조용히 물었다. 그들이 탄 고리버들 당나귀는 삐거덕삐거덕 소리를 내며 열심히 걸어가고 있었다.

크리스마스 피그도 목소리를 낮춰 대답했다.

"분실물 나라에서는 시간이 다르게 흘러. 살아 있는 자들의 나라에서 한 시간이 분실물 나라에서는 하루야."

함박눈이 내리기 시작해 곧 잭의 잠옷 어깨가 차갑게 젖어 들어갔다. 하지만 어둠 속에서 루저가 갑자기 나타날지도 모르는 상황이라 잭은 눈을 걱정할 겨를이 없었다. 아직까지는 플라스틱 포니의 등에 올라탄 배터리가 약간 미끄러져서 신발 끈이 몸을 좀 더 꽉 묶어야 했다는 것 외에 별다른 사건은 없었다.

그들이 황무지 가장자리를 빙 돌아서 나아가는 동안, 괴상한 색깔로 칠한 것 같은 하늘은 서서히 어두워졌다. 얼마 후 사방에 어둠이 깔렸다. 그래도 주방 가위가 탄 나무 말의 바퀴가 내는 삐거덕삐거덕 소리가 계속 들려오고 있어서, 잭은 주방 가위가 여전히 그들을 이끌고 있다는 걸 알 수 있었다. 잭은 크리스마스 피그에게 조용히 물었다.

"저들은 우리를 어디로 데려가는 걸까?"

"나도 몰라. 당분간은 명령을 잘 따라야 돼. 지금까지 다른 물건들한테 들은 얘기로는 루저의 법을 어겼다가는 얼마 못 가 잡아먹힐 거랬어. 루저는 저기에 살고 있대." 크리스마스 피그는 돌투성이 너른 황무지를 앞발로 가리키며 덧붙였다. "슬퍼하는 이 없는 황야에."

"'슬퍼하는 이 없는'은 무슨 뜻이야?"

"네가 사라져도 신경 쓰는 사람이 없다는 뜻이지 뭐." 크리스마스 피그는 음울한 풍경을 둘러보았다. "남아도는 물건의 신세가 그렇잖아. 사랑받지 못하고, 필요하다고 인정도 못 받는 아무짝에 쓸모없는 물건들. 그런 물건들은 정해진 거처도 없이 황야를 이리저리 돌아다니다가 루저한테 붙잡히고 마는 거야."

"그럼 디피는 확실히 황야에는 없겠네. 디피는 이 아래 세상에 와 있는 어떤 물건들보다 큰 사랑과 인정을 받는 인형이니까."

"그래, 황야에는 없겠지." 크리스마스 피그는 황야에서 저 앞의 흙길로 시선을 옮겼다. "운이 좋으면 우리가 가는 곳에 디피가 있을 수도 있어. 지금 우리와 함께 이동 중인 물건들의 모양새를 보니까, 아무래도 싸구려 물건들을 모아 놓은 곳으로 가고 있는 것 같거든."

"디피는 싸구려가 아니야. 엄청 가치 있는 인형이라고."

"너한테나 가치가 있지. 우리 돼지 인형들은 원래 별로 안 비싸. 쌍둥이인 내가 갑자기 나타나도 다른 이들이 이상하게 생각하지 말아야 될 텐데."

"아, 그건 걱정 마. 넌 디피랑 완전히 다르게 생겼으니까. 색깔부터 달라. 디피는 원래 있던 눈이 떨어져서 그 자리에 단추를 대신 달았어. 귀도 비딱하게 구부러졌고 몸 냄새도 더 좋아."

고리버들 당나귀는 삐걱거리며 휘청휘청 나아갔다. 포니의 등에서 또 옆으로 미끄러져 내려간 배터리가 징징거리자 신발 끈이 배터리를 한층 더 세게 감아 고정시켰다.

크리스마스 피그가 물었다.

"몸 냄새가 더 좋다는 게 무슨 뜻이야?"

"모르겠어. 그게 디피 냄새야. 그냥 그렇다고."

"내 몸 냄새는 어때?"

"장난감 가게와 카펫 냄새지. 아무 냄새도 안 난다고 보면 돼."

"더럽게 고맙다."

그 뒤로 도자기와 플라스틱 말발굽의 다그닥다그닥 소리, 고리버들 당나귀의 삐걱 소리, 주방 가위를 등에 태운 나무 말 바퀴의 삐거덕삐거덕 소리밖에 들리지 않았다. 마침내 주방 가위가 외쳤다.

"환영합니다!"

어둠 속에서 별안간 낡아빠진 나무 간판이 어렴풋이 나타났다. 간판에는 말라붙어 얇게 벗겨진 페인트로 이렇게 적혀 있었다.

환영합니다.
〈별로 안 찾는 물건 마을〉

제 3 부
별로 안 찾는 물건 마을

별로 안 찾는 물건 마을

"아, 아니야, 이건 말도 안 돼. 창피스럽게! 우리가 별로 안 찾는 물건이라니!"

주방 가위가 험상궂은 목소리로 타박했다.

"불평할 일은 아닐 텐데? 적어도 네 머리 위를 덮어 줄 지붕은 있잖아. 그것도 없는 물건들이 많아. 남아도는 물건이 되는 게 소원이면 그렇게 만들어 주지!"

겁에 질린 빗은 기어들어 가는 목소리로 말했다.

"아뇨, 남아도는 물건이 되고 싶지는 않습니다."

"그럼 그만 징징거려."

그들이 들어선 마을은 야트막한 나무 건물들로 이루어져 있었다. 하나같이 찬바람이 숭숭 들어오는 엉성한 건물들이었다. 희미한 랜턴 몇 개가 눈 내린 거리를 밝혔다. 주방 가위는 그들을 말뚝 쪽으로 이끌고 간 뒤 말에서 내렸다. 그는 말들을 말뚝에 묶어 놓고 배터리와 빗, 플라스틱 자, 젓가락을 신발 끈에서 풀어 바닥에 내려 주었다.

"안녕들하세요!"

그들 뒤에서 쾌활한 목소리가 인사를 건넸다. 다들 뒤를 돌아보았다. 반회전문을 열고 '주점'이라는 간판이 붙은 건물에서 폴짝폴짝 튀어나온 안경이 건넨 인사였다. 'L' 자가 박힌 검은 카우보이모자를 쓴 안경은 그들이 지금까지 만난 어떤 분실물 조정관들보다 친절해 보였다.

안경은 큰 콧수염처럼 생긴 코 받침대를 파닥거리며 환하게 웃었다.

"만나서 반가워요, 친구들! 나는 안경 보안관입니다! 어이, 주방 가위. 한 시간 전에 잘못 둔 곳에서 경적이 울렸다는 소문을 들었는데, 사실이야?"

"사실이야. 들어와서는 안 될 것이 들어왔나 봐."

"아이고, 골 아파지겠네!"

안경은 걱정스럽게 말하고는 허공에서 걸레 한 조각을 끄집어내 렌즈를 닦고 다시 그 걸레를 마법처럼 사라지게 만들었다. 안경은 모여 선 이들을 면밀히 살펴보며 말을 이었다.

"좋아. 내가 이 친구들을 안으로 데리고 들어가서 마을을 소개해 줄게. 자네는 떠나기 전에 윤활유 좀 바르는 게 어때, 주방 가위?"

"시간 없어."

"이런 날씨에 윤활유도 안 바르고 말을 타고 돌아갔다가는 꽁꽁 얼어붙어."

"음…… 일리 있는 말이네."

주방 가위는 주점 쪽을 돌아보았다.

"일리만 있나, 이리도 있지!" 안경 보안관은 자기가 한 농담이 마음에 드는지 흐뭇한 얼굴로 물건들에게 물었다. "내 말이 맞죠? 네?"

그는 기대에 찬 눈으로 물건들을 바라보았지만 아무도 웃지 않았다. 빗은 계속 훌쩍거리기만 했다.

"따라와요, 여러분!"

안경은 그들을 데리고 주점 안으로 들어갔다. 주방 가위는 잭 바로 뒤에서 따라 들어갔는데, 주방 가위의 뾰족한 끝이 바닥을 톡톡 치는 소리가 들릴 때마다 잭은 목덜미의 솜털이 바짝 곤두섰다.

깜박이는 석유램프 하나가 주점 안을 밝히고 있었다. 창문에는 좀먹은 벨벳 커튼이 걸렸고 나무로 된 바닥은 여기저기 얼룩이 졌다. 낡아빠진 정원용 장갑이 구석자리에 놓인 장난감 피아노 앞에 앉아 구슬픈 곡을 연주하고 있었다. 천장에는 발견 구멍이 하나 뚫려 있었고, 그 구멍 바로 밑에는 오래된 주석 도시락 통이 의자 두 개를 놓고 앉아 있었다.

"피아노 앞에 앉아 있는 이 분은 손가락 씨." 안경이 소개를 했다. 손가락 씨라 불린 정원용 장갑은 엄지를 들어 흔든 뒤 계속해서 슬픈 곡을 연주했다. "발견 구멍 바로 밑에 앉아 있는 분은 도시락 씨예요."

도시락 통은 아무 말도 하지 않았다. 마치 강력한 의지를 발휘해 황금빛 기둥을 나타나게 해서 반드시 살아 있는 자들의 나라로 돌아가겠다는 듯, 천장의 시커먼 구멍만 뚫어져라 올려다보고 있었다. 잭은 이 우울한 방을 떠나고 싶어 하는 도시락 통의 마음이 이해가 되었다. 잭은 디피가 그림자가 진 어둑한 구석 자리에 앉아 있지 않을까 해서 주변을 쓱 둘러봤지만 친구의 모습은 보이지 않았다. 어쩌면 디피는 그들이 밖에서 지나온, 금방이라도 무너질 것 같은 어느 집에서 잠들어 있을 수도 있었다. 언제쯤 여기서 슬쩍 빠져나가 바깥을 둘러볼 수 있을까 궁리하고 있는데 안경이 말했다.

"좋아요. 다들 의자를 가져와서 편안하게 앉을까요?"

다들 의자를 가지고 와 앉았다. 반회전문의 틈새로 얼음처럼 차가운 외풍이 흘러 들어왔다. 잭은 몸을 떨지 않으려고 애썼다. 방에서 크리스마스 피그가 말한 대로, 후드티를 입고 신발이라도 신고 올걸 하는 생각도 들었지만, 크리스마스 피그에게 굳이 그 말을 해서 우쭐하게 만들어 주고 싶지는 않았다.

안경 보안관이 말했다.

"별로 안 찾는 물건 마을에 오신 걸 환영합니다! 여기가 풍요로운 마을은 아니지만 가진 것을 잘 나누면서 지내면 됩니다!" 그는 코를 훌쩍이는 빗을 흘끗 돌아보며 덧붙였다. "여러분들 중 몇 명은 여기 오게 돼서 기분이 별로인가 보네요……."

"별로 안 찾는 물건 마을에 오게 됐는데 행복해하는 물건이 어디 있겠어요!" 빗은 이렇게 말하며 흐느꼈다. "주인이 우릴 아끼지 않는다는 뜻이잖아요!"

그 말에 풀이 죽은 젓가락들은 앞으로 몸을 숙였다. 분실물 나라에서 물건들은 입과 눈, 팔이 생겨나는 것 외에도 몸이 잘 휘어지게 되는 모양이었다. 판다 모양 지우개가 한숨을 푹 쉬었다.

안경이 단호하게 말했다.

"그건 사실이 아니에요! 아무도 여러분을 아끼지 않는다면, 여러분은 잘못 둔 곳에 있는 폐기물 전송 장치로 곧장 끌려갔을 겁니다!"

빗은 안경의 말을 들은 척 만 척하고는, 이빨 사이에 낀 검은 머리카락 한 가닥을 잡아당기며 흐느꼈다.

"나…… 나는 그 사람한테 특별한 존재인 줄 알았어요! 수년 동안 함께했으니까…… 그 사람이 날 아끼는 줄 알았는데!"

안경이 부드럽게 달랬다.

"자, 기운 내요. 우리 같은 오래된 싸구려 물건들은 이곳 생리를 잘 알죠. 우리가 없어진다고 해서 마음 아파하는 사람은 아무도 없어요. 우린 쉽게 대체될 수 있는 물건들이니까요. 그렇다고 해서 우리가 아무 쓸모도 없지는 않아요! 그러니 아직 희망은 있습니다. 큰 희망이 있어요! 여러분은 언제든 발견될 수 있어요!"

배터리가 울적한 얼굴로 말했다.

"저는 한 번도 사용된 적이 없어요. 여러분은 제가 가족들한테 어느 정도는 쓸모가 있을 거라고 생각하실 거예요. 곧 크리스마스니까요. 저는 어린 소녀의 새 리모컨 자동차 안에서 생명을 불러일으키는 일을 맡게 될 줄 알았어요."

그러자 빗이 엉엉 울며 말했다.

"이제야 깨달은 거잖아요, 배터리 씨! 당신은 그 사람들한테 아무 짝에도 쓸모가 없어요! 우리 모두 쓸모없는 것들이에요!"

"당신은 하룻밤 푹 자는 게 좋을 것 같네요!" 안경 보안관이 두 팔로 바닥을 디디며 일어나 빗에게 일어서라고 손짓했다. "쉬고 나면 세상이 달리 보일 거예요. 16번 방으로 어서 가서 쉬어요. 위층으로 올라가서 오른쪽으로 첫 번째 방이에요. 어서 올라가요. 어서."

빗이 반박하려고 하는 순간, 집 바깥의 거리에서 무시무시한 비명 소리가 울려 퍼졌다. 그 소리에 놀란 정원용 장갑 손가락 씨가 피아노 연주를 멈췄다. 안경, 주방 가위, 도시락 통은 그 소리가 들려온 황야 쪽으로 날카로운 시선을 돌렸다.

빗이 숨넘어가듯 꺽꺽대며 물었다.

"저게 무슨 소리죠?"

주방 가위가 바 옆에 놓인 컵 안의 윤활유를 벌컥벌컥 마시며 말했다.

"황야에서 무슨 일이 일어나든 신경 끄는 게 신상에 좋아. 너희는 시키는 대로만 해. 운이 좋으면 어쩌다가 저런 비명이 터져 나왔는지 영원히 모를 수도 있어."

등급 조정

빗이 위층으로 올라가자 안경이 입을 열었다.

"손가락 씨가 크리스마스 캐럴을 연주해서 분위기를 밝게 해 주면 어떨까요?"

정원용 장갑은 '오, 베들레헴의 작은 마을'이라는 캐럴을 연주하기 시작했다. 하지만 분위기는 별로 밝아지지 않았다. 잭은 자신뿐 아니라 이 안에 모인 물건들이 여전히 조금 전 들은 비명 소리를 생각하고 있다는 걸 알 수 있었다.

안경이 새로 이 집에 들어온 물건들에게 말했다.

"자, 이곳의 법은 간단합니다. 마을 한계선 안에 머물면서 즐겁게 지내도록 하세요! 언제든 발견되어 등급 조정이 될 수 있다는 걸 명심하시고요!"

배터리가 물었다.

"등급 조정? 그게 뭐죠?"

"저 위쪽에서 여러분의 가치가 달라진 걸 뜻합니다. 당신을 예로 들어 말해 볼게요, 배터리 씨. 저 위에서 사람들은 당장 당신을 필요로 하지는 않을지도 모릅니다. 하지만 그들이 크리스마스 날 어린 소녀의 리모컨 자동차의 뒤쪽을 열면 어떻게 될까요. 당신이 없으니 그들은 배터리가 충분하지 않겠죠! 그 순간 당신은 그들에게 무척 중요한 존재가 되는 겁니다. 그들은 당신을 더 열심히 찾아보게 될 거예요. 그렇게 그들이 당신을 찾고 있는 동안 당신은 옆 마을인 '찾고 싶은 물건 마을'로 옮겨지게 됩니다. 당신이 소유자들에게 훨씬 중요한 존재가 됐기 때문이죠. 찾고 싶은 물건 마을에서 당신은 정원까지 딸린 작은 집을 받게 될 겁니다! 하지만 여러분이 별로 안 찾는 물건 마을에 영원히 머물게 된다면, 나를 도와 이 마을을 분실물 나라에서 제일 행복하고 활기찬 마을로 만들어 주면 좋겠어요!"

잭은 디피가 찾고 싶은 물건 마을에 있을 것 같은 확신이 들었다. 최대한 빨리 별로 안 찾는 물건 마을을 벗어나 옆 마을로 가야 했다.

안경이 말했다.

"좋아요. 밤이 됐으니 다들 잠자리에 들도록 하죠. 여러분들 중 몇 명은 방을 같이 써야 될 겁니다. 별로 안 찾는 물건 마을은 공간이 비좁은 편이라서……."

그때 쌕쌕거리며 울려 퍼지는 목소리가 말했다.

"나보다 더 비좁은 공간에 있는 물건은 없을걸요!"

다들 누가 그 말을 했는지 보려고 두리번거렸지만 주점 안에는 없었다.

그러자 안경이 도시락 통을 향해 씩 웃으며 물었다.

"혹시 당신이에요, 흡입기 씨?"

도시락 통은 무척 창피해하는 모습이었다.

116

"맞아요!" 쌕쌕거리는 목소리가 대답했다. 그 목소리는 주석으로 된 도시락 통 안에서 들려오고 있었다. "나를 잠깐만 좀 내보내 줄 수 없어요? 제발요. 여긴 너무 어둡고 계란 샌드위치 냄새가 나요!"

바에 앉아 있던 주방 가위가 날카롭게 말했다.

"그건 안 돼! 그 안에 계속 있어! 어떤 물건 안에 들어 있는 상태에서 잊힌 물건은 계속 그 안쪽에 머물러 있어야 돼. 그게 이곳의 법이야!"

잭은 크리스마스 피그를 돌아보았다. 하지만 크리스마스 피그도 잭과 마찬가지로 그런 법에 대해서는 아는 게 없어 보였다.

쌕쌕거리는 목소리가 울부짖었다.

"이 안은 너무 끔찍하단 말이에요!"

그러자 도시락 통이 자신의 배에 대고 말했다.

"영원히 그 안에 있지는 않을 거야."

그러자 주방 가위가 얼굴 가득 잔인한 미소를 지으며 도시락 통에게 말했다.

"하! 착각하지 마. 지금 크리스마스트리 밑에는 네 주인을 위한 멋진 새 도시락 통이 선물로 준비돼 있을걸. 뚜껑에 유니콘이 그려진 분홍색 도시락 통이겠지. 멋있는 데다 새것이기까지 한 플라스틱 도시락 통을 선물로 받은 네 주인이 너처럼 낡아빠진 주석 도시락 통을 굳이 찾으려고 할까?"

그러자 도시락 통은 흑흑 울면서 의자 두 개를 훌쩍 뛰어넘어 침실들이 있는 위층으로 달그락거리며 계단을 올라갔다. 그러자 도시락 통의 배 속에서 쌕쌕거리는 목소리가 말했다.

"아야! 아야! 너 때문에 나까지 막 흔들리잖아!"

안경이 낮은 목소리로 주방 가위에게 말했다.

"다정하게 말해 주지 그랬어, 주방 가위 씨."

"다정하게? 그게 사실이잖아. 쟤들도 자기 처지를 알아야지. 그래야 말썽이 안 나."

주방 가위는 다리 두 짝을 하나로 연결해 주는 나사에 윤활유 몇 방울을 마저 뿌리고는 날카로운 발끝으로 주점 바닥을 콕콕 찍으며 눈이 휘몰아치는 바깥으로 걸어 나갔다.

안경은 한숨을 푹 쉬고는 새로 들어온 물건들에게 각자의 침실 번호를 알려 주었다. 물건들은 하나씩 계단을 올라갔고 이제 잭과 크리스마스 피그만 남았다.

그제야 안경은 그 둘을 처음으로 제대로 보았다.

안경은 호기심 어린 시선으로 크리스마스 피그를 바라보며 말했다.

"당신 같은 새 물건은 별로 안 찾는 물건 마을에 잘 들어오지 않는데, 어떻게 된 겁니까, 돼지 씨?"

"아, 주인이 우릴 잃어버렸어요. 우린 주인 소년의 주머니에서 빠져 버렸어요."

"당신들 같은 멀쩡한 장난감들을 잃어버리고 찾지도 않는 소년이 있다고요?" 안경은 크리스마스 피그에서 잭에게로 시선을 옮겼다. 그는 잭의 얼굴을 빤히 들여다보며 물었다. "당신은 정체가 뭐죠?"

"저는 액션 피겨 인형이에요. 잠과 꿈의 힘을 가진 잠옷 소년요. 저에 관한 만화도 있어요."

잭은 좀 더 중요한 인형처럼 보이기 위해 거짓말을 보탰다.

"당신에 관한 만화라고요?" 안경은 잭을 자세히 들여다보며 덧붙였다. "음, 흐흠, 세부 표현이 아주 훌륭하네요. 둘 다 주인의 주머니 밖으로 빠졌다고요?"

크리스마스 피그가 변명을 늘어놓았다.

"우리 주인은 버르장머리가 없는 소년이에요. 장난감이 워낙 많아서 아낄 줄도 몰라요. 그 아이한테 봉제 돼지 인형이나 액션 피겨 인형은 흔해 빠진 물건이죠. 제 물건들을 툭하면 던지고 짓밟기도 해요."

크리스마스 피그가 잭을 힐끔 쳐다보며 마지막 말을 덧붙이자 잭이 크리스마스 피그를 노려보았다.

안경이 울적한 표정으로 대꾸했다.

"그렇군요. 그런 애들이 있다는 얘긴 들었어요. 우리 때만 해도 애들은 장난감이 몇 개 없어서 보물처럼 아꼈는데. 옛날에는 당신들 같은 훌륭한 장난감들은 본 적도 없어요. 위층 방으로 안내해 줄게요. 둘이 아는 사이인 것 같은데 같은 방을 써도 괜찮죠?"

안경은 그들을 위층으로 데리고 올라갔다. 창문이 없는 어두컴컴한 복도를 따라 양옆으로 숫자가 붙은 방들이 배치돼 있었다. 23번 방 앞을 지나가는데 그 문이 삐걱 열리더니 주석 도시락 통이 고개를 내밀고 안경에게 소곤소곤 물었다.

"혹시 제가 지금 등급 조정이 될 가능성이 있을까요?"

"그럴 것 같지는 않아요, 도시락 씨. 등급 조정 소식은 보통 좀 더 이른 낮 시간에 들려오거든요."

도시락 통은 한숨을 푹 쉬며 문을 닫았다.

안경은 앞장서서 복도를 걸어가며 조용히 말했다.

"가여워라. 적응하기가 쉽지 않을 거예요."

잭이 갑자기 안경에게 말을 걸었다.

"안경 보안관님." 디피가 이 마을에 없다는 사실을 확인하기 위해 잭은 크리스마스 피그가 보내는 경고의 눈빛을 무시하고 말을 이었다. "별로 안 찾는 물건 마을에서 또 다른 봉제 돼지 인형을 본 적 있으세요? 여기 있는 돼지 인형이랑 키가 똑같은데 눈에는 단추가 달려 있고 귀는 비딱하게 처졌어요."

"단추 눈과 비딱한 귀를 가진 돼지 인형이라고요?" 안경은 어둠 속에서 걸음을 멈추고 다시 잭을 물끄러미 바라보았다. "아뇨, 그런 모습을 한 돼지 인형은 본 적이 없네요."

잭은 실망하기는 했지만 별로 놀라지는 않았다. 안경은 20번 방의 문을 삐걱 소리와 함께 밀어 열었다.

"잘들 자요."

잭은 방으로 들어가 등 뒤로 문을 닫았다. 안경은 문이 닫힐 때까지 줄곧 의심에 찬 눈으로 잭을 바라보았다.

계획

안경이 방문 앞을 떠나자 크리스마스 피그는 잭에게 화를 냈다.

"디피는 뭐 하러 물어?"

"왜냐하면…… 우린 디피를 찾으려고 여기 왔으니까!"

"디피가 별로 안 찾는 물건 마을에 없는 게 당연하잖아? 왜 쓸데없이 관심 끄는 짓을 해? 너에 관한 만화가 있다는 건 또 무슨 소리야?"

크리스마스 피그는 무척 화가 난 모습이었다.

잭은 부루퉁하게 대답했다.

"잠옷 소년은 너무 멍청한 이름 같아서. 공장도 이유가 있어야 액션 피겨 인형을 만들겠지. 잠옷을 입은 플라스틱 소년 인형을 괜히 왜 만들겠어?"

"봉제 돼지 인형을 잃어버린, 살아 있는 소년 같은 액션 피겨가 있다고 안경 보안관이 루저한테 보고하지 않길 바라야겠지! 분실물 조정관이 다른 장난감들한테 잠옷 소년과 그 소년에 관한 만화가 있는지 물어보기 시작하면 우린 진짜 곤란해질 거야. 앞으로 어떻게 할지 계획을 세우는 동안, 의심 살 만한 짓을 더 이상 하지 마."

잭은 반박할 말을 찾지 못하고 2인용 침대에 털썩 앉았다. 침대 매트리스의 용수철이 삐걱 소리를 냈다. 주변을 둘러보았다. 방 안에는 하나뿐인 초가 빛을 뿌리고 있었다. 낡은 벽지는 군데군데 벗겨졌다. 천장의 발견 구멍에는 거미줄이 쳐져 있었다. 이 방에 있다가 발견되어 위로 올라간 물건은 오랫동안 하나도 없었던 모양이었다. 크리스마스 피그는 금이 간 유리창 앞으로 걸어가 눈 내린 거리를 내려다보았다.

잭은 디피 걱정 때문에 도저히 잠을 잘 수가 없었다. 잠시 후 잭도 일어나 크리스마스 피그 옆으로 다가갔다. 창밖으로 보이는 어두운 거리에는 여전히 함박눈이 내리고 있었다. 주방 가위와 말들은 이미 떠나고 없었다.

한참 말이 없던 잭이 입을 열었다.

"크리스마스 피그?"

"응?"

"'각성'이라는 게 무슨 뜻이야? 네가 나한테 말했던 그 '깨어난다'는 거랑 같은 뜻이야?"

"맞아."

크리스마스 피그는 여전히 눈으로 뒤덮인 어두운 거리를 내려다볼 뿐이었다.

"인간의 감정이 사물에 옮겨 가면 각성하게 돼?"

"꼭 옮겨 간다고는 할 수 없어. 그 감정은 우리 안에서 생겨나거든. 각성하게 되면 우린 천이나 플라스틱 콩, 솜털, 금속, 나무, 플라스틱에서…… 약간 다른 존재로 변하게 돼. 보통 몇 년은 있어야 완전히 각성하는데, 곧바로 각성하는 경우도 가끔 있어. 오늘 장난감 가게에서 내가 그렇게 됐지. 홀리와 네 할아버지가 너한테 어떤 돼지 인형을 사다 줘야 할지 의논하다가 나를 고른 순간 난 각성하게 됐어. 그 순간부터 의미 있는 존재가 됐기 때문이지. 우리는 무슨 일을 해야 하는지 진정으로 깨달은 순간에 각성하게 되거든."

"그래서 홀리의 인형이 되고 싶어 하는구나? 홀리가 널 골라서?"

"맞아." 크리스마스 피그는 잠시 망설이다가 덧붙였다. "그래서……."

그 순간, 거리에서 시끌벅적한 소리가 들려와 그들은 얼른 창밖을 내다보았다.

잭이 겁먹은 목소리로 말했다.

"누가 오고 있어!"

거리 저 끝에서 검은 모자를 쓴 분실물 조정관들이 이쪽으로 오고 있었다. 여기 있어서는 안 될 물건을 찾으러 오는 걸까?

면도칼, 끌, 주머니칼. 처음 보는 분실물 조정관들이었다. 각각 괴상하게 생긴 썰매를 타고 있었다. 자세히 보니 태엽 쥐 인형이 끄는 낡은 슬리퍼, 털이 북슬북슬한 장난감 개가 끄는 구두 상자, 대리석 코끼리 장식과 놋쇠 코끼리 장식이 끄는 바퀴 달린 나무 수레였다. 운전석에는 분실물 조정관들이 앉았고 그 뒤에는 버스 승차권, 열쇠, 여권이 각각 자리하고 있었다. 잭과 크리스마스 피그가 지켜보는 동안 썰매들은 주점 앞 랜턴 아래서 멈춰 섰다. 안경 보안관이 서둘러 문을 열고 나가 그들을 맞이했다.

크리스마스 피그는 천천히 조심스럽게 창문을 열었다. 살짝 삐걱 소리가 나긴 했지만 새로 도착한 이들이 워낙 왁자하게 떠들고 있어서 창문 소리는 저 아래까지 가닿지 않았다. 이제 잭과 크리스마스 피그는 안경과 분실물 조정관들이 나누는 대화를 들을 수 있었다.

안경이 인사를 건넸다.

"어서 와, 친구들! 한 시간 전에는 도착할 줄 알았는데!"

털로 된 검은 모자를 쓴 주머니칼이 대답했다.

"길이 막혀서. 새 검문소가 생겼거든. 분실물 나라에 있어서는 안 될 물건이 여기 내려왔다는 소문이 돌고 있나 봐."

안경이 헉 하고 숨을 내뱉었다.

"젠장! 설마! 그런 일이 마지막으로 있었던 게 언제였지?"

"언제였는지 기억도 안 나네. 요즘 괴상하게 행동하는 물건을 본 적 있어, 안경?"

안경은 생각에 잠긴 목소리로 천천히 대답했다.

"그게 말이야. 웃기게 들릴 수도 있지만…… 좀 이상하게 구는 장난감 두 개와 좀 전에 얘기를 나눴어."

잭과 크리스마스 피그는 겁에 질린 눈으로 서로를 바라보았다.

주머니칼이 단호하게 조언했다.

"그런 일이 있으면 당장 포획관한테 신고하는 게 좋아. 그 장난 감들이 여기 있어서는 안 될 물건으로 밝혀지면, 곧장 신고를 안 한 자네도 루저한테 잡아먹히게 돼. 어쨌든 신입들 받아. 찾고 싶 은 물건 마을에서 별로 안 찾는 물건 마을로 데려온 것들이야. 어 이, 너희 셋!" 주머니칼은 썰매에 앉아 있는 세 승객에게 퉁명스럽 게 소리쳤다. "내려!"

내려선 버스 승차권과 열쇠, 여권은 비참한 표정으로 저희들끼리 모여 섰다.

안경이 주머니칼에게 말했다.

"저들의 등급이 하향 조정됐다고 해서 그렇게 거칠게 다룰 필요는 없잖아."

"내가 바빠서 그래. 저들 셋은 흔해 터진 사정으로 인해 이 마을로 오게 됐어. 저 위에서 저들을 다른 물건들로 대체했거든. 굳이 찾을 필요가 없게 된 거지. 그리고 이 마을에 있는 세 물건들에 대해 등급 상향 조정 명령이 떨어졌어. 자네가 데리고 있는 물건들이야. 이거 받아……."

주머니칼이 안경에게 명단을 건넸다.

안경이 소리 내어 읽었다.

"포케몬 씨. 이분은 우리와 오래 있지 않을 것 같은 예감이 들긴 했어. 손가락 씨…… 아, 이런." 안경은 아쉬워하며 말을 이었다. "손가락 씨의 피아노 연주가 그리워질 거야. 그리고…… 아이고 이런. 도시락 씨도?"

"어린 딸의 흡입기가 도시락 통 안에 들어 있는 걸 애 엄마가 알았어. 딸이 천식이 있거든. 지금 엄마가 도시락 통을 열기 직전이야."

잭은 크리스마스 피그의 말랑한 팔을 콱 잡았다.

크리스마스 피그가 소곤소곤 물었다.

"왜?"

"도시락 통 몸속에 들어가 숨으면 옆 마을로 갈 수 있어!"

"검문소에서 도시락 통을 열어 보면?"

잭은 그런 상황을 생각만 해도 겁이 났다.

"그…… 그건 모르겠어. 그래도 여기 계속 있다가 안경 보안관이 우릴 포획관한테 신고하면 어떻게 해?"

크리스마스 피그는 코끝을 찡그리며 잠시 고민하다가 말했다.

"그래, 가 보자. 대신 내가 말할 테니까 넌 잠자코 있어. 너에 관한 만화가 있다느니 하는 말은 하지도 마! 저 침대에 있는 담요 챙겨. 밖이 엄청 추워. 옷을 따뜻하게 입어야 한다고 내가 출발하기 전에 말했잖아."

"괜찮거든?"

잭은 아무렇지 않다는 듯 받아쳤지만 크리스마스 피그가 돌아서자마자 침대에서 얼른 담요를 챙겨 들고 뒤따라갔다.

도시락 통

방에서 나온 잭과 크리스마스 피그는 어두컴컴한 복도로 나갔다. 크리스마스 피그는 배 속의 플라스틱 콩들이 소리를 내지 않도록 배를 단단히 붙잡고 걸어갔다. 마침내 그들은 23번 방 앞에 섰다. 잭이 살며시 노크하자 방 안에 있던 낡은 주석 도시락 통이 문을 열었다.

크리스마스 피그가 물었다.

"잠깐 들어가도 돼요?"

"그러세요."

도시락 통은 놀란 목소리였지만 정중하게 대답했다.

도시락 통의 방은 방금 잭과 크리스마스 피그가 있던 방과 마찬가지로 어둡고 초라했으며 공간은 더 좁았다. 그 방의 창밖으로는 주점 뒤쪽에 위치한 별로 안 찾는 물건 마을의 야트막한 나무 집들이 내다보였다. 창밖에는 여전히 눈이 펑펑 내리고 있었다.

크리스마스 피그가 도시락 통에게 말했다.

"좋은 소식이 있어요! 분실물 조정관들이 방금 전에 왔는데, 당신이 몸속에 흡입기가 있다는 사실을 증명하면 당신을 별로 안 찾는 물건 마을 밖으로 데리고 나가 주겠대요!"

"아아, 당연히 증명할 수 있죠!" 도시락 통은 기뻐서 소리치며 뚜껑을 열어 보였다. 그 안에는 침울한 표정의 흡입기가 들어앉아 있었다. 조금 전 쌕쌕거리는 목소리로 말했던 바로 그 흡입기였다. 도시락 통이 물었다. "우리가 등급 조정을 받을 수 있게 된 게 제 덕분이라면 왜 제가⋯⋯?"

하지만 도시락 통은 말을 끝맺지 못했다. 크리스마스 피그가 재빨리 도시락 통 안으로 뛰어 들어가 앞발로 입을 닫아 버린 것이다. 잭도 입이 닫히기 전에 얼른 그 안으로 비집고 들어갔다. 도시락 통의 배 속은 무척 비좁고 계란 샌드위치 냄새가 풍겼다.

도시락 통이 충격을 받은 목소리로 외쳤다.

"이건 너무 무례하잖아요! 초대도 안 했는데 들어가면 어떻게 해요!"

"뚜껑 닫고 있어요!" 크리스마스 피그가 사납게 협박했다. "안 그러면 당신이 우리를 옆 마을로 몰래 데려가려 했다고 분실물 조정관들한테 일러바칠 거예요. 그럼 당신은 남아도는 물건들을 도우려 한 죄로 황야로 쫓겨나게 되겠죠!"

"나가요! 나가!" 도시락 통은 그들을 내쫓으려고 위아래로 펄쩍펄쩍 뛰었지만 잭과 크리스마스 피그는 꽉 붙잡고 매달렸다. "당신들이 멋대로 이 안에 들어왔고 날 이용해 옆 마을로 가려 했다고 설명할 거예요!"

크리스마스 피그가 말했다.

"우린 딱 그 반대로 말할 겁니다! 그리고 지금 우릴 돕지 않으면 여기 있는 내 액션 피겨 친구가 흡입기를 부숴 버릴 거예요. 흡입기가 부서지면 당신은 절대로 등급 조정 못 받아요! 당신도 알다시피 잠옷 소년은 아주 섬세한 손가락을 갖고 있어요! 물건을 박살 내기에 딱 좋은 손가락이죠!"

도시락 통 안에 들어가자는 아이디어를 낸 건 잭이었지만 상황이 이렇게 되고 보니 잭은 겁도 나고 죄책감도 느꼈다. 무엇보다 도시락 통에게 미안했고, 흡입기를 부수고 싶은 마음은 손톱만큼도 없었다. 이 불쌍한 물건들을 협박하는 크리스마스 피그의 비열함에 잭은 충격을 받았다. 잭이 이렇게까지 해야 되냐고 말하려는데 방문을 두드리는 소리가 들렸다.

방 밖 복도에서 안경이 말했다.

"도시락 씨?"

도시락 통은 즉시 뚜껑을 닫았다. 그 바람에 잭과 크리스마스 피그는 흡입기와 함께 어두컴컴한 배 속에서 찌부러졌다.

도시락 통이 떨리는 목소리로 대답했다.

"예?"

"좋은 소식이에요. 당신은 등급 조정을 받게 됐어요!"

도시락 통이 나지막하게 말했다.

"아. 음…… 잘됐네요."

"괜찮아요? 그다지 기쁜 목소리가 아니네요."

"아뇨, 기…… 기뻐요. 그…… 그냥 당신이 그리울 것 같아서 그래요, 안경 보안관님."

안경은 감동 받은 목소리였다.

"아, 그래요. 정말 다정하군요! 서둘러야 해요! 등급 조정을 받기로 한 팀이 다들 기다리고 있어요!"

도시락 통의 뚜껑이 살짝 찌그러져 있어서 그리로 공기가 새어 들어와 잭은 숨을 쉴 수 있었다. 틈새로 빛도 살짝 들어왔다. 어두운 주석 통 안에서 바짝 웅크린 잭과 크리스마스 피그는 폴짝폴짝 뛰어 주점의 계단을 내려가는 도시락 통의 움직임을 고스란히 느낄 수 있었다. 주석으로 된 도시락 통이 바닥면으로 마룻바닥을 쿵쾅쿵쾅 딛고 가는 소리가 워낙 요란해서 잭은 들킬 염려 없이 크리스마스 피그에게 안전하게 속삭일 수 있었다. 크리스마스 피그는 흡입기의 입을 앞발로 틀어막고 있었다.

"도시락 씨를 그렇게 협박할 필요는 없었잖아!"

"너 디피를 찾고 싶기는 한 거냐?"

"당연히 찾고 싶지. 그래도 아까 네 행동은 너무 끔찍했어!"

"내 머리통을 잡아 뽑으려던 애 입에서 나올 소리는 아닌 것 같은데."

"그 얘기는 그만해! 미안하다고 했잖아!"

도시락 통은 폴짝폴짝 뛰어 주점을 나섰다. 도시락 통이 거리로 나가자 잭은 주머니칼의 목소리를 바로 가까이에서 들을 수 있었다.

"어이, 도시락 통. 넌 덩치가 제일 크니까 내 수레 썰매에 타. 끌 씨, 도시락 통을 내 썰매에 태워 줘."

"아뇨, 괜찮아요. 저 혼자 탈 수 있어요!"

도시락 통은 겁먹은 목소리로 말했다. 잭이 생각하기에, 도시락 통은 몸속에 흡입기만 담겨 있는 것치고는 몸무게가 지나치게 많이 나간다는 사실을 분실물 조정관들에게 들키고 싶지 않은 듯했다. 도시락 통은 몇 번 폴짝폴짝 뛰다가 훌쩍 뛰어올라 나무로 된 수레에 쾅 소리가 나게 내려앉았다.

그때 새로운 목소리가 말했다.

"늦어서 죄송해요! 옆 마을로 갈 수 있게 돼서 정말 기쁘네요! 저한테 다정하게 대해 주지 않으셔서 그런 건 아니에요, 안경 보안관님. 보안관님은 정말 친절하세요. 그래도 이제 손수건 씨와 한방을 쓰지 않아도 된다니 좋네요. 손수건 씨는 여기 온 후로 한 번도 씻지를 않더라고요."

안경은 안타까워하며 말했다.

"가여워라. 손수건 씨는 포기해 버려서 그래요. 몇 년 동안 발견되지 못하면 그렇게 포기하는 물건들이 있죠. 어쨌든 행운을 빌어요, 포케몬 씨! 잘 가요, 손가락 씨! 안녕, 도시락 씨! 여러분이 보고 싶을 거예요!"

주머니칼이 말했다.

"잘 있어, 안경 씨. 그리고 그 이상한 장난감들은 포획관한테 당장 신고해!"

드디어 나무 수레가 덜그럭거리며 나아가기 시작했다. 묵직한 코끼리 두 마리가 눈을 으드득으드득 밟고 가는 소리, 태엽 쥐 인형이 찍찍대는 소리, 털북숭이 개가 컹컹 짖는 소리가 잭의 귀에 들려왔다.

크리스마스 피그가 흡입기에게 나지막하게 말했다.

"이제 네 입에서 발을 뗄 거야. 소리를 지르거나 우리 정체를 탄로 나게 하면 너도 우리랑 같이 황야로 내쫓기게 만들 테니까 알아서 해!"

흡입기는 조그맣게 뽁 소리를 냈다. 알아들었다는 뜻인 것 같았다. 크리스마스 피그는 흡입기를 풀어 주었다. 흡입기는 길게 쌕쌕 소리를 내며 숨을 들이마신 뒤 조그맣게 말했다.

"두 분은 정말 무례하고 못됐네요. 그래도 덕분에 통 안에 갇혀 있다가 바깥세상도 볼 수 있어서 좋네요. 반갑고 환영해요."

썰매 세 대는 최소한 한 시간 이상을 달려갔다. 잭이 계란 샌드위치 냄새에 완전히 물려 갈 때쯤 위쪽에서 목소리가 들렸다.

"정지!"

나무 수레 썰매가 덜거덕거리며 멈춰 섰다. 잭과 크리스마스 피그는 서로를 쳐다보았다. 잭은 크리스마스 피그의 작고 까만 플라스틱 눈동자 속에 깃든 두려움을 읽어 냈다.

쉰 목소리가 큰 소리로 요구했다.

"서류를 제출하세요."

잠시 후 종이를 팔락팔락 넘기는 소리가 들렸다. 쉰 목소리가 계속해서 말했다.

"포케몬 카드인 포케몬 씨. 소유주가 소중한 카드라는 걸 깨달았다. 확인 완료. 정원용 장갑인 손가락 씨. 소유주가 이렇게 편한 새 장갑을 찾지 못했다. 확인 완료. 도시락 통인 도시락 씨. 소유주가 도시락 통 안에 흡입기가 들어 있다는 사실을 기억해 냈다."

그때 도시락 통의 옆구리를 무언가가 쿵 쳤다. 도시락 통은 아파서 악 소리를 내질렀다.

쉰 목소리가 고함쳐 물었다.

"그 안에 있습니까, 흡입기 씨?"

그러자 흡입기가 대답했다.

"예!"

"확인 완료. 좋아요. 지나가세요. 눈 똑바로 잘 뜨고 다녀요, 주머니칼 씨. 우리는 초경계 태세를 유지 중입니다. 여기 있어서는 안 될 물건이 내려와 있다는 소문 들었죠?"

"예. 인상착의는 나왔나요?"

"아직요. 루저가 그렇게 화난 모습은 처음 봤습니다."

그러자 주머니칼이 초조한 목소리로 물었다.

"루저를 본 적 있어요?"

"아, 그럼요. 그분은 '기적과 실패한 것들의 밤은 영원히 지속되지 않아. 이 밤이 끝나면 먼저 찾는 자가 임자다'라고 나한테 말씀하셨어요."

"그게 무슨 뜻이죠?"

"나도 모르겠습니다. 이상하게 구는 물건이 있으면 잘 지켜봐요."

그 말을 끝으로 나무 수레가 다시 굴러가기 시작했다.

도시락 통이 주머니칼에게 불평을 늘어놓았다.

"저분이 꽉 친 바람에 제 몸이 우그러졌어요."

"망치가 쳤으니 그렇게 되는 게 당연하지. 저 친구는 일단 후려치고 보거든." 주머니칼은 목소리를 높여 나머지 세 승객에게 말했다. "다들 편히 쉬면서 잠이라도 자 둬. 갈 길이 멀어."

나무 수레가 언덕을 올라가기 시작했다. 도시락 통 뒤쪽으로 떠밀린 잭은 별로 안 찾는 물건 마을에서 가져온 담요를 몸에 두르고 크리스마스 피그의 부드러운 머리에 얼굴을 기댄 채 구석 자리에 웅크리고 앉았다. 디피와 함께 있는 것만큼은 못했지만 그래도 차가운 주석 벽에 몸을 기댄 것보다는 편안했다.

제 4 부
찾고 싶은 물건 마을

찾고 싶은 물건 마을

잭은 움찔하며 눈을 떴다. 부드러운 무언가가 잭을 쿡 찔렀다. 잠시 후 그것은 잭을 또 쿡 찔렀고 잭은 그게 크리스마스 피그의 앞발이란 걸 알아챘다. 나무 수레는 여전히 덜컹덜컹 나아가고 있었다. 환한 빛줄기가 도시락 통의 찌그러진 뚜껑 틈새로 흘러들었다. 흡입기는 조그맣게 쌕쌕 소리를 내며 곤히 잠들었다.

크리스마스 피그가 잭의 귀에 속삭였다.

"이제 내려야 돼. 조금 전에 주머니칼이 '찾고 싶은 물건 마을'에 거의 다 왔다고 말하는 걸 들었어! 도시락 씨의 몸에서 조용히 나가서 수레 뒤쪽으로 뛰어 내리자."

"그러다 들키면?"

"최대한 빠르게 뛰어서 도망치면 돼. 준비됐지?"

"응."

겁을 먹은 잭은 조그맣게 대답했다.

크리스마스 피그가 도시락 통의 옆구리를 툭 치며 물었다.

"도시락 씨? 깨어 있어요?"

"예."

"우리 여기서 내릴게요. 잊지 말아요. 누구한테든 우릴 봤다는 말을 하면 우린 당신이 도와줬다고 이를 겁니다!"

도시락 통의 뚜껑이 딸깍 열렸다. 배 속에서 달그락거리는 소리가 나지 않도록 배를 꽉 움켜쥔 크리스마스 피그는 도시락 통 밖으로 나갔다. 잭도 잠든 흡입기를 두고 햇빛이 쨍쨍 비추는 밖으로 나갔다.

다행히 나무 수레는 행렬의 맨 끝에 있었고 주머니칼은 운전 중이라 그들에게 등을 돌린 채 앉아 있어서, 잭과 크리스마스 피그는 어느 누구의 눈에도 띄지 않고 주석 도시락 통에서 빠져나올 수 있었다.

"우릴 돕고 싶어 하지 않았다는 걸 알지만, 그래도 고마워요, 도시락 씨!"

크리스마스 피그가 소곤소곤 감사 인사를 하며 도시락 통의 뚜껑을 부드럽게 문질렀다.

도시락 통도 목소리를 낮춰 대답했다.

"당신들은 상당히 무례했지만, 그래도 루저한테 잡히지 않기를 바랄게요. 행운을 빌어요!"

잭과 크리스마스 피그는 천천히 조심스럽게 나무 수레 뒤쪽으로 기어 내려가 부드러운 눈밭에 툭 떨어졌다. 그리고 누가 보기 전에 길 옆의 전나무들 뒤로 후다닥 달려가 숨었다.

주변을 둘러본 잭은 나무 수레가 어느 산꼭대기를 지나갈 때쯤에 그들이 수레에서 뛰어내렸다는 걸 알게 됐다. 저 아래로 넓게 펼쳐진 '슬퍼하는 이 없는 황야'가 내려다보였다. 별로 안 찾는 물건 마을은 보이지도 않았고, 황야에서 움직이는 것도 없었다. 최

근에 황야로 들어간 불쌍한 물건들이 엉겅퀴 사이에 숨어 있는 게 아니라면, 루저에게 죄다 잡아먹힌 모양이었다.

고개를 돌려 썰매 세 대 쪽을 바라보았다. 썰매들은 산꼭대기에 위치한 마을로 들어가고 있었다. 잭과 크리스마스 피그가 숨어 있는 곳 근처에 번질번질하게 칠이 된 표지판이 햇빛을 받아 희미하게 빛났다. 표지판에는 이렇게 적혀 있었다.

찾고 싶은 물건 마을

"썰매들이 보이지 않을 때까지 기다렸다가 조용히 마을로 들어가서, 디피에 대해서 알 만한 장난감을 찾아보자……."

썰매들이 완전히 모습을 감추자 잭과 크리스마스 피그는 서둘러 길을 따라 올라가 찾고 싶은 물건 마을로 들어갔다.

이 마을은 별로 안 찾는 물건 마을과는 분위기가 무척 달랐다. 모든 것이 깨끗하고 잘 관리돼 있었다. 눈 덮인 집들은 전부 아늑하고 깔끔했으며 마치 생강 쿠키로 만든 것처럼 귀여웠다. 현관문도 다양한 색깔로 칠해져 있었다. 도로에는 눈이 깨끗하게 치워져 있었고 전나무들에 달린 크리스마스용 전등들이 반짝거렸다.

잭은 잠옷 바람이라 춥고 몸이 덜덜 떨렸지만 조금씩 기운이 났다. 이 작고 예쁜 집들 중 한 곳에서 살고 있는 디피의 모습을 상상해 보았다. 주인에게 사랑받던 물건들이 올 법한 마을이었다.

크리스마스 피그가 골목을 가리키며 말했다.

"이쪽으로 가 보자."

잭이 지금까지 본 중에서 제일 예쁜 마을이었다. 창틀에 눈이 쌓인 창문으로 슬쩍 들여다보니 활활 타오르는 벽난로의 불, 뻐꾸

기시계, 두툼한 깔개, 편안한 안락의자가 보였다. 그들 옆으로 지나가는 학생용 넥타이, 연습장, 만년필, 낡은 단추 같은 물건들은 별로 안 찾는 물건 마을의 주민들보다 훨씬 쾌활해 보였다. 아마 살아 있는 자들의 나라에서 높은 가치가 있는 물건들이라서 이렇게 멋지고 아늑한 마을에서 살고 있는 모양이었다. 하지만 장난감은 어디에도 보이지 않았다.

마침내 검은색 체스 말이 잭의 시야에 들어왔다. 체스 말은 장미로 장식된 표지가 달린 큼직한 구식 주소록과 얘기 중이었다.

잭이 크리스마스 피그에게 말했다.

"저 체스 말한테 가서 디피를 본 적 있냐고 물어보자."

"글쎄. 모르겠네. 체스 말은 장난감이라고는 할 수가 없는데."

"그래도 우리가 이 마을에서 본 것들 중 장난감에 제일 가까운 것 같아."

"알았어. 하지만……."

"……그래, 나에 관한 만화가 있다는 얘기 안 할게. 안 한다고!"

그들은 문간 쪽으로 다가가 체스 말과 주소록의 대화가 끝나기를 기다렸다. 주소록이 길 저쪽까지 쩌렁쩌렁하게 울리는 목소리로 말했다.

"……5분 안에 오세요, 나이트 씨. 정말 너무하시네. 이번에도 또 관광을 놓치면 안 됩니다! 관광은 주 광장에서 시작돼요. 안 된다는 대답은 사절입니다! 이 관광은 시청에서 끝이 날 거예요. 감사하게도 시장님이 시청에서 우리를 두루 안내해 주시기로 했어요! 5분 안에 오세요, 나이트 씨. 또 잊어버리시면 저 정말 속상할 겁니다!"

주소록은 명랑하게 웃으며 서둘러 자리를 떴다. 주소록이 사라지자마자 체스 말은 반대 방향으로 폴짝폴짝 뛰어가기 시작했다. 그 속도가 무척 빨라서 잭과 크리스마스 피그는 달려가 붙잡아야 했다.

잭이 체스 말에게 다가갔다.

"실례합니다."

"예?"

체스 말이 숨을 헐떡이며 멈춰 섰다. 체스 말의 몸 윗부분은 말 머리 모양이었다.

"혹시 봉제 돼지 인형 보셨어요? 여기 있는 이 돼지 인형이랑 크기는 똑같은데 몸 색깔은 회색이에요. 양쪽 귀가 비딱하게 기울어졌고 두 눈은 단추로 되어 있고요."

"아뇨, 그렇게 생긴 돼지는 못 봤어요. 찾고 싶은 물건 마을에는 장난감들이 많지 않아요. 그럼 이만 실례할게요. 주소록 씨의 관광 팀과 마주치지 않으려고 조심하고 있거든요."

체스 말은 조그맣게 히히힝 소리를 내며 다시 폴짝폴짝 뛰어갔다. 그리고 어느 눈 덮인 샬레(스위스 산간 지방의 지붕이 뾰족한 목조 주택—옮긴이) 안으로 들어가 문을 쾅 닫았다.

주소록 씨

찾고 싶은 물건 마을에 장난감이 많지 않다는 얘기를 듣고 잭은 크게 실망했다. 디피는 어디로 보내진 걸까? 하지만 잭과 크리스마스 피그는 그 문제에 대해 논의하려다가 요란한 호루라기 소리에 화들짝 놀랐다. 잭은 그 소리가 찾고 싶은 물건 마을의 사람들에게 이곳에 있으면 안 되는 물건이 들어와 있다고 알리는 경고음일까 봐 걱정했다. 그런데 호루라기 소리에 이어 이쪽으로 오고 있는 증기기관차 소리가 들려왔다.

크리스마스 피그는 콧잔등을 찡그리며 말했다.

"흥미롭네. 저 기차는 어디에서 오는 걸까? 가서 좀 보자."

잭과 크리스마스 피그는 기차 소리가 들리는 방향으로 서둘러 걸어갔다. 기차는 마을 한가운데에 위치한 자그마한 역으로 들어오고 있었다. 감청색 바탕에 금색으로 장식된 기차는 또다시 구름 같은 수증기를 뿜어내면서 칙칙 소리와 함께 멈춰 섰다. 기차의 문이 열리고 금 손목시계, 은컵, 너덜너덜한 리본을 매단 동메달 같은 물건들이 구르듯이 내려섰다.

크리스마스 피그가 앞발로 누군가를 가리키며 말했다.

"저기 봐. 아까 봤던 그 주소록이야."

장미 무늬 표지로 된 주소록이 저 앞에 서서, 손 글씨가 적힌 페이지로 기차의 수증기를 휙휙 휘젓고 있었다.

주소록은 조금 전처럼 목청을 힘껏 높여 말했다.

"여러분을 만나게 되어 정말 기쁩니다! 여러분은 정말 운이 좋으세요! 주소록의 유명한 도보 관광 코스에 어쩌면 이렇게 시간을 딱 맞춰 오셨는지! 찾고 싶은 물건 마을 구석구석을 살펴볼 수 있는 아주 멋진 방법이죠! 자, 여러분 저를 따라오세요!"

주소록이 분실물 조정관의 모자를 쓰고 있지는 않았지만, 잭이 보기에 새로 도착한 물건들은 주소록의 말에 따르는 분위기였다. 물건들은 주소록의 뒤에 쭉 모여 섰다.

크리스마스 피그가 말했다.

"우리도 따라가자. 저 기차가 어디서 왔는지 알아내야겠어. 하지만 조심해야 돼. 저 주소록은 어쩐지 기분 나쁜 구석이 있어."

그들은 주소록과 지금 막 기차에서 내린 물건들을 따라 어느 비좁은 광장으로 향했다. 그곳에는 또 한 무리의 물건들이 관광이 시작되기를 기다리고 있었다. 포케몬 카드와 손가락, 도시락도 그 무리에 섞여 있었는데 이제부터 예쁘고 아기자기한 마을에서 살게 되어서인지 꽤나 유쾌한 표정들이었다.

주소록이 바스락거리며 앞으로 나가 물건들에게 말했다.

"제 소개를 할게요! 제 이름은 주소록이에요! 찾고 싶은 물건 마을에서 꽤 오랫동안 살아왔답니다. 친애하는 시장님과도 가까운 친구 사이예요. 여러분이 이 마을에서 편안하게 지낼 수 있도록 관광을 시켜드릴게요! 저를 따라오세요. 질문이 있으면 주저하지 말고 물어보세요!"

주소록이 새로운 거리로 서둘러 걸어가자 다들 우르르 따라갔다. 잭과 크리스마스 피그는 조금 전 기차에서 내린 금 손목시계 옆에 자리를 잡았다.

금 손목시계가 꿈틀거리고 앞으로 나아가며 물었다.

"방금 도착하셨나 봐요?"

크리스마스 피그가 대답했다.

"예."

"기차에서 못 뵈었는데."

"그럴 겁니다. 저희는 별로 안 찾는 물건 마을에 있다가 등급 조정을 받고 이곳으로 옮겨 왔거든요."

"아. 그래서 기차를 안 타셨군요."

잭은 금 손목시계의 등짝에 '밥에게. 베티의 사랑을 담아'라는 글귀가 새겨져 있는 것을 뚫어져라 쳐다보았다.

금 손목시계가 잭에게 물었다.

"제 등에 새겨진 글귀를 보고 있나요?"

"아…… 예."

잭은 그 글귀를 들여다본 게 무례한 짓은 아니길 바랐다.

금 손목시계가 한숨을 푹 쉬었다.

"휴우. 베티와 밥이 더 이상 사랑하지 않는다는 건 저도 눈치 챘어요. 저는 등급 조정을 받게 됐다는 얘기를 듣고 '둘이 헤어졌구나'라고 생각했죠. 다만 제가 순금이라서 밥은 처음에 저를 잃어버렸을 때 무척 속상해했어요. 그런데 위에서 무슨 일이 생겼나 봐요. 밥이 처음처럼 저를 간절히 그리워하지 않아서, 그들은 저를 이동시켜 주려 하지 않았는데…….”

주소록이 앞에서 소리쳤다.

“그 뒤에 떠들지 마세요! 그렇게 떠들면 제 관광의 혜택을 제대로 받지 못해요! 자, 지금 우리는 꽤 멋진 샬레 앞을 지나가고 있습니다. 이 마을에서 제일 멋진 샬레 중 하나죠. 실은 제 집이에요!” 주소록은 한바탕 웃으며 말을 이었다. “우리 왼쪽에는 꽤 매력적인 은도금 서표의 집이 있습니다. 점잖고 박식한 이웃들과 함께 사는 게 중요하잖아요! 이전 거주자는 지저분하고 오래된 학교 시간표 씨였어요!” 그녀는 몸서리를 치며 덧붙였다. “새 거주자들은 마을에 도착하자마자 그를 보고 정말이지 무척 안 좋은 인상을 받았더랬죠!”

주소록은 앞장서서 모퉁이를 돌아가며 덧붙였다.

“자, 잘못 둔 곳에서 곧장 이곳으로 오신 분들을 위해 말씀드리자면, 분실물 나라에는 두 개의 마을이 있습니다. 별로 안 찾는 물건 마을과 찾고 싶은 물건 마을이죠!”

금 손목시계는 얼굴에 붙어 있는 분침과 시침의 끝을 하나로 모으며 의아해하는 표정을 지었다. 그는 무리 뒤쪽에서 주소록에게 소리쳤다.

“아뇨, 잘못 아시는 것 같습니다. 저와 동메달, 컵이 있던 마을은…….”

“분실물 나라에는 마을이 두 개뿐이에요!”

주소록은 갑자기 걸음을 멈추고 일행을 휙 돌아보면서 소리를 빽 질렀다. 다들 갑자기 걸음을 멈춘 바람에 서로 부딪치고 말았다. 앞으로 고꾸라진 은컵은 털로 덮인 손모아장갑 한 쌍의 부축을 받아 겨우 일어섰다.

주소록은 날카로운 눈빛으로 그들을 쏘아보며 다시 한번 강조했다.

"마을은 단 두 개입니다! 하나는 선한 물건들의 마을, 다른 하나는 나쁜 물건들의 마을이죠! 별로 안 찾는 물건 마을은 가치 없는 물건들이 지내는 곳이에요. 살아 있는 자들의 나라에서 쉽게 대체가 가능하기 때문에 잃어버려도 알아채기 어려운 물건들이죠! 반면에 찾고 싶은 물건 마을은 특별한 물건들이 지내는 곳이에요! 우리 마을의 물건들 같은 경우, 없어지면 사람들이 엄청난 노력을 들여서라도 찾아내려고 기를 써요. 우리는 가치 있는 물건들이거든요. 중요한 물건들인 거죠. 저를 예로 들자면, 저 위에 계신 어느 노부인의 소유로 50년을 살았어요! 그분은 가족과 친구들의 이름, 주소, 전화번호를 제 안에 적으셨죠. 저는 그분이 중요한 정보를 보관해 두는 유일한 수단이었어요!"

주소록이 페이지를 팔락팔락 넘기자 다들 그 안에 빽빽하게 적힌 노부인의 가늘고 길게 뻗은 필체를 보았다.

"그분이 저를 잃어버리고 얼마나 고생하셨을지 상상해 보세요!"

주소록은 이 말을 하면서 슬픈 표정을 짓는 게 아니라 주체 못할 정도로 신나게 웃음을 터뜨렸다.

잭은 크리스마스 피그에게 속삭였다.

"디피는 여기 없는 것 같아. 주인을 슬프게 만들어 놓고 기뻐하는 물건들이 사는 마을에 디피가 있을 리 없어!"

그때 옆에서 누군가 잭의 귀에 대고 소곤거리자 잭은 놀라서 움찔했다.

"친애하는 소년아, 부탁 하나만 하자.

저 진절머리 나는 주소록을 보고 우리 모두를 판단하지는 마."

잭은 옆을 돌아보았다. 위쪽에 눈과 입이 달린 꾀죄죄한 종이 한 장이 도보 관광 행렬의 끝에 합류해 있었다.

일행이 다시 출발하자 잭이 종이에게 물었다.

"누구세요?"

"내 이름은 시란다. 휘갈겨 쓴 내 시가 보이지?" '시'라는 이름을 가진 종이는 몸을 약간 펴서 그들에게 몸에 적힌 글자들을 보여 주었다. "나는 시라서 운을 맞춰 말을 해야 한단다."

잭이 말했다.

"아, 지금 막 여기 도착하셨나 봐요?"

"아니, 난 여기서 오랫동안 살았어.

그런데 오늘은 왠지 도보 관광 행렬에 끼고 싶어졌지.

나는 여기에 낀 대가를 치르게 될 거야.

주소록은 나를 무척이나 미워하거든."

"주소록 씨가 왜 당신을 미워해요?"

"주소록은 아주 비열하고 음흉한 여자야.

나는 진실을 말하는 걸 두려워하지 않아.

그래서 관광 행렬에도 못 끼게 금지당했지."

그 순간 작은 시계탑과 반들거리는 나무로 된 쌍여닫이문이 있는 건물 앞에서 멈춰 선 주소록은 일행을 돌아보며 말을 하려다가 맨 뒤에 끼어 서 있는 시를 발견했다.

주소록이 빽 소리쳤다.

"시 씨! 당장 떠나세요. 시장님이 당신은 내 도보 관광에 참여하지 말라고 명령하셨잖아요!"

"아, 방해해서 미안하네요, 깜빡했어요!"

시는 이렇게 말하고는 잭에게 싱긋 웃어 보였다.

"그럼 안녕, 진실한 주소록 씨! 참 친절도 하지!"

시는 가볍게 그 자리를 떠났다. 주소록은 장미 무늬 얼굴에 다시 환한 미소를 장착하고 말했다.

"새로 오신 분들에게 소소한 조언을 하나 해 드릴게요. 저 '시'라는 여자를 가까이하지 마세요. 미친 여자예요. 완전히 미쳤어요. 게다가 자기보다 훨씬 미친 물건이랑 같이 살고 있어요! 그 둘을 등급 조정시켜서 별로 안 찾는 물건 마을로 보내려고 했는데 아직까지는 운이 따라주질 않아서 못 하고 있네요. 자, 이제 시청 문을 노크할게요. 우리가 운이 상당히 좋으면 친절한 시장님이 친히 우리를……."

주소록이 노크를 하기도 전에 네모난 치즈 강판이 쌍여닫이문을 박차고 튀어나왔다. 그 바람에 주소록이 뒤로 벌렁 자빠질 뻔했다. 작은 검은색 삼각 모자를 쓴 치즈 강판 시장과 함께 지금까지 본 분실물 조정관들과는 약간 종류가 달라 보이는 분실물 조정관들이 뒤따라 나왔다. 그 조정관들은 이마에 'L' 배지가 붙은 검은색 발라클라바 모자(머리에서 어깨의 일부까지 푹 덮는 방한모자—옮긴이)를 썼다. 다들 모자로 얼굴 대부분을 뒤덮었지만 어떤 종류의 물건들인지는 쉽게 파악할 수 있었다. 하나는 돋보기, 또 하나는 그물, 다른 하나는 밑창에 징이 박힌 커다란 부츠였다.

크리스마스 피그가 속삭였다.

"아, 이런. 저들은 포획팀이야!"

시장이 종이 한 장을 손에 들고 흔들어 대며 고함을 쳤다.

"문제가 생겼습니다! 소문이 사실이에요! 여기 있어서는 안 될 물건들이 내려와 있습니다! 방금 인상착의를 받았어요. 돼지 인형과 잠옷을 입은 액션 피겨 인형입니다!"

치즈 강판 시장

시장이 '잠옷'이라는 말을 꺼내기가 무섭게 크리스마스 피그는 잭의 팔을 붙잡고 옆 골목으로 끌어당겼다. 달리 숨을 곳이 없어서 크리스마스 피그는 시장의 문장紋章이 박힌 반짝이는 은색 쓰레기통 뚜껑을 열고 잭과 함께 그 안으로 뛰어들었다. 그리고 조심스럽게 뚜껑을 당겨 닫았다. 잭은 너무 겁이 나서 텅 빈 쓰레기통 안이 엄청나게 깨끗하다는 사실을 잠시 후에야 알아챘다. 찾고 싶은 물건 마을에서는 쓰레기통 안쪽까지 정기적으로 광택을 내는 모양이었다.

"자, 진정들 하세요!" 충격적인 발표에 청중이 와글와글 떠들어 대자 시장이 소리쳤다. 다들 입을 닫자 시장이 말을 이었다. "잘 들으세요! 돼지 인형과 액션 피겨 인형이 법을 어기고 있습니다. 법을 어기는 자가 있으면 루저에게도 법을 어길 구실을 주는 셈이 됩니다! 10년 전에 루저는 우리 마을로 쳐들어와 집 정면을 걷어차고 지붕을 뜯어냈죠. 내가 지켜보는 한 그런 일은 다시 일어나선 안 됩니다!"

"지…… 지난번에 루저는 왜 이 마을에 왔나요?"

겁에 질린 목소리가 물었다. 잭은 그 목소리의 주인이 도시락 씨임을 알았다.

"지난번 시장이 법을 어겼기 때문입니다! 그 시장의 이름은 핑킹 가위였어요! 그 여자는 남아도는 물건들을 불쌍하게 여겼어요. 황야에 숨어 있던 남아도는 물건들 중 일부를 우리 마을 어느 집의 다락방에 숨겨 줬죠! 루저가 그 소문을 듣고 마을로 쳐들어와서 집들을 때려 부쉈어요! 그리고 남아도는 물건들을 모조리 찾아내 잡아먹었습니다. 그 와중에 아무 잘못도 없는 멀쩡한 물건들까지 같이 잡아먹혔어요. 그리고 루저는 핑킹 가위를 자기 은신처로 끌고 갔습니다. 핑킹 가위는 비명을 지르면서 끌려갔는데 그 후로 아무도 본 이가 없습니다! 시장 자리가 공석이 돼서 내가 시장이 됐습니다. 그 후로 법은 잘 지켜졌어요! 여기 있으면 안 되는 물건을 색출하기 위해 일주일에 한 번씩 분실물 조정관들과 내가 우리 마을을 철저하게 수색하고 있습니다. 자, 다들 어슬렁대지 말고 곧장 집으로 돌아가세요! 주소록이 새로 온 주민들에게 배정된 집을 안내해 줄 겁니다. 내가 경보 해제를 알릴 때까지 다들 집 안에 머무르세요!"

비좁은 쓰레기통 안에 웅크리고 앉은 잭과 크리스마스 피그는 물건들이 이리저리 흩어지는 소리에 귀를 기울였다.

잭이 속삭였다.

"금 손목시계가 우리를 봤다고 고자질하면 어떻게 해? 시 씨가 일러바치면? 도시락 씨는?"

크리스마스 피그가 나지막하게 대답했다.

"그럼 아주 큰일 나는 거지. 하지만 착한 물건들 같아. 우리에 대해 고해바치지 않길 바라야지.”

몇 분 뒤 물건들이 각자의 집으로 흩어져 들어가는 소리가 조그맣게 들렸다. 이제는 시장과 포획팀의 목소리만 들릴 뿐이었다.

시장이 확신에 찬 목소리로 말했다.

“그놈들이 마을 한가운데로 들어올 만큼 멍청하진 않겠지. 흩어져서 마을 외곽부터 살펴보자고.”

포획팀은 동의하며 멀어져 갔다. 그들은 다른 분실물 조정관들을 불러 수색을 도와 달라고 요청하기도 했다. 징 박힌 부츠가 걸음을 뗄 때마다 철컥철컥하는 위협적인 금속성의 소리가 났다. 그들 중 제일 발소리가 요란했다.

크리스마스 피그가 잭의 귀에 속삭였다.

“저 부츠의 이름이 ‘으깨기’일 거야. 네 양말들 중 하나가 저놈에 대해 얘기해 줬어. 루저가 아끼는 부하래. 루저가 물건들을 붙잡아 오면 으깨기가 마구 짓밟는다더라. 그렇게 밟힌 물건들은 나중에 주인한테 발견돼도 너무 망가져서 사용할 수가 없대.”

잭은 크리스마스 피그에게 그런 얘기를 듣지 않는 게 좋았겠다는 생각을 했다.

크리스마스 피그가 물었다.

“주소록이 말을 막기 전에 금 손목시계가 하려던 얘기 들었지?”

“응. 그 시계는 세 번째 마을에서 온 것처럼 말하던데.”

“일리가 있어. 왜냐하면…….”

“잘못 둔 곳에 문이 세 개 있었으니까!”

“맞아.”

"디피는 그 세 번째 마을에 있는 게 분명해!"

"그럴 거야. 기차에 숨어서 타고 몰래 세 번째 마을로 가는 게 지금으로서는 최선인 것 같아. 그러려면 어두워질 때까지 기다려야 돼. 지금 나가 봤자 기차역까지 못 가."

그래서 둘은 밤이 오기를 기다렸다.

마침내 날이 충분히 어두워지자 그들은 쓰레기통 밖으로 나가려 했다. 그런데 그 안에 몸이 너무 꽉 끼어 있었다. 한참 몸을 꼼지락거린 끝에 겨우 쓰레기통 밖으로 빠져나간 잭은 크리스마스 피그의 앞발을 힘껏 잡아 당겼다. 크리스마스 피그가 쓰레기통에서 쑥 빠지면서 그들은 함께 눈 더미에 뒹굴었다. 크리스마스 피그는 잭의 배 위에 올라앉아 말했다.

"고마워. 몸 위에 올라타서 미안. 배 속의 콩들 때문에 그렇게 됐어."

"괜찮아."

밖으로 나오자 다시 으슬으슬 추워졌다. 눈에 젖어 몸도 축축해졌다. 잭은 일어서서 몸에 묻은 눈을 털어 냈다. 그들은 어둠 속에 몸을 숨긴 채 기차역 쪽으로 살금살금 이동했다.

얼마 가지 않았을 때, 마을 모퉁이마다 설치된 확성기에서 시장의 목소리가 요란하게 흘러나왔다.

"주목해 주세요! 주목해 주세요! 남아도는 물건인 돼지 인형과 액션 피겨가 밤의 어둠을 틈타 마을 한가운데로 침입한 것 같습니다! 다들 빗장을 잘 걸어 잠가 주세요! 창문의 덧문도 닫아야 합니다! 남아도는 물건을 돕는 분은 루저에게 보낼 겁니다!"

잭과 크리스마스 피그는 주변을 둘러보았다. 커튼 너머 창밖으로 새어 나오던 보석처럼 반짝이는 빛들이 죄다 꺼지고, 집집마다 수백 개의 빗장들을 닫아거는 소리가 들려왔다. 치즈 강판 시장이 경고 방송을 한 번 더 하자, 찾고 싶은 물건 마을에는 괴괴한 정적이 감돌았다. 이 마을에 사는 물건들이 갑자기 너무 겁에 질려, 집 안에서도 입을 다문 것 같았다.

기차역 쪽으로 살금살금 나아가던 잭이 숨을 내쉬자 싸늘한 공기 중에 하얀 입김이 안개처럼 퍼져 나갔다. 덜덜 떨던 잭은 조금 전 쓰레기통에 담요를 두고 왔다는 걸 깨달았다. 하지만 지금 중요한 건 더 이상 친절하지도, 아늑하지도 않은 '찾고 싶은 물건 마을'을 어서 떠나는 것이었다.

이윽고 기차역이 길 건너에 보였다. 그런데 저 위쪽에서 거친 목소리가 들려왔다. 크리스마스 피그는 잭을 얼른 어둑한 문간 쪽으로 잡아당겼다. 잭은 입김 때문에 위치가 탄로 나지 않도록 재빨리 숨을 멈췄다.

"너희 넷은 작은 망원경을 따라 서쪽 구역으로 가. 너희는 그물을 따라 동쪽 구역을 수색해. 나머지는 나를 따라와."

분실물 조정관들이 사방으로 흩어지는 발소리가 들렸다. '으깨기'라는 이름을 가진 커다란 징 박힌 부츠의 철컥철컥 요란한 발소리도 차츰 멀어져 갔다.

마침내 발소리들이 전부 사라지자 잭과 크리스마스 피그는 숨어 있던 곳에서 살그머니 나와 기차역 쪽으로 향했다.

하지만 잭의 희망은 박살 나고 말았다. 장난감 기차는 이미 떠나 버리고 없었다.

"아, 안 돼……. 이제 어떻게 하지?"

잭은 추위에 이를 딱딱 맞부딪치며 속삭였다.

"이제 으깨져야지."

그들 뒤에서 낮고 위협적인 목소리가 대답했다.

으깨기

잭과 크리스마스 피그는 뒤를 돌아보았다. 잭은 징 박힌 부츠 '으깨기'가 그들을 속였다는 사실을 깨달았다. 으깨기는 한자리에서 철컥철컥 뛰면서 마치 그 자리를 떠난 척 연기를 했던 것이다. 부츠가 껑충껑충 뛰며 가까이 다가왔다. 잭은 부츠의 끈 구멍 두 개가 잔인하게 빛나는 작은 두 눈이 되었단 걸 알 수 있었다. 으깨기의 밑창에 박힌 징이 달빛을 받아 번뜩였다. 그 순간 잭은 엄마가 떠올랐다. 저 부츠에게 짓밟혀 몸이 부서지면 엄마를 다시는 볼 수 없게 될 것이다. 잭은 자기도 모르게 손을 뻗어 크리스마스 피그의 앞발을 붙잡았다.

크리스마스 피그도 잭의 손을 꼭 잡으며 으깨기에게 말했다.

"잠깐만요!"

으깨기는 점점 더 가까이 다가오며 비웃었다.

"왜?"

"지금부터 어떤 일이 일어날 거예요!"

"무슨 일?"

으깨기가 사납게 내뱉었다.

"이 모든 상황을 바꾸게 될 일이에요! 당신도 놓치고 싶지 않을 걸요! 잠깐…… 잠깐만 기다려 봐요……."

그때 시커먼 하늘에서 황금빛 줄기가 쭉 내려와 으깨기를 비추었다. 잭은 움찔했다. 깜짝 놀라 그 자리에 얼어붙은 으깨기가 빛을 피해 달아나려고 했지만 소용없었다. 황금빛 줄기는 으깨기를 살아 있는 자들의 나라로 쭉 끌고 올라갔다.

잭이 숨을 몰아쉬며 크리스마스 피그에게 물었다.

"방금 어떻게 한 거야?"

"내가 한 거 아니야." 크리스마스 피그는 잭만큼이나 어리둥절한 표정이었다. "기다리다 보면 이렇게 답이 나올 때가 있더라고!"

그때 근처의 거리에서 분실물 조정관의 목소리가 들렸다.

"으깨기가 발견됐다!"

눈 덮인 지붕 위로 쭉쭉 끌려 올라가던 부츠는 빛줄기에서 탈출하려 몸부림을 치며 소리쳤다.

"놈들이 여기 있어! 그놈들이 바로 여기 있다고……."

하지만 다른 분실물 조정관들은 오랜 친구에게 소리 높여 축하 인사를 건네느라 그의 목소리를 듣지 못했다.

"잘됐어, 으깨기 씨!"

"보고 싶을 거야, 오랜 친구!"

"잘 살아, 친구!"

그러자 시장이 걸걸한 목소리로 악을 썼다.

"작별 인사는 대충하고 수색을 계속해! 남아도는 물건을 잡아 들여야지!"

잭과 크리스마스 피그는 바로 옆 컴컴한 골목으로 뛰어들어 갔

다. 그들 왼쪽에서 현관문이 열리고 희미한 빛이 나타나더니 누군
가 다급하게 그들을 불렀다.

　"빨리 안으로 들어와! 감사 인사는 나중에 해!

　우리가 너희를……."

시와 상상 친구

그 목소리의 말을 따르는 것이 분별 있는 짓인지 생각할 겨를도 없이, 잭과 크리스마스 피그는 열린 문으로 뛰어들어 갔다. 문은 곧장 다시 닫혔다.

"…… 무서운 치즈 강판한테서 숨겨 줄게!"

시가 하던 말을 끝마쳤다.

그 집 현관 복도는 희미하게 불이 켜져 있어서 시 씨의 몸에 휘갈겨 쓴 시구가 흐릿하게 보였다.

잭이 목소리를 낮추고 물었다.

"우리를 루저한테 보내려는 거 아니죠?"

"나를 배신자로 생각하는 거니?

도움이 필요해서 문을 열어 줬을 뿐이야!"

"죄송해요. 그런 뜻이 아니고……."

그러자 크리스마스 피그가 나서서 시에게 감사 인사를 했다.

"정말 고맙습니다."

시가 미소를 지으며 말했다.

"너희한테 어떤 해도 끼치지 않아.

의심할 만도 하지!

응접실로 들어가자……."

그들은 시를 따라 자그마한 응접실로 들어갔다.

"……이쪽은 상상 친구라고 해."

벽난로 옆 의자에는 잭이 분실물 나라에서 본 이들 중 가장 괴상한 물건이 앉아 있었다. 그것을 물건이라고 해야 할지, 사람이나 유령이라고 해야 할지 판단이 서지 않았다. (비록 잭과 크리스마스 피그 정도 크기이긴 했지만) 10대 소년의 윤곽과 모습을 하고 있었고 몸이 반투명해서 그 너머가 훤히 건너다보였다. 목에는 금메달 여러 개를 걸었고 볼에는 립스틱 뽀뽀 자국이 있었다. 마치 록스타처럼 검은 가죽 재킷을 입고 앞코가 뾰족한 부츠를 신었다. 잭과 크리스마스 피그가 응접실로 들어서자 이 괴상한 존재는 벌떡 일어나 말했다.

"안녕! 예전 학교 친구들은 나를 '반항아'라고 불렀어. 내 여자 친구는 다른 마을에 사는데 엄청 예뻐. 우린 뽀뽀도 많이 해. 이건 내가 태권도 대회에서 딴 메달들이야. 난 맨손으로 너희를 이 자리에서 당장 죽일 수도 있……."

시가 그의 말을 끊으며 엄격하게 말했다.

"지금은 그럴 때가 아니야, 상상 친구!

거짓말은 아껴 뒀다 나중에 해!

이들은 루저의 첩자들을 피해 도망 다니는 중이야."

상상 친구는 시를 노려보며 반박했다.

"거짓말이라면 당신이 최고죠. 거짓말 그 자체면서!"

"위대한 시는 진실을 말하지. 네 거짓말은 예술이 아니야!"

시는 위엄 있는 목소리로 말하고는 잭과 크리스마스 피그를 돌아보며 덧붙였다.

"거짓말이 입에 붙은 아이지만 마음은 착해!"

상상 친구는 시를 노려보며 깔개 가장자리를 걷어차고는 부루퉁하게 중얼거렸다.

"난 맨손으로 누구든 죽일 수 있어. 할 수 있다고."

시는 들은 척도 않고 잭과 크리스마스 피그에게 말했다.

"벽난로 앞에 앉아서 몸을 녹이고 물기를 말려.

상상 친구와 내가 너희를 도와줄게."

크리스마스 피그가 말했다.

"정말 친절하시네요."

잭도 고마움을 표했다.

"맞아요. 감사합니다."

잭은 벽난로 제일 가까이에 놓인 안락의자에 앉아 얼어붙은 손과 발을 불 쪽으로 뻗었다. 몸이 종이로 된 시는 불에서 멀리 떨어진 곳에 서 있었다. 상상 친구는 의자에 앉은 채 몸을 앞으로 수그리며 말했다.

"시 씨한테 들었어. 주소록의 도보 관광을 따라갔다가 너희를 만났다고 하더라. 나는 그 주소록 아줌마가 진짜 싫어. 나보다 더 심한 거짓말쟁이야!"

시는 그 말에 맞장구를 쳤다.

"상상 친구, 네가 한 말 중에 가장 진실한 말이구나.

주소록은 마치 이 나라에 별로 안 찾는 물건 마을과

찾고 싶은 물건 마을밖에 없는 것처럼 말하지.

그 말을 들을 때마다 정말 당혹스러워!"

잭이 물었다.

"별로 안 찾는 물건 마을과 찾고 싶은 물건 마을 말고 또 다른 마을이 있는 거죠?"

"당연하지! 황금 문 너머에 있는 마을이야!

주소록도 그 마을에 대해 분명히 알고 있을걸.

하지만 그 여자는 여왕 노릇을 하고 싶어 해.

지금까지 존재한 물건들 중 제일 중요한 물건이고 싶은 거지!

그래서 '간절히 찾는 물건 도시'를, 그 경이로운 곳을,

마치 존재하지도 않는 것처럼 말하는 거야."

흥분한 잭과 크리스마스 피그는 눈빛을 주고받았다.

크리스마스 피그가 물었다.

"간절히 찾는 물건 도시라고 하셨죠?"

"그래. 상상 친구와 나, 우리는 그 도시에 대해 알고 있어.

한때 우린 거기서 살았거든. 눈물이 나오려고 하네."

시의 눈에서 잉크로 된 까만 눈물 한 방울이 종이 몸을 따라 또르륵 흘러내렸다.

잭이 물었다.

"지금은 왜 거기서 안 살아요?"

시는 벽난로 앞으로 살짝 다가가 몸을 쭉 펼쳤다. 자신의 몸에 적혀 있는, 수차례 줄로 긋고 새로 쓴 문장들을 보여 주었다.

"보면 알겠지만 나는 초고야.

내 주인이 불완전하게 쓴 원고지!

나를 잃어버린 시인은 무척 슬퍼하고 분노했어!

그녀는 고함을 질렀어.

'초고를 꼭 찾아내야 해! 정말 소중한 페이지란 말이야!'

그녀는 초고를 잃었으니

더 이상 시를 쓸 수 없을 거라고 했어!

그래서 분실물 조정관들은 나를 황금 문 너머로 보내

감청색 기차에 태웠어.

분실물 조정관들은 내게 무척 친절하게 대해 줬어.

내 주인이 나를 얼마나 간절히 찾고 싶어 하는지

그들도 알았으니까.

그런데 얼마 후 상황이 달라졌어.

주인이 다시 시를 쓰기 시작한 거야.

내 단어와 리듬, 음보音步를 고쳐서

나보다 더 나은 시를 완성했어.

그러자 분실물 조정관들이 찾아와

나를 이 마을로 보냈어.

나는 여기 영원히 머물게 될 거야.

지금도 나는 여기서 진기한 물건 취급을 받아.

내 시인은 더 이상 나를 찾으려고 울부짖지 않지."

시는 잉크처럼 새까만 눈을 손으로 쓱 닦았다. 상상 친구가 한숨을 쉬며 말했다.

"시 씨랑 나는 간절히 찾는 물건 도시에서 처음 만나서 친구가 됐어. 내 주인은 10대 소년이었어. 오래 알던 친구들을 떠나 수 킬로미터 떨어진 새 학교로 전학을 가야 했지. 그 아이는 외로웠고, 자기를 괴롭히는 카일 메이슨이라는 애를 두려워했어. 그래서 상상으로 나를 만든 거야. 그 아이는 태권도를 잘하는 척, 여자 친구가 있는 척, 예전 학교에서 멋진 별명이 있는 척을 했어……. 하지만 다른 애들이 곧 내 정체를 파악하고 말았어. 내 주인은 나를 잃고 싶어 하지 않았지만, 어쩔 수 없었어. 처음에 나를 잃고 그 아이는 큰 상실감을 느꼈어. 나를 몹시 그리워했지. 그래서 분실물 조정관들은 잘못 둔 곳의 황금 문 너머로 나를 보냈어. 여기 있는 시 씨처럼. 하지만 시간이 흐르면서 내 주인은 나를 점점 덜 그리워하게 됐어. 사람들한테 솔직하게 털어놓고, 있는 그대로의 자신을 좋아하게 만드는 게 더 낫다는 걸 뒤늦게야 깨달은 거지. 그 순간 나는 등급이 하향 조정돼서 '찾고 싶은 물건 마을'로 옮겨졌어. 언젠가는 주인이 나라는 상상 친구를 곁에 뒀다는 걸 창피하게 여기는 날이 오겠지. 그날이 오면 나는 그곳으로 옮겨지게 될 거야……."

"그곳이 어딘데?"

크리스마스 피그의 물음에 상상 친구는 대답이 없었다. 몇 집 떨어진 곳에서 현관문을 쾅쾅 두드리며 외치는 소리가 들려왔다. 상상 친구가 말했다.

"아, 이런. 그들이 이 거리를 수색하고 있나 봐."

터널

"우린 간절히 찾는 물건 도시로 가야 돼요. 왜냐하면……."

잭이 설명을 하려는데 시가 말허리를 잘랐다.

"이유는 말하지 마. 그러는 게 안전해.

적게 알수록 우리가 잡혔을 때 털릴 정보도 적어져."

크리스마스 피그가 물었다.

"기차가 곧 다시 올까요?"

이번에는 상상 친구가 대답했다.

"몇 시간은 걸릴걸. 슬퍼하는 이 없는 황야를 걸어서 가로지르는 게 제일 빠르지만 그건 너무 위험해. 루저의 집이 황야 한가운데에 있거든. 밤이면 루저가 남아도는 물건들을 사냥하고 다녀." 상상 친구는 활기찬 목소리로 덧붙였다. "내가 너희랑 같이 가서 놈을 태권도로 때려눕혀 없애고……."

그러자 시가 끼어들었다.

"지금은 뻥칠 때가 아니야, 상상 친구.

이들이 떠나야 할 시간이 다 됐어."

시는 잭과 크리스마스 피그를 돌아보며 말을 이었다.

"너희를 도와줄 친구가 있어. 내 비밀 친구야.
그 아줌마를 금이 갔다고 말하는 이들도 있지만,
충직하고 용감한 건 분명해.
그 아줌마가 도와준 물건들도 무척 많아.
우리가 이 집에서 안전하게 얘기하고 있으니까
솔직하게 말할게.
우린 너희 말고 다른 남아도는 물건들도 도와준 적 있어.
황야에서 도망쳐 나온 물건들을 숨겨 준 적도 있지.
허겁지겁 도망친 물건들이라 잠시 쉴 곳이 필요했거든!
물건들의 도주를 돕기도 했어.
공정함 따위는 개나 주고 공포로 주민을 다스리는
징글징글한 시장이 재임하는 이 마을에
쫓기는 사물이 들어와 오래 머무는 건 미친 짓이거든.
너희가 내 친구를 믿고 따라 주면 좋겠어.
그 친구는 믿고 의지할 만한 물건이야."
"그런데 아까 그 친구가 '금이 갔다'고 하신 것 같은데……."
잭이 걱정스러운 표정으로 말을 꺼내자 시가 바로 설명을 해
주었다.
"살짝 미쳤다는 뜻이야. 너희는 안내자가 필요하잖아.
안내자가 없으면 도망치는 건 불가능해.
많은 이들이 이미 시도해 봤어."
그러자 크리스마스 피그가 말했다.
"그럼 잘 부탁드립니다. 친구분한테 우리를 소개시켜 주세요!"
분실물 조정관들이 문을 두드리는 소리가 점점 가까워지고 있

있다.

시는 잭과 크리스마스 피그에게 따라오라고 손짓했다.

상상 친구도 벌떡 일어나 그들 뒤를 따라 시의 방으로 들어가며 말했다.

"나도 같이 갈게. 내 여자 친구한테 도움을 청할 수도 있어!"

그러자 시가 상상 친구에게 진지하게 말했다.

"이 깔개를 치우고 그 밑의 작은 문을 열어.

우리가 그리로 내려가면 그 문을 닫아 줘.

정말 중요한 일이야.

그리고 초인종이 울리면 현관문을 열고

네가 좋아하는 거짓말을 실컷 늘어놔!

이 물건들을 본 적도 없는 척하면 돼!"

상상 친구는 깔개 밑의 작은 문을 열었다. 시가 먼저 그 구멍으로 내려갔다. 몸이 엄청 가벼워서 바닥에 떨어져도 전혀 다치지 않았다. 하지만 잭과 크리스마스 피그는 안쪽의 사다리를 밟고 내려갔다.

상상 친구가 그들에게 말했다.

"행운을 빌어! 그리고 나 여자 친구 있는 거 맞아. 내 여자 친구는 카일 메이슨보다 훨씬 예뻐!"

작은 문이 쿵 닫히고, 잭과 크리스마스 피그, 시는 아래로 가파르게 뻗어 나간 좁은 터널을 따라 걸어갔다. 그들이 나무 수레를 타고 올라온 산의 아래쪽으로 이어지는 터널이었다.

크리스마스 피그가 물었다.

"이 터널은 누가 만들었어요, 시 씨?"

"단단한 은 스푼이라고 하더라고.

내가 이 마을에 오기 한참 전 일이야.

은 스푼은 이 작은 마을 아래에 그곳이 있을 거라고 생각했어.

그래서 밤만 되면 땅을 파고 파고 또 팠지.

바보짓이라는 친구들의 경고는 듣지 않았어.

그의 목표는 오직 하나,

'간절히 찾는 물건 도시'를 발견하는 거였어.

그는 분실물 왕국에서 중요한 건 물건 자체의 가치가 아니라

인간의 마음을 얻은 적이 있느냐,

헤어졌을 때 인간이 얼마나 마음 아파하느냐라는 걸

이해하지 못했어."

잭이 기대에 찬 목소리로 물었다.

"은 스푼은 간절히 찾는 물건 도시로 들어갔어요?"

"그는 슬퍼하는 이 없는 황야까지 내려갔어.

하지만 곧 어리석은 계획이었다는 걸 깨닫고 후회했지.

루저가 황야를 가로질러 사냥을 하러 오고 있었거든.

그 후 은 스푼을 본 자는 아무도 없어."

한참 동안 그들 셋은 가파르게 경사진 터널을 말없이 내려갔다. 마침내 바위 문 앞에 도착했다. 문 옆에는 굵은 밧줄이 매달려 있었다.

"이제 초인종을 울리면 나침반이 금방 올 거야.

그 아줌마는 내가 부르면 늘 와 주거든."

크리스마스 피그가 밧줄을 당기자 문 너머에서 딸랑딸랑 종소리가 들려왔다. 잠시 후 금속 바퀴가 바위 면을 굴러오는 소리가

들렸다. 크리스마스 피그가 문을 살짝 열자 잭은 그 너머에서 들려오는 쾌활한 목소리를 들을 수 있었다.

"또 도망자들을 데려왔구나, 시 씨?"

"이들이 황야를 건너갈 수 있게 도와줘, 친구.

당신 도움이 없으면 이들은 끔찍한 최후를 맞이할 거야."

"당연히 도와야지. 돕고말고! 내가 모험을 얼마나 좋아하는지 알잖아! 간절히 찾는 물건 도시로 가려는 거지? 물건들 대부분은 그리로 가고 싶어 하잖아. 멋진 도시이긴 하지."

크리스마스 피그가 대답했다.

"그곳으로 가고 싶습니다."

그러자 쾌활한 목소리가 말했다.

"난 성문 앞까지만 데려다줄 수 있어. 도시 안으로 들여보내 주는 건 못해. 그래도 괜찮겠어?"

잭이 대답했다.

"예, 충분합니다."

잭과 크리스마스 피그는 컴컴한 터널에서 슬퍼하는 이 없는 황야로 나갔다. 나가서 보니 그곳은 산기슭이었다. 눈이 더 펑펑 쏟아지고 있었다.

잭이 시를 돌아보며 말했다.

"고마워요, 시 씨."

시는 허리를 굽히고 잭의 귀에 마지막 말을 속삭였다.

"루저는 크리스마스이브의 힘을 증오해.

자정을 알리는 종이 울리면 루저는 너희를 절대 놔주지 않을 거야."

잭은 깜짝 놀랐다.

"뭐라고요?"

하지만 시는 이미 바위 문을 닫은 뒤였다.

제 5 부
슬퍼하는 이
없는 황야

나침반

놋쇠로 된 가장자리로 균형을 잡고 선 나침반의 키는 잭과 크리스마스 피그의 절반 정도 됐다. 유리 표면에 금이 갔고 바늘이 북쪽을 가리키는 대신 약간 비딱하게 걸려 있었다.

잭은 방금 전 시가 속삭인 말 때문에 너무 걱정이 돼서 나침반에게 인사를 할 생각도 못 하고 크리스마스 피그를 돌아보며 말했다.

"시 씨가 그러는데 자정이 되면 나는 분실물 나라를 못 떠날 거래!"

크리스마스 피그가 대답을 하려는데 나침반이 냉큼 나섰다.

"그래, 나도 그 소문 들었어. 루저는 너희를 영원히 여기 붙잡아 놓으려고 자정 전까지 너희를 찾아내려고 하겠지. 늘 그런 식으로 되는 일이라 왜 그런지는 나도 몰라. 잃는 것은 잃는 것이고 찾는 것은 찾는 것이니, 어째서 그런 일이 일어나는지는 중요하지 않다고나 할까."

하지만 잭은 루저가 왜 그런 믿음을 갖고 있는지 알 것 같은 끔찍한 기분이 들었다. 표정을 보니 크리스마스 피그도 뭔가를 아는 표정이었다. 크리스마스이브가 1년 중에 살아 있는 소년이 분실물 나라에 들어올 수 있는 단 하룻밤이라면, 그 소년이 살아 있는 자들의 나라로 돌아갈 수 있는 때도 딱 그날 밤 아닐까? 하지만 잭은 자신이 인간이란 사실을 나침반에게 들킬까 봐 그 말을 못 하고 입을 다물었다.

나침반이 잭과 크리스마스 피그를 번갈아 쳐다보며 물었다.

"너희 이름은 뭐니?"

크리스마스 피그가 대답했다.

"저는 크리스마스 피그고 얘는 잠옷 소년이라는 액션 피겨예요."

잭이 설명을 덧붙였다.

"잠과 꿈의 힘을 갖고 있어요."

나침반은 숨을 훅 내쉬며 말했다.

"흠, 오늘은 잠도 못 자고 꿈도 못 꿔. 잠을 자면 큰일 나거든. 출발하자!"

나침반은 그대로 쌩하니 빠르게 굴러갔다. 잭과 크리스마스 피그는 눈 덮인 돌무더기 황야를 달리느라 이리저리 미끄러지면서 열심히 나침반을 따라 뛰었다. 맨발인 잭은 각지고 얼어붙은 돌멩이를 밟고 달려가자 발이 너무 아팠다.

나침반이 그들에게 말했다.

"경고 하나 해 줄게. 황야에는 아주 이상한 물건들이 있어. 그중 일부는 루저만큼이나 못됐어!"

"정말요?"

잭은 신경이 곤두섰다.

"그래. 그 물건들이 사라져도 아무도 신경을 안 쓰거든. 그중 어떤 놈들은 일부러 사라지기도 해. 주인 탓을 할 일도 아니지! 어떤 물건들은 계속 가지고 있을 가치도 없거든!"

나침반이 갑자기 멈춰 서더니 인상을 쓰며 둘을 돌아보았다.

"누가 달그락거리는 소리를 계속 내는 거니?"

"아, 저예요." 크리스마스 피그는 배 속의 플라스틱 콩들이 위아래로 흔들리지 않게 평소처럼 배를 꽉 잡고 대답했다. "제 배 속에 플라스틱 콩들이 들어 있어요."

"최대한 소리 안 나게 좀 해 줄래?"

"조심할게요."

크리스마스 피그는 배를 더 꽉 잡았다.

그들은 다시 출발했다. 나침반의 금속 가장자리가 부싯돌 같은 돌바닥을 구르면서 엄청 요란한 소리를 냈다. 잭은 그렇게 시끄러운 소리를 내는 나침반이 크리스마스 피그더러 배 속 콩 소리를 내지 말라고 타박한 건 불공평하다고 생각했다. 잭의 그런 생각을 읽기라도 한 듯 나침반이 그들을 돌아보며 말했다.

"내가 놋쇠라서 소리가 많이 나. 루저는 청력이 아주 예민하거든. 그런데 솔직히, 루저가 나타나면 스릴 있어서 좋아." 잭이 겁먹은 눈으로 크리스마스 피그를 돌아보자 나침반이 덧붙였다. "나랑 같이 있다가 잡아먹힌 물건은 지금까지 하나도 없었어! 난 루저를 골려 먹는 걸 무척 좋아하거든. 나 잡아 봐라, 이러면서 말이야."

크리스마스 피그가 숨을 헐떡이며 물었다.

"당신은 어쩌다가 잃어버린 물건이 됐어요, 나침반 씨?"

나침반은 명랑한 목소리로 대답했다.

"내 주인은 배낭 여행자였는데 어쩌다가 날 떨어뜨렸어. 사실 두 번째로 떨어뜨린 거야. 주인이 처음 나를 떨어뜨렸을 때 내 유리면에 금이 갔고 바늘도 중심에서 벗어나 비딱해졌지. 그 후 작동이 잘 안 됐어. 그러다가 주인은 밀림에서 나를 또 잃어버린 거야. 이번에는 열심히 찾지도 않더라고. 지금 나는 어느 바나나무 아래서 녹슬어 가고 있는 중이야. 아마 다시 찾지 않을 거야. 망가진 나침반을 누가 갖고 싶겠어?"

"간절히 찾는 물건 도시로 가는 길은 확실히 아시는 거죠?"

잭은 가쁜 숨을 몰아쉬며 물었다. 너무 빨리 뛰어서인지 옆구리가 콕콕 쑤셨다.

나침반은 대수롭지 않다는 듯 대답했다.

"아 그럼, 그런 걱정은 하지 마. 좀 더 스릴을 느끼기 위해 약간 지그재그로 이동할 수는 있어. 그건 그렇고, 황야에 온 후로 물건들을 안내하는 새로운 방법을 찾아냈거든. 그게 뭔지 맞혀 볼래?"

크리스마스 피그는 뒷다리로 최대한 빨리 뛰느라 안간힘을 쓰며 대답했다.

"전혀 모르겠어요."

"내가 도덕적인 교훈이 들어간 이야기를 지어냈어. 좌우명도 만들었고. 내 좌우명 중 하나가 있는데 들어 볼래?"

잭은 나침반에게 장단을 맞춰 줘야 될 것 같아서 숨을 헐떡거리며 말했다.

"예, 해 주세요."

나침반이 자랑스럽게 말했다.

"북북서 방향이 괜찮아도 현명한 자는 늘 옆으로 이동한다."

잭은 그게 무슨 의미인지 이해가 되지 않았다. 다행히 크리스마스 피그가 알맞게 맞장구를 쳤다.

"맞는 말씀이에요."

나침반은 흡족해하는 목소리였다.

"그렇지? 원한다면 도덕적 교훈이 들어간 이야기를 들려줄게."

크리스마스 피그가 숨찬 목소리로 대답했다.

"아, 예, 듣고 싶어요."

"옛날에 나침반 세 개가 있었어. 큰 나침반, 중간 나침반, 작은 나침반. 큰 나침반은 앞장서서 산을 올라갔고, 중간 나침반은 배를 조종해서 바다를 가로질렀어. 하지만 작은 나침반은 작은 채소밭에 떨어져서 오도 가도 못하게 된 거야. 여기서 우리는 이런 교훈을 얻을 수 있어. '무하고는 절대 친구가 되지 마라'."

잭과 크리스마스 피그가 무척 재미있고 감명 깊다는 듯 장단을 맞추자 나침반은 만족해했다. 그들은 눈 덮인 바위 지대와 느슨한 돌멩이로 뒤덮인 곳을 달려갔다. 잭은 옆구리가 점점 더 심하게 쑤셨다.

그들은 몇 시간 동안이나 쌀쌀한 어둠 속을 힘겹게 달려갔다. 잭과 크리스마스 피그는 수차례 넘어졌고 그럴 때마다 서로를 붙잡아 일으켜 주었다. 도시락 통 안에서 잠을 잤던 게 까마득한 옛날 일처럼 느껴졌다. 하지만 잭은 너무 겁이 나서 피곤한 줄도 몰랐다. 한 번씩 어둠 속에서 어떤 형체들이 어렴풋이 보일 때마다 루저가 아닐까, 혹시 나침반이 경고했던 괴상한 물건들이 아닐까 걱정했는데 막상 가까이 가서 보면 여기저기 뭉쳐 있는 엉겅퀴들이었다.

잠옷만 입고 오들오들 떨며 뛰고 있는 잭을 본 크리스마스 피
그가 물었다.

"담요는 어쨌어?"

잭은 숨을 헐떡이며 대답했다.

"실수로 쓰레기통 안에 두고 나왔어. 괜찮아."

루저에게 잡아먹히지 않고 황야를 무사히 가로지르면 디피를
찾을 수 있을 것이다. 익숙하고 말랑한 디피를 꽉 끌어안고 익숙
한 몸 냄새를 다시 맡을 수만 있다면, 아무리 춥고 발이 아파도 계
속 뛸 수 있었다.

그때 황야에 끔찍한 신음 소리가 울려 퍼졌다.

놀란 잭이 물었다.

"루저예요? 이쪽으로 오는 건가요? 우리 숨어야 돼요?"

나침반은 계속 굴러가며 대답했다.

"아니. 저건 고통이야."

"뭐요?"

"고통. 인간의 고통. 주인들은 고통을 떨쳐 내서 기쁘겠지만,
그들한테서 떨어져 나온 고통들은 이 황야에서 떼로 몰려다니며
배회하고 울부짖어. 생각해 보면 참 안 됐지 뭐야. 저렇게 살면 별
로 재미도 없을……."

나침반이 또 갑자기 멈춰 섰다. 시커먼 형체 두 개가 그들 앞에
나타나 길을 가로막았다.

망가진 천사

그 형체들의 윤곽을 보니 마치 어머니와 아이 같았다. 하지만 잭은 자신의 감각을 더 이상 믿을 수가 없어 크리스마스 피그 옆으로 바짝 붙었다.

나침반이 소리쳤다.

"거기 누구냐?"

겁먹은 숙녀의 목소리가 대답했다.

"그쪽은 누구신데요?"

어둠 속에서 걸어 나온 것은 크리스마스 천사 인형이었다. 두 날개 중 하나가 심하게 꺾였고 금몰로 장식된 보라색 드레스는 찢어져 있었다. 천사는 왼손으로 자신의 얼굴을 가린 모습이었다. 작은 형체는 자그마한 파란 토끼 인형이었다. 잘못 둔 곳에서 전송 장치를 통해 지하로 내려갔던 바로 그 토끼였다. 토끼는 털에 온통 흙이 묻어 무척 지저분했다.

나침반이 미심쩍어하며 천사에게 물었다.

"왜 손으로 얼굴을 가리고 있지?"

"얼굴을 보여 주면 여러분이 도망갈까 봐요. 지금까지 얼굴을 보여 주면 다들 도망쳤어요. 이 파란 토끼만 빼고요."

나침반이 단호하게 말했다.

"숨기고 말고 할 시간 없어. 얼굴을 감추면 당신이 루저의 첩자인지 아닌지 내가 어떻게 알아?"

그제야 천사는 손을 아래로 내렸다. 머리통에 금이 갔고 얼굴이 부서져 있었다. 눈알도 하나 없고 뺨에는 큰 구멍이 났다. 잭이 놀라 헉 소리를 내자 천사의 남은 눈 하나에서 눈물이 또르르 흘러내렸다. 천사는 다시 손으로 얼굴을 가리고 엉엉 울음을 터뜨렸다. 천사는 흐느끼며 말했다.

"흉측하다는 거 알아요. 개가 물어서 이렇게 됐어요!"

잭이 헉 소리를 낸 것은 천사의 얼굴이 기분 나빠서가 아니라 아는 인형이라서였다. 금몰로 장식된 보라색 드레스, 일부 뜯겨 나간 곱슬 머리카락, 반짝이는 플라스틱 날개. 할머니가 사서 집으로 가져온 크리스마스 인형이었다. 토비가 물어뜯은 바로 그 인형이었다. 그런데 그 인형이 왜 분실물 나라에 내려와 있는지 이유를 알 수 없었다. 토비가 이 인형을 망가뜨렸다면…….

나침반은 한층 더 수상쩍어했다.

"망가졌다고 황야로 보내지는 않을 텐데. 저 위 세상에는 아무리 이가 빠지고 금이 가도 주인이 소중하게 여겨서 늘 눈앞에 두는 물건들도 많아!"

망가진 천사는 눈물을 꾹꾹 참으며 대답했다.

"저는 그 집 가족들한테 소중한 존재가 아니었어요! 그 집 가족들이 사랑했던 천사를 대신해 상점에서 사 온 인형이었어요! 상점에 사람들이 많아서 대충 아무거나 고른 거죠. 그들은 제가 별로 마음에 안 드는데 그냥 샀어요. 저는 다 눈치챘다고요!"

잭은 큰 죄책감을 느꼈다. 천사는 남은 눈마저 손으로 덮고 있느라 잭을 알아보지 못했다. 천사는 흐느껴 울며 말을 이었다.

"그들은 저를 트리 꼭대기에 올려 뒀는데 다른 장식물들은 저한테 친절하게 대해 주지 않았어요. 다들 예전 천사가 없어지게 된 것만 슬퍼했죠. 그 천사는 그들의 친구였고 대장이었어요! 그런데…… 그런데……."

잭이 저도 모르게 말했다.

"개가 트리에 달려들었겠죠."

망가진 천사는 깜짝 놀랐다.

"맞아요! 어떻게 알았어요?"

잭은 재빨리 얼버무렸다.

"그냥 추측해 봤어요."

"개가 트리를 쓰러뜨린 바람에 저도 같이 떨어졌어요. 나뭇가지 사이에 몸이 뒤엉켰죠. 개가 저를 끄집어내려고 했지만 저는 가지에 몸이 꽉 끼어 있었어요. 그러자 개는 저를 그대로 질겅질겅 씹어 버렸어요. 가족들은 트리가 쓰러져 있고 제 드레스와 얼굴 일부가 바닥에 떨어져 있으니까 개가 저를 씹어 먹은 줄 알았나 봐요. 예전 천사처럼요. 그래서 제가 트리 뒤쪽에 거꾸로 매달려 있는 것도 알아채지 못했어요. 그들은 트리를 다시 일으켜 세웠고, 저는 나뭇가지 사이에서 그들 눈에 띄지 않게 되어 버렸어요."

천사는 또다시 울음을 터뜨리며 말을 이었다.

"아무도 저를 그리워하거나 신경 쓰지 않아요. 트리를 내다버릴 때 저도 같이 버리겠죠!"

크리스마스 피그가 앞으로 걸어가 천사의 어깨에 앞발을 얹었다. 자그마한 파란 토끼도 안타까워하며 천사의 손을 토닥였다. 크리스마스 피그가 천사에게 말했다.

"나도 대체품이에요. 괜찮을 거예요. 그 집 가족들이 당신을 찾아서 고쳐 줄 수도 있어요."

눈물을 흘리는 천사가 대답하기도 전에 나침반이 천사와 파란 토끼에게 말했다.

"우린 어서 여길 벗어나야 돼. 너희도 원한다면 우리 뒤에 따라붙어. 머릿수가 많을수록 안전하지. 바짝 잘 따라와."

파란 토끼 인형의 이야기

그들은 다시 달리기 시작했다. 잠시 후 잭은 자그마한 파란 토끼가 옆에서 나란히 폴짝폴짝 뛰면서 자신을 감탄 어린 눈빛으로 바라보는 것을 알아챘다.

파란 토끼는 조심스럽게 말했다.

"빤히 쳐다봐서 미안. 넌 새것이고 세밀하게 잘 만들어져 있네! 엄청 비싸겠다! 황야에서 너처럼 고급스러운 인형은 처음 봐."

파란 토끼는 조잡하게 만들어진 작은 장난감이었다. 눈도 한쪽으로 비딱하게 박혔고 두 팔도 어색한 각도로 꿰매어져 있었다. 파란 토끼가 물었다.

"무례한 질문이 아니라면 물어봐도 될까? 넌 정체가 뭐야?"

"액션 피겨. 잠과 꿈의 힘을 가진 잠옷 소년이야. 나에 관한 만화도 있어."

잭은 크리스마스 피그가 망가진 천사와 얘기 중이라 못 들을 것 같아서 만화에 관한 말을 슬쩍 덧붙였다.

파란 토끼는 까만 눈을 반짝이며 한숨을 쉬었다.

"멋지다. 그런데 어쩌다가 황야에 오게 됐어? 네 주인이 널 찾으려고 사방을 뒤지고 있을 것 같은데?"

잭은 크리스마스 피그가 안경에게 했던 얘기를 그대로 읊었다.

"내 주인은 물건 아까운 줄을 몰라. 장난감이 워낙 많아서 우리가 없어진 것도 모를걸."

작은 토끼는 안타까워하는 표정이었다.

"끔찍하네. 너 같은 장난감이 그렇게 형편없는 취급을 받을 줄은 생각도 못 했어. 나 같은 인형들은 기대를 별로 안 하고 살지만 넌 다르잖아. 너에 관한 만화도 있다며! 유명한가 봐!"

"네 주인은 너를 별로 안 좋아했니?"

잭은 만화에 관한 질문을 더 받고 싶지 않아서 슬쩍 말을 돌렸다. 잠옷 소년이니 잠을 자는 것 말고는 별다른 모험을 할 것 같지도 않았다.

파란 토끼는 한숨을 푹 쉬었다.

"응. 내 주인 소년은 마을 축제에서 나를 상품으로 받아. 입장권을 끊으면 주는 상품이었거든. 주인은 축구공을 받고 싶어 했는데 나를 받아서인지 투덜대면서 나를 주머니에 쑤셔 넣었어. 나를 집으로 데려가긴 했지만 한 번도 같이 안 놀아 줬어. 선반 위에 그냥 얹어 뒀는데 어느 날 주인의 친구가 놀러 온 거야. 그 친구가 장난을 치면서 나를 열린 창문 너머 화단으로 집어 던졌어." 토끼의 목소리가 갈라졌다. "아무도 나를 찾으러 오지 않았어. 신경도 안 썼지. 나는 몇 주째 화단에 누워 있어. 비가 내려서 몸이 다 젖고 추웠지만 진창에 가만히 누워서 기다리는 것 말고는 할 수 있는 게 없어."

"이해가 안 돼."

"나는 두 세계 사이에 끼어 버렸어. 주인이 나를 버린 건지 잃어버린 건지 분명하지 않은 경우에 그렇게 되는데, 가끔 그런 일이 일어난대. 나는 두 세계 중 어디에도 속하지 못하고 온몸에 진흙을 묻힌 채 얼어붙었어. 주인이 나를 기억해 주기를 기다리면서. 주인이 나를 그냥 없어진 걸로 믿어 버리면 나는 더 이상 존재하지 않게 돼. 주인이 나를 잃어버렸다고 생각하는 순간 나는 분실물 나라로 내려오게 되는 거야. 크리스마스이브 날 주인은 할머니, 할아버지 댁으로 놀러 가려고 아끼는 봉제 인형을 가방에 넣다가 내가 사라진 걸 문득 기억해 냈어. 하지만 별로 신경 쓰지 않았고 날 찾아볼 생각도 안 했어. 그 순간 내 운명이 정해진 거야. 나는 곧장 분실물 나라로 떨어졌고 분실물 조정관들한테 붙잡혔어. 그들은 나를 전송 장치에 밀어 넣었고, 그 끝은 황야 한가운데였지. 혼자인 데다 너무 무서웠는데 얼마 안 있어서 망가진 천사를 만났어. 그 후 우리는 황야를 같이 돌아다니고 있어. 내 심정을 이해해 주는 물건을 만나니 기분이 좋네. 너 같은 물건한테 이런 말을 하는 게 웃기겠지만……."

"아니, 그렇지 않아. 나도 내 모든 걸 이해해 주는 친구가 있었어. 그 친구를 잃어버리고 모든 게 엉망진창이 돼 버렸어……."

그때 크리스마스 피그가 묘한 표정으로 잭을 힐끗 돌아보았다. 디피에 대한 얘기는 하지 말라고 할 것 같아서 잭은 얼른 화제를 돌리며 파란 토끼에게 말했다.

"누가 널 찾아낼지도 몰라."

휘몰아치는 하얀 눈 사이로 새까만 하늘이 군데군데 보였다. 반짝이는 별은 하나도 보이지 않았다. 문득 살아 있는 자들의 나라로 이어지는 출구가 바로 하늘의 별인 것 같다는 생각이 들었다.

파란 토끼가 한숨을 쉬며 말했다.

"아니, 그런 일은 없을 거야. 나는 진흙투성이인 채로 정원에 놓여 있어. 아마 눈에 띄지도 않을걸. 주인 가족들은 크리스마스를 보내려고 집을 떠났어. 나를 찾아 줄 사람은 없어. 아마 루저한테 잡아먹히겠지. 망가진 천사랑 나는 마지막까지 함께하기로 했어. 그것만으로도 약간은 위로가 돼."

잭은 마음이 너무 좋지 않았다. 이 자그마한 파란 토끼를 그의 방으로 데려가고 싶었다. 하지만 분실물 나라의 법에 따르면 그건 있을 수 없는 일이었다.

그때 누군가 무슨 말을 할 새도 없이, 그들 주변의 어둠 속에서 요란한 소리가 들려왔다.

나침반이 그들에게 다시 굴러와 소리쳤다.

"위험해! 서로를 잘 붙잡고 버텨! 나쁜 습관 갱단이 나타났어!"

나쁜 습관 갱단

나침반, 잭, 크리스마스 피그, 망가진 천사, 파란 토끼는 서로 등을 대고 바짝 붙어 섰다. 시커먼 그림자와 불타는 듯한 붉은 점들이 그들을 떼로 에워쌌다. 낄낄거리는 웃음소리들이 들리더니 별안간 공기 중에 독한 냄새를 풍기는 연기가 피어올랐다.

겁먹은 잭이 물었다.

"저들은 뭐죠?"

숫자가 꽤 많아 보였다. 빛나는 붉은 점들은 누군가의 눈 같았다. 사방에서 낄낄 웃는 소리, 으르렁대는 소리가 들렸다.

"말했잖아. 나쁜 습관 갱단이라고. 조심해. 저것들이 툭하면 던지는 게⋯⋯."

철퍼덕! 큼직하고 끈적끈적한 덩어리가 나침반에게 명중했다.

파란 토끼가 소리 질렀다.

"방금 뭐예요?"

"코딱지야!" 나침반은 몸을 이리저리 굴려 몸에서 코딱지를 떼어 내며 성질 난 목소리로 말했다. "너인 거 다 알아, 코딱지 코."

그들을 둘러싼 것들이 왁자하게 웃었다. 커다란 코딱지 몇 개가 허공을 가르며 더 날아왔다. 잭과 물건들은 코딱지를 피하려 몸을 이리저리 흔들었다. 철퍼덕, 철퍼덕, 철퍼덕. 코딱지에 이어 딱딱하고 뾰족한 무언가가 잭의 얼굴을 때렸다. 잭은 아파서 비명을 질렀다.

크리스마스 피그가 물었다.

"왜 그래?"

"저놈들이 뾰족한 걸 나한테 던졌어." 잭은 바닥에 떨어진 날카롭고 노란 물체를 내려다보았다. 그 물건은 꼭 부메랑처럼 생겼다. "이게 뭐야?"

나침반이 말해 주었다.

"물어뜯은 손가락의 손톱 조각이야! 그만 좀 해!" 나침반이 그들을 에워싸고 야유를 퍼붓는 패거리에게 소리쳤다. "안 그러면 루저가 소리를 듣고 와서 우릴 다 잡아먹을 거야!"

거친 목소리가 대꾸했다.

"그건 너한테나 해당되겠지, 나침반. 이 시간에 또 몰래 물건들을 들여왔구나."

그들을 둘러싼 갱단이 점점 가까이 다가왔다. 잭은 차라리 시씨의 집에 숨어 있을걸 하는 후회가 됐다. 이들은 상상 친구보다 더 괴상하고 훨씬 무시무시했다.

그들은 전부 인간의 신체 일부였다. 몇몇은 입 모양이었다. 하나는 요란하게 껌을 씹었고 다른 입들은 냄새 고약한 담배를 피워 댔다. 그 입들이 물고 있는 담배 끝에서 빨간 빛이 타올랐고 독한 냄새도 풍겼다. 그 외에 코와 귀, 피가 날 때까지 손톱을 물어뜯은 손가락 하나(피가 흐르는 모습이 너무 처참해서 잭은 차마 쳐다볼 수도 없었다), 당장 누군가를 때리고 싶어 안달이 난 것처럼 위협적으로 땅바닥을 내리치고 있는 주먹 한 쌍이 있었다.

나침반이 제일 커다란 입에게 말했다.

"너 아직도 여기 있냐, 사탕먹보 입? 크리스마스 때는 집으로 갈 거라며! 네 주인이 널 다시 원하지 않았나 봐?"

커다란 입은 시커멓게 썩은 이들을 드러내며 말했다.

"느긋하게 해야지, 느긋하게. 지금 사방에 초콜릿이며 사탕이 널렸는데. 이제 주인 녀석이 곧 그것들을 먹어치울 거야."

잭의 뒤에서 묘하게 익숙한 목소리가 말했다.

"잠깐만. 너희 둘, 내가 아는 애들 같은데?"

잭은 심장이 철렁했다. 잭은 디피를 차창 밖으로 던진 것 때문에 홀리에게 잔뜩 화가 나 있었지만 이런 곳에서 홀리의 목소리를 들으니 엄청 반가웠다. 홀리는 집과 살아 있는 자들의 나라에 속해 있었다. 잭은 예전에 새 학교에서 혼자 외롭게 있었을 때 홀리가 다가와 친절하게 대해 줬던 것만 기억났다.

잭은 뒤돌아서며 외쳤다.

"홀리!"

하지만 홀리의 모습은 보이지 않았다. 대신 잭의 몸집만 한 주먹 한 개가 그를 마주하고 있었다.

주먹이 홀리의 목소리로 말했다.

"이상하네."

그러자 커다란 귀가 슬금슬금 가까이 다가와 음흉한 목소리로 물었다.

"뭔데, 괴롭히는 주먹? 난 이상한 얘기를 듣는 게 좋더라."

괴롭히는 주먹이라 불린 주먹이 홀리의 목소리로 대답했다.

"내가 저렇게 생긴 장난감 돼지를 차창 밖으로 던지고 나서 여기 내려와 있거든. 그런데 얘 모습이 이상하게 익숙하단 말이야……."

크리스마스 피그가 얼른 나섰다.

"얘는 액션 피겨야! 잠과 꿈의 힘을 가진 잠옷 소년!"

파란 토끼도 목청 높여 거들었다.

"자기만의 만화도 있어요!"

그 말에 나쁜 습관 갱단이 야유를 퍼붓고 비웃어 댔다.

사탕먹보 입이 말했다. "말도 안 되는 소리."

뜯어낸 여드름이 코웃음을 쳤다. "쟤가 사라져도 아무도 신경 안 쓰는 게 당연하겠는데."

크리스마스 피그가 말했다. "남 얘기 하고 있네! 너희 주인들은 너희를 몸에서 떼어 내서 속 시원해하잖아!"

괴롭히는 주먹이 사납게 내뱉었다.

"내 주인은 곧 나를 다시 찾을 거야. 우린 환상의 짝꿍이거든. 내 주인은 나를 필요로 해."

잭이 물었다.

"주인이 왜 널 필요로 하는데?"

"왜냐하면 내 주인 홀리는 바보거든. 나랑 있으면 홀리는 기분이 좋아져. 홀리 엄마는 딸이 올림픽에 나가길 바라지만 그 애는 더 이상 체조를 안 좋아해. 이제 음악을 하고 싶어 한단 말이지. 홀리는 아빠라면 이해해 줄 거라고 생각했는데, 아빠를 새로 생긴 의붓동생한테 빼앗기고 말았어. 그래서 내가 그 의붓동생한테 대가를 치르게 해줬지. 그 동생 녀석은 모든 걸 갖고 있거든. 좋은 엄마에 홀리의 아빠까지…… 다 그 녀석 편이야. 그 녀석한 테 메달을 따 오라고 강요하는 사람도 없어. 싫은 걸 억지로 하라 고 야단치는 사람도 없지……. 그러니까 그 녀석은 벌을 받아도 싸……. 그래서 내가 차창 밖으로 멍청한 돼지 인형을 던져 버린 거야……."

잭은 어안이 벙벙했다. 홀리가 그를 운 좋은 아이라고 생각하 는 줄은 상상도 못 했다.

"지금은 홀리가 죄책감을 느껴서…… 나를 떼어 내고 다시는 동생 녀석을 괴롭히지 않겠다고 맹세했지만 아마……."

엿듣는 귀가 교활하고 기분 나쁜 목소리로 거들었다.

"아마 또 그런 짓을 할걸. 당연해. 내 주인도 똑같아. 내 주인은 여동생의 일기장을 몰래 읽다가 들켰거든. 다시는 살금살금 돌아 다니면서 남 얘기를 엿듣지 않겠다고 맹세했지만 그렇게 안 하면 어떻게 비밀을 알아낼 수 있겠어? 비밀 얘기가 얼마나 재미있는 데. 내가 제일 좋아하는 게 바로 비밀이야. 내가 오늘 들은 재미난 비밀 얘기 하나 해 줄까? 찾고 싶은 물건 마을 변두리에 살그머니 다가가서 들은 얘기거든."

나쁜 습관 갱단 모두가 비밀 얘기를 듣고 싶다고 소리쳤다.

"아까 나는 황야 가장자리의 덤불 속에 앉아 있었어. 거기가 얘 기를 엿듣기에 딱 좋아. 황야에서 도망친 남아도는 물건들이 산 위의 마을로 올라오는 일이 없도록 분실물 조정관들이 그쪽에서 순찰을 돌거든."

괴롭히는 주먹이 재촉했다.

"빨리 본론으로 들어가!"

"분실물 조정관들이 도망친 두 물건에 대해 얘기를 하더라고. 분실물 나라로 내려오면 안 되는 것들이래. 그게 어떤 물건들인지 알아?"

입들이 이구동성으로 물었다.

"뭔데?"

"돼지 봉제 인형이랑 액션 피겨야! 바로 저기 있는……."

그 순간 쿵 하는 엄청난 소리가 황야에 울려 퍼지며 땅이 흔들렸다. 나쁜 습관 갱단이 비명을 내질렀다.

나침반이 신나게 소리쳤다.

"사냥이 시작됐구나! 루저가 왔어! 너희 넷은 내 뒤를 바짝 따라와! 자, 도망치자!"

루저

나침반은 엄청나게 빠른 속도로 몸을 굴려 달아났다. 나쁜 습관 갱단도 비명을 지르며 어둠 속으로 흩어졌다. 망가진 천사와 파란 토끼도 이리 뛰고 저리 뛰었는데 잭은 겁에 질린 나머지 그 자리에서 몇 분 동안 꼼짝하지 못했다.

거대한 흰색 탐조등 불빛 두 개가 황야 위쪽의 하늘을 가르며 나타났다. 쌍둥이 같은 두 개의 빛은 황야를 이리저리 훑으며 허둥지둥 도망치는 여러 물건들을 비추었다. 탐조등은 루저의 두 눈이었다. 루저가 거대한 머리를 이리저리 돌릴 때마다 탐조등 두개가 눈 덮인 황야를 환하게 비쳤다. 루저는 키가 엄청 커서 머리가 저 높은 나무 하늘을 긁는 소리가 들릴 정도였다. 환하게 빛나는 두 눈으로 물건들을 잡아먹기 위해 땅바닥을 연신 훑어보았다.

루저가 거인인지 로봇인지는 알 수 없었다. 거미 다리처럼 생긴 뾰족한 강철 다리 두 개로 바닥을 철컥철컥 짚고 다녔다. 루저의 몸통과 팔다리는 수백만 개의 부서진 물건들로 뒤덮였다. 톱니와 용수철, 손잡이, 안테나, 단추, 뚜껑 등 잡아먹기 전에 박살 낸 물건들의 일부가 루저의 몸에 붙어 반짝거렸다.

루저가 내지르는 끔찍한 고함 소리에 땅이 흔들리고 바위들마저 덜걱거렸다. 사랑하는 무언가를 잃고 다시는 되찾지 못한 자의 분노와 비통함이 깃든 울부짖음이었다.

잠시 후 루저의 손이 아래로 내리 덮쳤다.

강철 대들보 같은 손가락이 붙어 있는 거대한 손이었다. 그 손은 황야를 이리저리 가로지르며 도주 중인 물건들을 잡아 올렸다. 루저가 물건들을 허공으로 들어 올려 무자비한 두 눈으로 살펴보자 물건들은 미친 듯이 비명을 질렀다.

"잭, 어서 도망쳐!"

루저의 손이 다시 아래로 내려오자 크리스마스 피그가 소리치며 잭의 손을 잡아끌었다. 거대한 강철 손가락이 바짝 가까이 다가와 옆으로 지나가자 잭은 유리와 강철 조각으로 뒤덮인 삐쭉삐쭉한 손톱 끝을 볼 수 있었다.

잭은 크리스마스 피그의 손에 이끌려 움직이기는 했지만 공포로 다리가 얼어붙어서 계속 비틀거렸다. 루저의 눈에서 쏟아진 두 개의 빛이 그들 주변을 빠르게 훑었다. 잭은 어지럽고 속이 울렁거려서 방향감각을 잃고 말았다. 이대로라면 루저의 거대한 강철 손이 언제든 그를 붙잡아 허공으로 들어 올릴 것이다.

크리스마스 피그가 잡아끄는 대로 따라가던 잭이 소리쳤다.

"나침반은 어디 있어?"

"몰라! 그냥 뛰어. 어디든 숨을 곳을 찾아야 돼!"

루저가 다시 악을 썼다. 루저의 눈에서 나온 빛이 그들 옆을 지나가며 잭의 팔꿈치를 스쳤다. 어둠 속에서 홀리의 목소리가 들렸다.

"안 돼, 제발…… 아악!"

"잭, 빨리 와!"

크리스마스 피그가 소리쳤다. 잭은 달리는 것을 멈추고 크리스마스 피그의 손아귀에서 벗어나려 했다.

잭이 말했다.

"홀리! 루저가 홀리를 잡아갔어!"

"저건 홀리가 아니야. 너도 알잖아!" 크리스마스 피그는 두 앞발로 잭을 다시 잡아당겼다. "저건 홀리의 나쁜 습관이야. 저게 없어지는 게 너한텐 좋은 일이라고!"

하지만 홀리의 간절하고 겁에 질린 목소리를 듣고 있으니 잭은 마음이 괴로웠다. 그때 저 앞에서 달아나는 망가진 천사의 모습이 보였다. 죽기 살기로 달아나던 망가진 천사는 찢어진 드레스에 발이 걸려 넘어지고 말았다. 눈이 하나밖에 없어서 앞을 제대로 보지 못해 넘어진 것 같았다.

잭이 망가진 천사에게 소리쳤다.

"내 손을 잡아요!"

"아, 고마워요!"

망가진 천사가 멀쩡한 팔을 잭에게 뻗은 순간, 루저의 눈에서 나온 빛이 그녀를 발견하고 말았다. 또다시 넘어진 망가진 천사를 루저의 손이 내리 덮쳤다. 루저는 번쩍이는 거대한 손으로 천사를 붙잡아 허공으로 들어 올렸다.

"우리가 할 수 있는 일은 없어!" 잭이 손을 뿌리치려 하자 크리스마스 피그는 그에게 악을 썼다. "뛰어, 잭, 뛰어! 안 그러면 다음 차례는 우리야!"

엉겅퀴

"엎드려!"

크리스마스 피그는 잭을 큼직한 엉겅퀴 뒤의 그림자 속으로 잡아당기며 외쳤다. 눈 덮인 땅바닥에 웅크리고 앉은 그들은 뾰족뾰족한 엉겅퀴 잎사귀 사이로 그 너머를 내다보았다. 두 팔 가득 물건들을 안은 루저는 그들한테서 멀리 성큼성큼 걸어가고 있었다. 루저가 발을 내디딜 때마다 바닥이 흔들렸다.

"천사 어떻게 해, 불쌍한 천사!" 잭이 떨어지지 않는 입을 움직여 간신히 말했다. 좀 더 빨리 천사의 손을 잡아 줬으면 잡혀가지 않았을지도 몰랐다! "저 물건들은 어떻게 돼? 루저가 저 물건들한테 무슨 짓을 하는 거야? 우리가 가서 구해 주자!"

크리스마스 피그가 조용히 대답했다.

"불가능해. 루저는 물건들을 자기 집으로 가져가. 거기서 박살내고 각성한 부분만 빨아먹어. 마음에 드는 껍데기는 자기 갑옷으로 삼지."

"지금 저 위의 세상에서 저 물건들이 발견되면?"

"그럼 구원을 받겠지. 하지만 저들을 찾는 사람은 없어, 잭. 저

199

들이 없어져도 신경조차 안 써. 오히려 없어져서 속 시원해할걸. 저 정도로 심하게 망가진 크리스마스 천사 인형을 누가, 왜 원하겠니? 코 후비는 더러운 습관을 누가 되찾고 싶겠어?"

"루저가 각성한 부분을 빨아먹고 껍데기를 부순 다음 자기 갑옷의 일부로 삼아 버리면 저 위쪽 세상에 있는 물건은 어떻게 돼? 천사는 트리 속에 아직 매달려 있잖아, 안 그래?"

"오래가지 않을 거야. 루저한테 각성한 부분을 빨아 먹히면 천사는 저 위의 세상에서도 사라져 버려. 루저한테 잡아먹힌 물건은 다시는 못 돌아가. 인간들이 말하는 죽음 같은 거야."

잭은 너무 춥고 지치고 겁이 났다. 디피를 간절히 되찾고 싶었고, 천사에게 깊은 죄책감을 느꼈다. 더는 눈물을 참기 힘들었다. 결국 무너지고 말았다. 소리를 내지 않으려고 애썼지만 크리스마스 피그를 속일 수는 없었다. 크리스마스 피그는 울고 있는 잭을 앞발로 감싸고 가까이 끌어당겼다. 그러고는 무뚝뚝하게 말했다.

"서로 안고 있지 않으면 몸이 얼어 버리겠다. 여기서 몇 시간이라도 자자. 날이 밝으면 간절히 찾는 물건 도시로 갈 방법을 찾을 수 있을 거야."

"나침반이 없는데 어떻게 길을 찾아?"

"나도 아직 모르겠어. 하지만 열심히 생각해 봐야지."

잭은 크리스마스 피그 옆에 웅크리고 누웠다. 크리스마스 피그의 품에 안겨 있으니 서서히 몸이 따뜻해지기 시작했다. 여전히 두렵고 괴로웠지만 적어도 몸은 데워지고 있었다.

잠시 후 잭이 말했다

"고마워, 크리스마스 피그."

"천만에."

크리스마스 피그는 다소 놀란 목소리였다.

잠시 침묵하던 잭이 다시 입을 열었다.

"멍청한 이름 같아."

"뭐가?"

"크리스마스 피그라는 이름 말이야. 너무 길어. 만약 내가 널 내 인형으로 삼았다면 그런 이름을 붙이지는 않았을 거야. 평소에 편하게 부를 수 있는 이름이 아니잖아."

"너라면 어떤 이름을 붙였을 건데?"

잭은 잠시 생각을 해 보았다.

"시피라고 했을 거야. 크리스마스 피그^{Christmas Pig}의 앞 철자인 'CP'를 따서."

"시피라. 마음에 들어."

"너만 괜찮다면 홀리한테 너를 시피라고 불러 달라고 부탁할게."

잭은 이 말을 하며 하품을 했다.

"그게 무슨 뜻이야?"

"내가 널 홀리한테 줄 때 말이야."

"이해가 안 돼."

"분실물 나라에서 돌아가면 널 홀리한테 주라고, 네가 나더러 약속하게 했잖아. 기억 안 나?"

"아. 맞다. 그랬지."

그들은 잠시 말없이 누워 있었다. 잭은 크리스마스 피그가 아직 잠들지 않은 걸 느낄 수 있었다.

잭은 잠이 쏟아졌지만 계속 말했다.

"집으로 돌아가도 우린 서로를 매일 볼 수 있을 거야. 다 같이 놀 수도 있어. 너도 디피를 좋아하게 될 거야."

"그렇겠네. 우린 형제니까."

"맞아. 처음에는 그렇게 생각만 했는데 넌 디피랑 무척 비슷한 것 같아. 우리가……." 잭은 하품을 하며 물었다. "디피를 곧 찾을 수 있을까?"

"그럴 거야. 네가 디피를 잊지 않고 계속 보고 싶어 하니까 디피는 간절히 찾는 물건 도시에 분명히 있을 거야. 이제 찾아볼 곳은 거기뿐이야."

"그래."

잭은 잠들기 직전이었다. 지금 옆에서 그를 안아 주고 있는 게 디피라는 상상마저 들었다. 크리스마스 피그는 이제 더 이상 새것 냄새가 나지 않았다. 냄새 나는 도시락 통 안에 숨어 있다가 산속 터널을 한참 걸어 내려와 황야로 온 바람에 한껏 지저분해졌다.

"디피가 너무 보고 싶어. 내가 자기를 구하러 여기까지 온 걸 알면 깜짝 놀라겠지?"

"놀라겠지. 역사상 어떤 소년도 장난감을 위해 이렇게까지 한 적은 없었어."

잠이 들려던 잭은 크리스마스 피그의 배 속 콩들이 달그락거리는 소리를 듣고 소곤소곤 물었다.

"루저가 다시 오고 있어?"

"아니. 걱정하지 말고 자."

잭은 코를 훌쩍이는 소리를 들은 것도 같았다.

202

"괜찮아, 시피?"

"당연히 괜찮지."

잭은 마음이 놓였다. 크리스마스 피그가 울고 있는 게 아닌가
했는데 괜찮다니 다행이었다.

기찻길

분실물 나라의 하늘에 해당하는 높은 나무 천장에 해가 떠올랐다. 페인트로 그려진 해에 불과했지만 그래도 밝은 빛을 쏟아 내, 황야의 엉겅퀴 뒤에서 웅크리고 잠든 잭을 깨울 정도는 되었다.

눈은 그쳤지만 공기는 무척 쌀쌀했다. 슬퍼하는 이 없는 황야는 사방으로 끝없이 뻗어 나갔다. 눈 덮인 황야 곳곳에는 칼바람을 맞으며 이리저리 흔들리는 엉겅퀴들이 살고 있었다. 물건의 흔적은 보이지 않았다. 크리스마스 피그도 곁에 없었다.

겁에 질린 잭은 비틀거리며 일어서서 소리쳤다.

"시피? 시피, 어디 있어?"

"괜찮아, 난 여기 있어!" 목소리가 들리는 곳으로 고개를 돌리자 이쪽으로 달려오는 크리스마스 피그의 모습이 보였다. "내가 뭘 좀 찾았어. 따라와!"

잭을 데리고 얼마 안 가 크리스마스 피그가 앞발로 어딘가를 가리키며 말했다.

"저기 좀 봐. 기찻길이야."

"간절히 찾는 물건 도시로 이어지는 기찻길이구나!"

"그럴 거야. 문제는 나침반이 없어서 어느 방향으로 가야 하는지 모른다는 거야."

그들은 기찻길의 이쪽 방향과 저쪽 방향을 살펴봤지만 어느 쪽이 '찾고 싶은 물건 마을' 방향이고 어느 쪽이 '간절히 찾는 물건 도시' 방향인지 알 수가 없었다.

그때 뒤에서 갑자기 소리가 들려 그들은 깜짝 놀랐다. 고개를 돌려보니 꼬질꼬질한 몰골의 파란 토끼였다. 진흙이 잔뜩 묻은 털에는 두 줄로 눈물 자국이 나 있었다.

"너희구나! 아, 루저한테 잡혀가지 않아서 다행이다!"

파란 토끼는 이렇게 말하며 잭과 크리스마스 피그에게 차례로 다가와 포옹했다. 그 바람에 잭과 크리스마스 피그의 몸에도 진흙이 묻고 말았다.

잭이 말했다.

"너도 루저한테 안 잡혀가서 다행이야."

"나침반은?"

파란 토끼의 질문에 크리스마스 피그가 대답했다.

"우리도 몰라. 나침반이 어둠 속으로 굴러갔는데 우리가 느려서 못 따라잡았어."

"어휴. 나침반도 잡히지 말았어야 할 텐데. 망가진 천사는 어떻게 됐는지 너무 걱정돼. 나더러 최대한 빨리 뛰라고 했거든. 하지만 뒤를 돌아봤을 때 망가진 천사의 모습이 보이지 않았어. 밤새 찾아다녔지만 아직도 못 찾았어. 제일 친한 친구인데. 혹시 못 봤니?"

"못 봤어." 크리스마스 피그는 잭에게 경고의 눈빛을 보내며 대답했다. "파란 토끼야, 이 기찻길이 어디로 이어지는지 혹시 알아?"

파란 토끼는 기찻길을 바라보았다.

"잘 모르겠어. 그런데 한 가지 이상한 점을 발견했어. 기차가 이쪽으로 달려갈 때는……." 파란 토끼는 아직 어둑한 지평선 쪽을 가리키며 말을 이었다. "그 기차에 탄 물건들의 표정이 슬퍼 보였어. 그런데 기차가 저쪽으로 달려갈 때는……." 파란 토끼는 이번에는 붉은 기가 섞인 황금색으로 빛나는 지평선, 즉 페인트칠로 그려진 태양이 떠오르는 지평선 쪽을 가리키며 말했다. "그 기차에 탄 물건들이 행복해 보이더라."

잭은 크리스마스 피그를 돌아보았다. 크리스마스 피그도 잭과 같은 생각을 하고 있다는 걸 눈빛으로 알 수 있었다. 페인트로 그려진 태양이 떠오르는 동쪽을 향해 기차를 타고 간 물건들은 찾고 싶은 물건 마을이 아니라 간절히 찾는 물건 도시로 간 게 분명했다.

크리스마스 피그는 점점 밝아 오는 지평선 쪽으로 기찻길을 따라 걸으며 말했다.

"이쪽으로 가 보자."

파란 토끼가 물었다.

"나도 같이 가도 돼?"

"당연히 되지."

잭이 다정하게 대답했다. 토끼는 폴짝폴짝 뛰며 그들 뒤를 따라갔다.

도시의 성문

그들은 기찻길을 따라 지평선을 향해 몇 시간을 걸어갔다. 저 앞에 보이는 거라곤 눈으로 뒤덮인 땅과 멀리 뻗어 나간 기찻길뿐이었다. 잭은 페인트칠이 된 하늘을 줄곧 흘끔흘끔 올려다보았다. 크리스마스 피그는 이곳의 하루는 살아 있는 자들의 나라에서 한시간에 해당된다고 말했다. 잭은 크리스마스이브가 끝나기 전까지 분실물 나라를 떠나야 한다고 했던 시의 경고를 계속 떠올렸다. 언제 루저가 잡으러 올까 마음을 졸이면서 이곳에 영원히 갇혀 사는 건 너무나도 끔찍한 일이었다. 그래도 늘 그래 왔듯이, 디피를 찾기만 하면 모든 일이 잘 풀릴 것이다. 잭은 기찻길과 나란히, 크리스마스 피그의 뒤를 따라서 최대한 빠른 걸음으로 나아갔다.

높은 천장에 그려진 태양은 나무 하늘을 서서히 가로질러 시커먼 구름이 뭉쳐 있는 곳으로 내려가기 시작했다. 다시 눈이 내렸다.

마침내 걸음을 멈춘 크리스마스 피그는 작고 까만 눈 위쪽에 앞발을 올리고 앞을 바라보며 속삭였다.

"잭, 저거 보여? 저기…… 반짝거리는 거 말이야."

잭은 지평선 쪽을 뚫어져라 바라보았다. 크리스마스 피그의 말대로 저 멀리에 무언가 반짝거리고 있었다. 잭이 물었다.

"바다인가?"

조금 더 걸어가자 아름다운 성벽으로 둘러싸인 도시의 흐릿한 윤곽이 보이기 시작했다. 작은 탑과 첨탑 여러 개, 궁전 같은 건물의 황금색 지붕도 보였다.

마침내 그들은 도시 성벽의 두 짝으로 된 황금 대문이 보이는 곳까지 다가갔다. 황금 대문에는 잘못 둔 곳에서 본 황금 문처럼 구불구불한 덩굴 식물과 꽃문양이 새겨져 있었다. 기찻길은 다른 방향에서 오는 또 다른 기찻길과 하나로 합쳐졌다. 잭이 추측하기로는 잘못 둔 곳에서 황금 문을 통과한 물건들을 태운 기차가 바로 그 기찻길을 통해 이곳으로 오게 되지 않을까 싶었다.

크리스마스 피그는 경고의 뜻으로 앞발을 뻗으며 속삭였다.

"저기 분실물 조정관이야!"

단검, 손톱 다듬줄, 사납게 생긴 호두까기가 성문 앞에서 왔다 갔다 행진하고 있었다. 그들은 잭이 지금까지 본 중 제일 멋진 검은 모자를 썼다. 기다란 검은 깃털이 꽂혀 있고 모자 위에 금으로 된 'L' 자가 붙어 있는 높은 모자였다.

잭과 크리스마스 피그, 파란 토끼는 엉겅퀴 덤불 뒤쪽에 몸을 숨기고 웅크리고 앉았다. 그들은 머리와 어깨에 차가운 눈을 맞고 성문을 주시하면서 좋은 계획을 떠올리려 애썼다.

잭이 나지막하게 말했다.

"기차가 올 때까지 기다렸다가 기차 뒤에 올라타는 건 어때?"

크리스마스 피그가 반대했다.

"기차 속도가 빨라서 다칠 수도 있어."

파란 토끼가 깜짝 놀라 물었다.

"잠깐만. 저기에 올라타겠다고?"

잭이 고개를 끄덕이자 파란 토끼가 말했다.

"절대 태워 줄 리 없어. 우린 남아도는 물건들이잖아! 우린 저렇게 멋진 도시에 속해 있지 않아! 저긴 주인들이 간절하게 찾고 싶어 하는 물건들이 사는 곳이야!"

크리스마스 피그는 파란 토끼의 말을 들은 척도 않고 의견을 말했다.

"성문은 별로 특별할 게 없어 보여. 평범해. 문제는 분실물 조정관들이야. 우리가 모습을 드러내면 붙잡아서 루저한테 넘기겠지. 미끼가 있으면 좋을 텐데."

파란 토끼가 물었다.

"저 도시의 멋진 집에서 살고 싶어서 그래? 굳이 저 안에 들어가야 할 다른 이유가 있어?"

크리스마스 피그가 말릴 새도 없이 잭이 대답했다.

"있어. 저 안에 꼭 만나야 할 친구가 있거든. 이름은 디피고 내가 좋아하는 봉제 인형이야."

잭과 파란 토끼는 서로의 눈을 한참 동안 바라보았다. 파란 토끼는 놀라워하며 긴 한숨을 내쉬고는 조용히 말했다.

"넌 소년이구나. 살아 있는 소년."

그러자 크리스마스 피그가 허둥지둥 변명을 쏟아 냈다.

"그게 아니라, 액션 피겨야. 그냥 이름만 소년이고……."

"괜찮아, 피그. 아무한테도 말 안 할게. 약속해. 좋아하는 장난감을 찾으려고 분실물 나라까지 들어온 거지?"

파란 토끼의 물음에 잭은 고개를 끄덕였다.

"내가 미끼가 되어 줄게. 이런 일을 하게 돼서 영광이야."

잭과 크리스마스 피그가 말리기도 전에 파란 토끼는 숨어 있던 곳을 빠져나가 분실물 조정관들 앞으로 폴짝폴짝 뛰어갔다. 성문 앞에서 왔다 갔다 하던 그들이 파란 토끼를 빤히 쳐다보았다.

파란 토끼가 그들에게 말했다.

"저기요! 내가 당신네 도시에 들어가서 살아도 될까요?"

"멍청한 소리 하고 있네."

단검이 비웃으며 파란 토끼를 칼끝으로 찌르려 했다. 파란 토끼는 재빨리 뒤로 물러서면서 다시 한번 말했다.

"들어가게 해 줘요! 난 재주를 부릴 줄도 알아요!"

파란 토끼는 공중제비를 돌려다가 머리부터 떨어지는 바람에 귀가 확 접히고 말았다. 분실물 조정관들은 비웃기만 할 뿐, 굳이 토끼를 멀리 쫓아 버리려 하지도 않았다.

그때 그들 머리 위에서 요란하게 탕탕탕 소리가 들렸다. 잭과 크리스마스 피그, 파란 토끼, 분실물 조정관들은 일제히 하늘을 올려다보았다. 페인트칠이 된 높은 천장을 가로질러 거대한 공이 튀어 올랐다가 다시 내려와 부딪치는 듯한 소리가 들렸다. 잭은 살아 있는 자들의 나라에서 비롯된 소리를 여기 내려와서 처음 들어 봤다. 슬퍼하는 이 없는 황야에는 발견 구멍이 몇 개 없는데 마침 그들 머리 바로 위에는 발견 구멍이 하나 뚫려 있었다.

그리고 아주 멀리서 어린 소녀의 목소리가 들리기 시작했다. 잭이 처음 들어 보는 억양이었다.

"내 공이 울타리 너머로 굴러갔어요. 옆집 정원으로요!"

소녀의 말에 어떤 여자가 대답했다.

"울타리 사이로 들어가서 가져와, 지니."

잭과 크리스마스 피그, 분실물 조정관들, 파란 토끼는 나무 하늘의 커다란 구멍을 넋 놓고 올려다보았다. 천장 하늘을 가로질러 발소리가 울려 퍼지고 있었다. 그리고 조금 전보다 좀 더 크고 선명하게 소녀의 목소리가 다시 들렸다.

"공이 화단에 떨어졌어요! 옆집 사람들이 집에 없어서 다행이에요."

그때 황금빛 줄기가 나타나 자그마한 파란 토끼를 비추었다. 파란 토끼는 놀라서 입을 딱 벌린 채 그 자리에 얼어붙었다. 토끼의 까만 눈이 강렬한 희망으로 빛났다.

소녀가 외쳤다.

"엄마! 토끼 인형을 찾았어요! 화단에 파란 토끼 인형이 있어요!"

진흙투성이 파란 토끼가 땅에서 살짝 뜨더니 황금빛 줄기를 타고 올라가기 시작했다. 파란 토끼는 지금 일어나고 있는 일이 도저히 믿기지 않는다는 듯 놀란 눈으로 주변을 둘러보았다. 하늘에서 소녀의 어머니 목소리가 들렸다.

"그 자리에 둬, 지니! 옆집 아들들 인형일 거야!"

"여기 엄청 오래 있었나 봐요! 진흙이 잔뜩 묻어 있어요!"

파란 토끼는 황금빛 줄기 속에서 점점 높이 떠올랐다. 이제 허공에 둥실 떠 있는 상태였다. 성문 앞을 지키고 있어야 할 분실물 조정관 셋은 눈앞에서 일어나는 일에 놀란 나머지 발견 구멍을 좀 더 자세히 보기 위해 앞으로 걸음을 옮겼다. 진흙투성이 파란 토끼 인형을 마음에 들어 하는 특이한 소녀의 모습을 슬쩍이라도 보기 위해서였다.

"엄마, 옆집 사람들이 이 인형을 몇 주일이나 저기 놔둔 걸 보면 이 인형이 없어져도 신경도 안 쓰나 봐요! 그러니까 내가……."

"지니, 안 돼. 옆집 아들들 물건인 것 같은데 마음대로 가져올 수는 없어."

이제 호두까기, 손톱 다듬줄, 단검은 허공에 떠 있는 토끼 바로 밑에 서 있었다. 저렇게 지저분하고 심하게 망가진 물건이 누군가에게 발견되어 돌아갈 곳을 찾았다는 사실에 다들 몹시 놀란 표정이었다.

크리스마스 피그가 속삭였다.

"잭, 지금이야. 뛰어."

"하지만……."

"다시없을 기회야! 저들이 토끼를 쳐다보고 있는 동안 성문 안으로 들어가야 돼!"

마지못해 발을 뗀 잭은 반짝이는 성문을 향해 달려갔다. 크리스마스 피그도 배를 움켜쥐고 뒤따라갔다.

황금빛 줄기 속에서 파란 토끼는 살아 있는 자들의 나라와 분실물 나라 사이에 어중간하게 떠 있었다. 분실물 조정관들은 그 밑에서 입을 딱 벌린 채 위를 올려다보고 있었다.

소녀가 엄마에게 애원했다.

"제발요, 엄마. 제발 이 인형을 가져가게 해 주세요. 인형을 깨끗이 씻어서 옆집 아이들한테 보여 주고, 걔들이 이 인형을 갖겠다고 하면 줄게요."

파란 토끼가 절박하게 소리쳤다.

"그 소년들은 나를 갖고 싶어 하지 않아! 아, 제발 나를 데려가
줘, 제발. 네 인형이 되게 해 줘."

물론 소녀도, 소녀의 어머니도 토끼의 목소리를 들을 수는 없
었다.

"이 토끼의 작고 귀여운 얼굴 좀 보세요, 엄마!"

잭 뒤에서 조그맣게 딸깍 소리가 들렸다. 크리스마스 피그가
황금 대문을 밀어 연 것이다. 잭은 어깨 너머로 파란 토끼를 올려
다보며 문틈으로 슬쩍 들어갔다.

"아이참, 알았어! 그 인형 때문에 세탁기가 진흙으로 막히지나
말아야 할 텐데!"

소녀의 어머니가 반쯤은 재미있어 하고 반쯤은 짜증을 내며 대
답했다.

쉭 소리와 함께 파란 토끼가 발견 구멍으로 쑥 올라갔다. 분실
물 나라를 떠나기 전 파란 토끼는 잭에게 진흙투성이 앞발을 흔들
며 작별 인사를 했다. 잭은 어안이 벙벙하면서도 기쁜 얼굴로 토
끼를 마주 올려다보았다.

제 6 부
간절히 찾는 물건 도시

간절히 찾는 물건 도시

성문 너머에 길거리는 없었다. 연철 발코니가 있는 높고 아름다운 저택들을 양옆에 끼고 있는 수로가 있을 뿐이었다. 수로에 흐르는 물 위에는 빈 곤돌라 여러 척이 떠 있었다. 곤돌라들은 초록색 물 위로 비쭉 올라온 줄무늬 기둥에 줄로 매여 있었다. 하늘에서 떨어진 하얀 눈이 곤돌라들을 얼룩덜룩하게 물들였고 수면에 눈송이로 무늬를 만들었다. 제일 가까이에 있는 곤돌라의 의자에는 반듯하게 접은 진청색 벨벳 담요가 놓여 있었다.

크리스마스 피그가 잭에게 속삭였다.

"너 먼저 타! 곤돌라에 타고 담요 밑으로 들어가서 숨어!"

잭은 시키는 대로 했다. 곤돌라 바닥 쪽으로 기어 들어가 누운 다음 두툼한 담요를 끌어당겨 덮었다. 그 담요는 승객들의 몸을 따뜻하게 해 주는 용도인 듯했다. 잠시 후 크리스마스 피그가 올라타자 곤돌라가 좌우로 흔들거렸다. 크리스마스 피그도 꼼지락거리며 담요 밑으로 기어 들어와 잭 옆에 자리를 잡았다. 그들은 담요 속 덩어리들을 아무도 눈여겨보지 않길 바라며 그 안에 웅크리고 누웠다.

분실물 조정관들 중 누군가의 목소리가 잭의 귀에 들렸다. "맙소사."

또 다른 분실물 조정관이 말했다. "놀랍네."

세 번째 분실물 조정관도 탄식했다. "저런 지저분한 토끼 인형이 발견되다니!"

"남아도는 물건이 구제받는 걸 마지막으로 본 게 언제야?"

"몇 년은 됐을걸."

첫 번째 목소리가 말했다. "전에도 말했지만 지금 다시 한번 말할게. 아이들은 진짜 이상해. 오랫동안 화단에 방치된 진흙투성이 인형을 좋아하는 소녀가 있을 줄이야!"

그때 멀리서 날카로운 호루라기 소리가 들려왔다.

첫 번째 목소리가 계속해서 말했다.

"정각에 딱 맞춰서 오는구나. 잘못 둔 곳에서 출발한 기차가 왔어."

크리스마스 피그 옆에 꼼짝 않고 누운 잭은 점점 가까워지는 기차의 칙칙폭폭 소리에 귀를 기울였다. 그 소리는 점점 커져서 곧 귀가 먹먹해질 지경이었다. 이윽고 요란하게 쉬익 끼익 소리를 내며 기차가 멈춰 섰다. 기차 문이 열리고 성문도 열리는 소리가 들렸다. 성문 너머 아름다운 곤돌라들을 본 수많은 목소리들이 오오 아아 하고 감탄하는 소리가 들려왔다. 곤돌라들은 그들을 도시 중심부로 태우고 가기 위해 대기하고 있었다.

분실물 조정관들이 소리 높여 외쳤다.

"어서 오세요, 어서 오세요! 이쪽입니다……. 발 조심하시고요, 예하……. 곤돌라에는 전하 혼자 타실 겁니다……."

잭은 분실물 조정관들이 물건들에게 이렇게 정중하게 말하는 건 처음 들었다. 어떤 물건이 좌석에 앉았는지 곤돌라가 흔들거렸다. 마치 불붙은 물건이 곤돌라에 탑승하기라도 한 듯 벨벳 담요에 별안간 강렬한 열기가 와닿았다. 물건의 정체가 무엇인지 잭은 짐작조차 할 수 없었다.

"담요 드릴까요, 전하?"

잭의 머리 바로 위에서 호두까기의 목소리가 들렸다. 잭과 크리스마스 피그는 저들이 벨벳 담요를 휙 잡아당길까 봐 겁에 질려 서로를 부둥켜안았다.

"아뇨, 괜찮아요. 저는 추위를 느껴 본 적이 없어요."

숙녀가 대답했다.

주변의 다른 곤돌라들이 삐걱거리는 소리도 들려왔다. 몇 번 더 "조심하세요, 각하" 같은 말들이 들린 뒤, 맨 앞의 곤돌라인 듯한 곳에서 분실물 조정관의 우렁찬 목소리가 들려왔다.

"전하, 예하, 각하, 나리, 귀부인, 신사 여러분. 간절히 찾는 물건 도시에 잘 오셨습니다! 곤돌라에 앉아 도시를 짧게 돌아보신 후 새집으로 안내를 받으시면 됩니다!"

곤돌라가 움직이기 시작하자 크리스마스 피그는 잭의 뺨에 대고 코를 훌쩍이며 속삭였다.

"도시 안쪽으로 들어가면 이 곤돌라에서 내려야 하는데 어떻게 내릴지 방법을 생각해 내야 해."

잭도 소곤소곤 대답했다.

"아무도 안 볼 때 물로 뛰어내리는 건 어때?"

"우리랑 같이 곤돌라에 타고 있는 물건은 어쩌고? 우리를 보면

소리 지를 텐데."

"저 물건의 정체가 뭔지 몰라도 엄청 뜨거워."

"그러게. 불붙은 석탄처럼 뜨끈하네. 열기가 이 정도인데 곤돌라에 불이 붙지 않는 게 이상할 정도야⋯⋯."

아무 경고도 없이 누군가 벨벳 담요를 잡아당겨 벗겨 냈다. 잭은 겁에 질린 데다 곤돌라에 눈부신 황금빛이 가득 차 있어서 아무것도 볼 수가 없었다. 마치 그들 옆에 태양이 앉아 있는 듯했다.

"나는 불붙은 석탄이 아니야."

조금 전에 들은 숙녀의 목소리가 말했다. 눈부신 빛 한가운데서 들려오는 목소리였다. 엄청 밝아서 잭은 잠시 눈을 감고 있어야 했다. 하지만 눈꺼풀 너머로도 그 물건의 엄청난 빛이 보였다.

"난 행복이야."

잭이 되물었다.

"행복이라고요?"

"그래. 일어나서 풍경을 즐기렴. 정말 아름다운 도시구나!"

"우린 일어나 앉을 수가 없어요." 잭은 나지막하게 대답했다. 행복을 쳐다보려고 했지만 눈이 부셔서 눈물만 고였다. "우린 여기 있으면 안 되거든요."

"그런 것 같더라. 하지만 내 옆에 있으면 아무도 너희를 못 봐. 내가 엄청 밝거든. 그러니까 일어나 앉아. 같이 도시 여행을 즐기자!"

몸을 일으킨 잭과 크리스마스 피그는 행복 맞은편 자리로 가 앉았다. 몇 시간이나 눈 덮인 황야에 있다가 왔더니 행복이 내뿜는 열기가 위안이 되었다. 행복을 똑바로 쳐다보지만 않으면 그녀가 내뿜는 빛 덕분에 주변을 잘 볼 수 있었다.

간절히 찾는 물건 도시는 그들이 분실물 나라에서 본 다른 마을들과는 완전히 달랐다. 수로 양옆의 저택 현관문부터 시작된 계단들은 수로의 찰싹거리는 물까지 내려와 있었다. 땅거미가 깔리자 그들 머리 위에 걸린 크리스마스 꼬마전구들이 은색으로 빛나기 시작했다. 저 멀리 어딘가에서 합창단이 부르는 캐럴 소리가 들려왔다. 슬퍼하는 이 없는 황야와 달리 이 도시의 천장에는 발견 구멍이 훨씬 더 많았다. 잭은 그 구멍들을 보며 기분이 좋아졌다. 여기는 발견 구멍이 많으니 디피를 찾으면 살아 있는 자들의 나라로 쉽게 갈 수 있을 것이다.

곤돌라가 돌다리 밑을 지나가는데 뚱뚱한 은색 회중시계가 데구르르 구르며 돌다리를 건너갔다. 수면에 비친 그 모습은 마치 지상에 떨어진 달 같았다. 2층 창문에서 반짝이는 에메랄드 목걸이가 새로 온 주민들에게 걸쇠를 흔들며 환영 인사를 했고, 문간에서는 1파운드짜리 금화가 반짝이는 몸으로 서서 그들을 바라보았다. 잭은 목을 길게 빼고 주변을 둘러보았지만 디피는커녕 오래된 장난감은 하나도 보이지 않았다. 행복처럼 특이하고 화려한 물건들뿐이었다.

"저들은 뭐지?"

반대 방향으로 흘러가는 곤돌라를 바라보며 잭이 크리스마스 피그에게 물었다. 그 곤돌라에는 숫자가 잔뜩 적힌 종이 두루마리와 황금 왕좌가 타고 있었다. 그 두 괴상한 물건들은 낮은 목소리로 두런두런 얘기를 나누고 있었다.

행복이 그들을 돌아보며 설명해 주었다.

"저 종이는 잃어버린 '재산'이야. 저 위쪽 세상의 어떤 부자가 전 재산을 잃었나 보네. '재산'이 잃어버린 '왕국'과 얘기를 나누고 있어. 오래전 살아 있는 자들의 나라에 있는 어떤 군주가 왕좌를 잃었지."

행복이 쏟아 내는 엄청나게 밝은 빛에 익숙해진 잭은 곁눈으로 조심스레 행복을 바라보았다. 눈부신 빛 한가운데에서 미소 짓고 있는 여자의 형체가 보였다.

잭이 조심스럽게 물었다.

"당신은 어쩌다가 잃어버린 존재가 됐나요?"

행복이 한숨을 쉬며 대답했다.

"부주의해서. 내 주인은 배우야. 매력적이고 재능도 있는데, 자기 사람들한테 다정하게 대하지 않았어. 배우라는 직업을 사랑하면서도 일은 열심히 하지 않았지. 능력 덕분에 친구들도 많이 사귀고 성공도 했지만 워낙 게으르고 이기적이라 친구들은 하나둘 떠나 버렸고 결국 나도 잃고 만 거야."

크리스마스 피그가 물었다.

"그 배우는 어떻게 해야 다시 당신을 찾을 수 있어요?"

"힘들 거야. 그 여자는 엉뚱한 곳에서 나를 찾으려 하고 있어. 자기 잘못을 인정하는 일에도 익숙하지 않아서 아무래도 나는 오랫동안 이 간절히 찾는 물건 도시에 머물게 될 것 같아……. 어쩌면 영원히. 너희는 여기서 뭘 하고 있니? 혹시 비밀이야?"

잭이 대답하려는데 크리스마스 피그가 막고 나섰다.

"비밀이에요."

"그럴 줄 알았어. 지금 혹시……." 행복이 목소리를 낮추고 말을 이었다. "여기서 내릴 생각이면 말해. 곤돌라 속도가 느려지는 것 같으니까 내가 좀 더 밝은 빛을 낼게. 그럼 저들이 너희를 못 볼 거야."

잭과 크리스마스 피그는 주변을 둘러보았다. 행복의 말대로 곤돌라가 속도를 줄이고 있었다.

잭은 얼음처럼 차가운 물로 내려갈 각오를 하며 크리스마스 피그에게 속삭였다.

"곤돌라 옆으로 내려가자."

행복이 말했다.

"행운을 빌어!"

잭과 크리스마스 피그는 조심스럽게 곤돌라 측면을 넘어 얼어붙을 만큼 차가운 물속으로 들어갔다. 곤돌라가 점점 멀어져 갔다. 행복은 지금까지 본 중에서 최고로 강한 빛을 내 아무도 그들을 보지 못하게 해 주었다.

잭은 물이 너무 차가워 숨을 헐떡이면서 가까스로 헤엄을 쳤다. 수로 제방으로 이어지는 계단으로 올라가 뒤를 돌아보니 크리스마스 피그의 주둥이만 물 위로 올라와 깐닥거리고 있었다. 크리스마스 피그는 물에 빠져 죽어 가고 있었다.

미행당하다

다시 물에 뛰어든 잭은 크리스마스 피그가 물에 영원히 가라앉기 전에 가까스로 붙잡았다. 물에 흠뻑 젖은 크리스마스 피그를 붙잡고 한 팔과 두 다리로 힘차게 물을 저어 돌계단으로 끌고 올라갔다.

"고마워, 잭." 크리스마스 피그는 가쁜 숨을 몰아쉬었다. 수건 재질로 만들어진 그의 몸은 초록색 물에 젖어 초록색으로 물들고 말았다. "너 수영을 엄청 잘하는구나! 난 물이 참 싫은데."

크리스마스 피그가 몸을 비틀어 물을 쭉 짜자 발아래에 작은 물웅덩이가 생겨났다.

"헤엄을 못 친다고 왜 말 안 했어?"

물 밖으로 나와 선 채로 차가운 눈을 고스란히 맞으며 잭은 몸을 와들와들 떨었다.

"물에 가라앉고 나서야 내가 헤엄을 못 친다는 걸 알았어. 입에 물이 들어가서 너한테 말도 못 했어." 크리스마스 피그가 귀를 쭉 짜자 귀 두 개가 약간 비딱하게 처졌다. "어서 가자. 디피를 찾아야지."

수로에 들어갔다 나오니 좋은 점도 하나 있었다. 크리스마스 피그의 배 속에 들어 있는 플라스틱 콩들이 자기네끼리 들러붙어서 평소처럼 요란한 소리를 내지 않았다. 크리스마스 피그와 잭은 간절히 찾는 물건 도시의 좁은 골목으로 후다닥 달려 들어갔다.

양옆에 멋진 저택들이 늘어서 있었고, 바닥에 자갈이 깔린 골목길은 수로만큼이나 아름다웠다. 집집마다 현관문에 크리스마스 화환이 걸렸고 창문 너머 집 안을 들여다보니 크리스마스트리의 장식용 초에 불이 켜져 있었다. 어둠이 짙어져 가는 눈 덮인 광장을 지나가는데 그곳에 있는 물건들은 잭과 크리스마스 피그에게 별다른 관심을 보이지 않았다. 유니콘 모양의 화려한 다이아몬드 브로치는 자기 집으로 들어가면서 점잖게 고개를 숙여 인사했고, 금으로 돋을새김한 아름다운 표지로 된 책은 옆으로 지나가면서 아무렇지 않게 페이지를 퍼덕여 인사를 건넸다. 잭은 찾고 싶은 물건 마을과 마찬가지로 여기서도 장난감이 거의 보이지 않아서 마음이 편치 않았다.

"동물 모양 봉제 인형들은 이 마을의 다른 구역에서 사는 걸까?"

잭이 크리스마스 피그에게 물었다.

"그럴 수도 있겠지. 이 도시는 우리가 지나온 마을들보다 규모가 큰 것 같아. 캐럴 소리가 나는 곳으로 가까이 가고 있으니까……."

"그래." 잭은 얼음장 같은 물속에 들어갔다 나온 후로 계속 몸을 떨며 말했다. "파티가 열린 건가?"

"어쩌면." 크리스마스 피그는 눈을 가늘게 뜨고 뒤를 힐끗 돌아보았다. 그는 무슨 말을 하려다가 말고 잭을 재촉했다. "얼른 가서 장난감들이 어디 있는지 확인해 보자."

그들은 서둘러 걸어갔다. 그런데 걸어갈수록 잭은 누군가가 그들을 따라오고 있다는 느낌이 점점 강하게 들었다. 두 번이나 뒤를 돌아봤지만 아무것도 보이지 않았다. 하지만 세 번째 돌아봤을 때 서둘러 모퉁이 뒤로 모습을 숨기는 시커먼 것이 눈에 띄었다.

"시피, 너도 봤어?"

잭이 나지막하게 물었다.

"응." 크리스마스 피그도 조금 전 잭과 동시에 뒤를 돌아봤다. "뭔가가 우릴 따라오고 있나 봐. 군중 속으로 섞여 들어가는 게 안전하겠어……. 노래 부르는 이들 쪽으로 가자. 어서. 서둘러."

공연자들

그들은 캐럴 소리가 들려오는 곳으로 서둘러 걸어갔다. 몇 분 뒤 그들은 아치 길에 서서 그 너머 넓고 아름다운 광장을 바라보았다. 아치 길은 수로와 마찬가지로 반짝이는 은색 크리스마스 꼬마 전구들로 장식돼 있었다. 광장 한쪽 구석에서는 악기들로 구성된 합창단이 캐럴을 부르고 있었다. 프렌치 호른부터 바이올린, 플룻, 튜바에 이르기까지 악기들은 전부 인간의 목소리를 냈다. 잭은 이렇게 아름다운 캐럴을 처음 들어 봤다. 몇 초 동안이지만 물에 흠뻑 젖은 잠옷 때문에 느껴지던 추위도 잊고 경이로운 광경과 소리를 감상했다.

광장 뒤쪽에 거대한 하얀색 궁전이 서 있었다. 궁전의 지붕은 황금색이고 창문들은 아치 모양이었다. 궁전의 대문 양옆에는 분실물 조정관 두 명이 지키고 서 있었다. 연필깎이와 나무망치였다. 성문 앞을 지키는 분실물 조정관들처럼 그들도 길고 검은 깃털이 꽂힌 검은 모자를 썼다.

궁전 정면에 설치된 기다란 발코니에 선 사람 형체의 물건들은 악기 합창단의 캐럴을 감상하고 있었다. 행복과 마찬가지로 그 물건들도 몸에서 빛을 뿜어냈다. 진홍빛도 있고 초록빛도 있었으며 몇몇 물건들은 밝은 파란빛을 발했다. 거리가 멀어서 잭은 그 다채로운 빛 한가운데에 어떤 형상들이 있는지 분간할 수 없었지만, 저런 황금 지붕 궁전에 살고 있는 걸 보면 대단히 중요한 물건들인 것 같았다.

한편, 잭과 크리스마스 피그가 서 있는 곳 바로 앞에 한 무리의 물건들이 눈을 맞으며 모여 서 있었다. 어둑해지는 일몰의 빛 속에서 그들의 그림자가 길게 뻗어 나갔다. 그들은 광장 한가운데서 진행 중인 어떤 공연을 보고 있었다.

"구경꾼들 사이로 숨어들자." 크리스마스 피그가 뒤를 힐끗 돌아보며 속삭였다. "디피가 있는지 잘 찾아봐!"

그들은 광장 안쪽으로 들어갔다. 잭의 얼어붙은 맨발이 발자국을 남겼고 크리스마스 피그의 뒷발도 눈 위에 동그랗게 젖은 자국을 남겨 놓았다. 그들은 검은 망토를 입은 누군가가 대리석 기둥 뒤에서 슬그머니 빠져나와 뒤를 따라오는 것을 알아채지 못했다.

잭과 크리스마스 피그는 옆걸음질 쳐 구경꾼들 사이로 끼어 들어갔다. 구경꾼들은 그들에게 별로 관심을 두지 않았다. 마침내 구경꾼들이 무엇을 보고 있었는지 알게 된 잭과 크리스마스 피그는 그 자리에 서서 가만히 바라보았다.

공연자들은 전부 상상 친구처럼 몸이 투명했고 인간 형상이었다. 어릿광대가 저글링을 하면서 뒤로 공중제비를 돌았다. 기다란 콧수염을 기른 조그마한 남자는 긴 막대기 위에 접시를 올려놓고 빙글빙글 돌렸다. 요리사는 팬케이크를 계속해서 획획 뒤집었고, 발레리나는 끝없이 피루엣(발레에서 한쪽 발로 서서 빠르게 도는 춤—

옮긴이) 동작을 하며 빙글빙글 돌았다. 한 노인은 기다란 밧줄을 꼬아 복잡한 매듭을 만들었고 또 다른 노인은 카드 속임수 동작을 보여 주고 있었다.

잭은 옆에 서 있는 새 스마트폰에게 큰 소리로 물었다.

"저들은 뭐예요?"

"잃어버린 잔재주들이죠. 인간들이 원래 할 줄 알았는데 나이를 먹거나 어디를 다쳐서, 혹은 기억력 부족이나 연습 부족으로 잃어버린 재미난 잔재주들이에요."

"저들도 다시 돌아갈 수 있나요?"

"가끔은요. 어제 우리가 보는 앞에서 기발한 마술용구 하나가 살아 있는 자들의 나라로 쉭 올라갔어요. 그 친구가 마술을 끝마치지 못해서 참 아쉽더라고요. 매일 저녁 이맘때쯤에 늘 공연을 하는데 잔재주들 중 누군가가 위쪽 세상으로 올라가면 늘 마음이 안 좋아요. 아무리 그래도 잔재주들의 공연은 흥을 돋우는 공연일 뿐이에요. 곧 오늘의 본 공연이 시작되니까 기다려 봐요!"

스마트폰의 말대로 공연을 마친 '잃어버린 잔재주들'은 환호를 받으며 인사를 했다. 그들은 뛰고 구르고 깡충깡충 뛰고 피루엣 동작을 하면서 광장 밖, 보이지 않는 곳으로 물러났다.

보석 장식 드레스를 입은 커다란 몸집의 투명한 숙녀가 광장 한가운데로 걸어 나왔다. 구경꾼들 중 몇몇은 환호했지만 스마트폰은 못마땅한 듯 끙 소리를 냈다.

"당신들은 운이 별로 없네요. 이야기꾼들 중 하나가 나오길 기대했는데. 그 공연이 무척 재미있거든요. 오늘은 '목소리'의 공연이네요."

목소리는 깊게 숨을 들이마신 뒤 잭이 알지 못하는 언어로 노래를 시작했다. 그녀의 노래는 돌로 된 아치형 구조물과 궁전 벽을 타고 울려 퍼졌다. 잭의 귀까지 소리가 웅웅 울릴 정도였다. 이곳에 모인 모든 보석들과 고급스러운 책들이 감탄의 한숨을 내쉬는 걸 보면 목소리가 대단히 재능 있는 가수인 것 같았다. 스마트폰은 잭에게 몸을 기울이며 말했다.

"목소리는 저 위쪽 세상의 오페라 가수가 잃어버린 존재예요. 오페라는 내 취향이 아니라서 나는 이만 집으로 돌아가야겠어요."

스마트폰은 쿵쿵 뛰면서 멀어져 갔다. 목소리의 노래가 귀를 하도 울려 대서 잭도 스마트폰을 따라 광장을 벗어나고 싶었다. 그때 누군가 다가와 잭의 귀에 속삭였다.

"실례합니다. 혹시 돼지 인형을 찾고 있나요?"

왕의 초대

뒤를 돌아본 잭의 눈앞에 여자처럼 보이는 존재가 서 있었다. 머리부터 발끝까지 검은 망토로 덮어 가렸는데, 두건과 망토의 밑단 아래로 보랏빛이 새어 나오고 있었다. 잭이 뒤돌아선 것을 알아챈 크리스마스 피그도 몸을 돌렸다. 망토 입은 자를 본 크리스마스 피그는 귀에서 앞발을 떼고 도망칠 준비를 하며 잭의 팔을 붙잡았다.

망토 안쪽에서 여자의 목소리가 말했다.

"겁내지 말아요. 당신들에게 호의적인 분께서 당신들을 데려오라고 나를 보냈어요."

잭이 물었다.

"행복님이 보냈나요?"

"맞아요, 행복님이 보냈어요. 하지만 그분의 입장을 곤란하게 만들면 안 되니까 비밀로 해 주세요. 두 분을 도운 게 알려지면 잡아먹힐 수 있거든요. 두 분은 이미 꽤 많은 말썽을 일으켰잖아요. 따라와요. 설명해 줄게요."

크리스마스 피그는 여전히 의심을 풀지 못했지만 그들은 '목소리'와 구경꾼들 곁을 지나 망토 입은 여자를 따라갔다. 불가사의 한 여자는 아치 길 아래 그림자 속으로 들어가고 나서야 두건을 벗었다. 황금빛을 뿜어내던 행복처럼 이 여자도 온몸에서 보랏빛을 뿜어냈는데 행복과는 다르게 열기는 느껴지지 않았다. 행복보다 나이가 많이 들어 보이고, 덜 다정해 보이는 얼굴이었다.

잭이 물었다.

"디피가 어디 있는지 아세요?"

"나는 모르지만, 왕께서는 아세요. 폐하께서 두 분을 궁전 만찬에 초대하셨어요. 가 보시면 다 알게 될 거예요."

크리스마스 피그가 의심스러워하며 물었다.

"어떤 왕이요? 다들 루저가 여기를 다스린다고 알고 있는데요."

보라색 숙녀가 설명했다.

"루저가 대부분 통제하고 있는 건 맞아요. 하지만 간절히 찾는 물건 도시에는 엄연히 왕이 계십니다. 저는 왕의 대사예요. 돼지 인형을 찾고 싶으면 폐하께 도움을 받아야 될 겁니다……. 무엇보다 두 분은 당장 쉴 곳이 필요해 보이네요."

마지막 말을 덧붙이면서 그녀는 위아랫니를 딱딱 맞부딪치는 잭과 몸에서 초록색 물을 줄줄 흘리는 크리스마스 피그를 바라보았다.

"몸을 녹이고 싶기는 해요."

잭은 이렇게 말했지만 크리스마스 피그는 여전히 의심을 거두지 않고 보라색 숙녀에게 말했다.

"잠깐 저희끼리 얘기 좀 해도 되죠?"

"그러세요."

보라색 숙녀는 말은 이렇게 하면서도 그다지 반기는 표정은 아니었다.

약간 거리를 두고 물러선 잭은 크리스마스 피그의 귀에 대고 소곤거렸다.

"별로 친절한 인상은 아니지만 행복님이 보냈으면 좋은 분일 거야." 광장에서 목소리가 여전히 요란하게 노래를 하고 있어서 잭의 목소리가 크리스마스 피그에게 잘 전해지지 않았다. 하지만 덕분에 보라색 숙녀도 그들의 대화를 엿들을 수 없을 것이다. "디피가 궁전에 있을지도 모르잖아! 내가 디피를 많이 사랑하니까 그들이 디피를 궁전에서 살게 해 줬을지도 몰라! 어쩌면 왕실 가족이 됐을 수도 있어!"

"난 못 믿겠어." 크리스마스 피그의 축축한 주둥이가 싸늘한 저녁 공기 속에서 천천히 얼어붙고 있었다. "이곳에 루저 말고 다른 왕이 있다는 얘기는 못 들어 봤거든. 우리가 누굴 찾는지 저 여자가 어떻게 알고 왔을까? 우린 행복님한테 디피를 찾는다는 말을 한 적도 없는데!"

"소문이 돌았나 봐. 내가 안경 보안관이랑 체스 말한테 디피에 대해 물었잖아."

"뭔가 찜찜해. 함정 같은 냄새가 나."

"여기서 디피가 어디 있는지 안다고 말한 건 저분이 처음이야!" 잭은 화가 나기 시작했다. "시가 한 말 너도 들었잖아! 크리스마스 전까지 성공 못 하면 난 여기 갇혀서 디피를 영원히 집으로 못 데려가! 남은 시간도 얼마 없어!"

크리스마스 피그가 아무 말도 하지 않자 잭이 내뱉었다.

"됐어, 넌 따라오지 마. 나 혼자 갈게!"

잭은 돌아서서 보라색 숙녀 쪽으로 성큼성큼 걸어갔다. 그녀는 그림자 진 아치 길에서 불꽃처럼 보랏빛을 뿜으며 서 있었다. 잭은 뒤에서 크리스마스 피그의 배 속 플라스틱 콩들이 달그락거리는 소리를 들었다. 크리스마스 피그가 따라오기로 한 모양이었다.

궁전

그들이 같이 가겠다고 말하자 보라색 숙녀는 뾰족한 이를 드러내며 슬며시 미소 지었다. 그러고는 산들바람에 검은 망토를 펄럭이며 궁전 쪽으로 그들을 안내했다.

황금으로 된 궁전의 문으로 다가가면서 잭이 물었다.

"저희가 분실물 조정관들 앞을 어떻게 통과하죠?"

보라색 숙녀는 오만한 미소를 지었다.

"아, 그런 걱정은 할 필요 없어요. 간절히 찾는 물건 도시의 분실물 조정관들은 왕의 명령을 따르는 자들이고 저는 왕의 대리인이니까요. 안녕들 하세요!" 보라색 숙녀는 연필깎이와 나무망치에게 당당하게 인사를 건넸다. 그 둘은 허리 숙여 인사하며 궁전의 문을 열어 주었다. 나무망치는 머리가 너무 무거워서 앞으로 고꾸라질 뻔했지만 문손잡이를 잡고 간신히 버텼다.

연필깎이와 나무망치가 그녀에게 말했다.

"안녕하십니까, 대사님."

문턱 너머 궁전 안으로 발을 들여놓자 기분 좋은 온기가 잭과 크리스마스 피그를 감쌌다. 잭은 꽁꽁 얼고 상처 난 발로 진홍색

235

의 두툼한 카펫을 밟고 섰다. 황금 난간이 있는 화려한 계단 양옆의 대리석 벽난로에서 불이 활활 타고 있었다. 계단 발치에는 잭이 잘못 둔 곳에서 본 적 있는 다이아몬드 귀고리 한 쌍이 서 있었다. 두 귀고리는 여기서 하녀로 일하는지, 보라색 숙녀의 검은 망토를 받아 들고 절을 한 다음 뒤로 꿈틀꿈틀 물러나 옆문으로 나갔다.

"따라와요."

보라색 숙녀는 잭과 크리스마스 피그에게 이렇게 말하고는 계단을 올라가기 시작했다.

"성함을 여쭤 봐도 될까요, 대사님?"

크리스마스 피그는 조금 전 분실물 조정관들이 사용한 직책으로 그녀를 부르며 물었다. 그녀가 망토를 벗자 홀이 온통 보랏빛으로 물들었다. 키 크고 날씬한 그녀는 잭과 크리스마스 피그를 내려다보며 말했다.

"내 이름은 야망이에요."

잭은 의아해하며 물었다.

"어떻게 야망을 잃어버릴 수가 있죠?"

야망은 차갑게 대답했다.

"멍청해서 그래요. 내 주인과 나는 함께 대단한 일들을 해내며 살았어요. 주인은 정치가예요. 아니, 정치가였죠. 그녀는 어떤 시시한 투표에서 패배하면서 좌절을 겪었어요. 정말이지 중요하지도 않은 투표였어요!"

야망은 욱해서 소리를 지르고는 걸음을 멈췄다. 그 바람에 잭은 그녀에게 하마터면 부딪칠 뻔했다. 그녀의 눈에서 불꽃이 튀는 걸 본 잭은 무서운 여자 같다는 생각을 했다.

"그 정도 실패쯤은 금방 털어 버리고 더 높은 목표를 향해 올라 갔어야 했는데! 주인은…… 나를, 야망을 잃고 말았어요. 약해 빠진 멍청이인 거죠!"

야망은 이렇게 외치고는 천장의 발견 구멍을 향해 주먹을 부르 쥐었다.

대리석 벽에 부딪쳐 메아리치는 자신의 목소리에 야망은 정신을 차린 듯 몇 번 심호흡을 하며 딱딱하게 말했다.

"실례했습니다. 주인이 다시 나를 찾는 날을 기다리면서 이 궁전에서 몇 년째 살고 있어요. 그날이 영원히 오지 않을까 봐 두렵기도 해요……. 이런 얘기는 당신 친구 돼지 인형을 찾는 데 별 도움이 안 될 것 같군요."

야망은 다시 계단을 올라가기 시작했다. 잭과 크리스마스 피그는 서로를 바라보며 눈치를 보다가 그녀의 뒤를 따라갔다. 잭이 보기에 크리스마스 피그는 좀 전보다 더 야망을 미심쩍게 보는 눈치였다. 솔직히 잭도 야망 때문에 불안해졌다. 하지만 이대로 돌아갈 수는 없으니, 유쾌하고 신경 안 쓰는 척할 수밖에 없었다.

계단 맨 위에 이르자 쌍여닫이문이 보였다. 문 양옆에 서서 지키고 있던 황금으로 된 생선용 칼 두 자루가 문을 열어 주었다.

"안녕하십니까, 대사님."

야망은 생선용 칼들의 공손한 인사를 받으며 방 안으로 들어갔다. 번뜩이는 칼들은 그녀의 뒤를 따라 들어가는 잭과 크리스마스 피그를 호기심 어린 시선으로 바라보았다.

왕실

그들이 들어간 식당은 도금된 기둥과 거울로 장식돼 있어 홀보다 훨씬 화려했다. 아치 모양 천장에는 분실물 나라에 있는 마을과 도시가 그려져 있었다. 야트막한 나무 집들로 이루어진 '별로 안 찾는 물건 마을', 지붕이 눈으로 뒤덮인 깔끔한 샬레들로 구성된 '찾고 싶은 물건 마을', 그리고 저택과 수로로 이루어진 '간절히 찾는 물건 도시'였다. 페인트칠이 된 천장 밑에는 초를 켜 놓은 길쭉한 식탁이 놓였고 그 위에는 열다섯 명분의 황금 접시와 크리스털 고블릿 잔들이 차려져 있었다. 식탁 상석에는 큼직한 황금 왕좌가 자리했는데 왕좌에는 아직 아무도 앉아 있지 않았다.

또 다른 벽난로 앞에 에메랄드 색깔의 빛 덩어리가 서 있었다. 그 빛 덩어리 한가운데에는 무척 잘생긴 젊은 남자가 있었는데 그는 벽난로 선반 위에 걸린 거울에 자신의 모습을 이리저리 비춰 보고 있었다.

"멋진 저녁입니다."

그 남자는 인사를 하면서도 거울 속 자신의 모습에서 눈을 떼지 않았다. 자신의 옆모습을 좀 더 잘 보기 위해 고개를 이리저리 돌릴 뿐이었다.

야망이 그 초록색 남자를 가리키며 말했다.

"저 남자는 '아름다움'이에요." 그리고 주황빛 덩어리 안에 있는 통통하고 웃는 얼굴을 한 또 다른 젊은 남자를 가리키며 덧붙였다. "그리고 저 남자는 '낙관주의'라고 해요. 내가 폐하께 손님들이 왔다고 알리러 다녀올 동안 저들이 당신들의 대화 상대가 되어 줄 거예요."

야망은 잭과 크리스마스 피그를 남겨 두고 식당 밖으로 나갔다. 잭과 크리스마스 피그는 화려한 방에 지저분한 몰골로 있자니 마음도 불편하고 잔뜩 초라해진 기분이었다. 야망이 식당을 나가자 황금으로 된 생선용 칼들이 식당 문을 곧바로 닫았다. 낙관주의가 입이 찢어져라 활짝 웃으며 잭과 크리스마스 피그에게 경중경중 뛰어왔다. 그는 행복처럼 둥글고 순수해 보이는 눈을 갖고 있었고 유쾌하면서도 따뜻한 기운을 뿜어냈다. 그는 잭의 손을 꼭 잡고 악수를 한 뒤 크리스마스 피그에게도 다가가 앞발을 잡고 악수를 나눴다.

"정말 반갑다! 너희처럼 기분 좋고 착한 물건들을 만나게 되다니! 평생 알고 지낸 사이처럼 느껴져! 우리 절친한 친구가 되자!"

잭은 쭈뼛거리며 인사했다.

"안녕하세요."

흥분한 낙관주의는 까치발로 펄쩍펄쩍 뛰면서 물었다.

"너희가 오래된 돼지 인형을 찾는다고 들었는데, 맞지?"

"네."

"그 인형을 꼭 찾을 수 있을 거야! 모든 일이 다 잘 풀릴 테니 두고 봐! 그리고 너희는 우리 왕을 사랑하게 될 거야! 좋은 분이시거든…….." 낙관주의는 얼굴에서 미소가 잠시 걷히고 머뭇거리다가 다시 환하게 웃으며 덧붙였다. "……마음속 깊은 곳에 좋은 면을 갖고 계셔!"

그때 아름다움이 거울에서 시선을 떼고 잭과 크리스마스 피그를 돌아보며 못마땅한 투로 물었다.

"어째서 나를 칭찬하는 사람은 아무도 없지?"

크리스마스 피그가 재빨리 나섰다.

"아…… 음…… 예. 당신은 무척 잘생겼네요."

"너희에 대해서는 도저히 그런 말을 해 줄 수가 없구나." 아름다움은 귀도 접혀 있고 행색이 후줄근한 크리스마스 피그를 쳐다보다가 잭의 지저분한 맨발과 진흙투성이 잠옷으로 시선을 옮기며 뽐내듯 웃었다. "너희의 아름다움도 어딘가에 있기는 하겠지! 애초에 잃어버릴 아름다움도 없었던 애들인가?"

그는 무례하기 짝이 없는 말을 내뱉고는 다시 거울로 돌아섰다. 식당 저 끝의 문이 열리고 남빛 덩어리가 안으로 들어왔다. 처음에 잭은 그 빛이 왕인 줄 알았는데, 가까이 다가온 빛 한가운데에는 나이가 엄청 많아 보이는 노부인이 자리하고 있었다. 노부인은 발을 끌며 느릿느릿 다가와 높고 갈라진 목소리로 말했다.

"안녕?"

크리스마스 피그가 대답했다.

"안녕하세요?"

낙관주의가 그 노부인이 누구인지 알려 주었다.

"저분은 추억이야."

추억은 크리스마스 피그를 한참 바라보더니 말했다.

"85년 전 내 주인께서도 돼지 인형을 갖고 계셨어. 중국제였는데 우린 그걸 돼지 저금통이라고 불렀지. 옆구리에 자잘한 파란꽃 그림이 그려진 그 돼지 저금통에 주인은 푼돈을 보관해 뒀어. 84년 전 어느 일요일 오후에 내 주인의 여동생인 어밀리아 루이즈는……."

아름다움이 하품을 하며 말을 막았다. "추억 씨. 그런 얘기엔 아무도 관심 없어요. 아무도 신경 안 쓴다고요."

그러자 낙관주의는 여전히 환한 미소를 지으며 말했다. "아, 기막히게 멋진 이야기인 것 같은데요!"

잭은 낙관주의가 저렇게 계속 미소를 지으면서 얼굴도 안 아픈지 의아했다.

추억은 그러거나 말거나 하던 얘기를 웅얼웅얼 이어 갔다.

"……자잘한 파란 꽃 그림이 그려진 돼지 저금통을 깨서……."

아름다움이 투덜거렸다.

"그 얘기는 천 번도 넘게 들었다니까요."

식당 저 끝의 문이 다시 열리고 파란빛 덩어리 여섯 개가 식당 안으로 들어왔다. 똑같이 생긴 남자 여섯 명이 각각의 빛 속에 자리하고 있었다. 다들 몸집이 작고 깔끔했으며 진지해 보이는 인상이었다. 저들이 전부 왕일 리는 없다는 생각에 잭은 한층 더 혼란스러웠다.

"안녕하십니까?" 파란빛 속의 남자 여섯 명이 한목소리로 일제히 인사했다. 그 소리에 돼지 저금통에 관한 얘기를 웅얼거리는 추억의 목소리가 묻혔다. "우린 원칙들이에요."

그들은 일제히 허리를 숙여 인사했다. 잭은 달리 어떻게 해야 좋을지 몰라서 그들처럼 허리를 숙였다. 벽난로의 열기로 배 속의 플라스틱 콩들이 다 마른 크리스마스 피그도 배 속에서 달그락달그락 소리를 내며 허리를 굽혔다.

아름다움은 거울에 비친 원칙들을 향해 미간을 잔뜩 찡그리며 물었다.

"폐하께서 당신들에게 방에 머무르라고 명령하지 않았나요?"

원칙들은 방금 전처럼 일제히 같은 목소리로 대답했다.

"폐하의 명령을 신중하게 생각해 본 끝에 우리는 방에 계속 머무르는 것이 우리의 원칙에 위배된다는 결론을 내렸습니다."

잭은 크리스마스 피그에게 속삭였다.

"원칙이 뭐야?"

원칙들은 잭의 목소리를 듣고 일제히 대답해 주었다.

"우린 사람들이 정직하고 품위 있게 행동하도록 만들어 주는 존재들이에요. 아아, 우리 주인은 사업가였는데 돈벌이에 치중하면서 우리를 하나씩 잃어버렸어요. 지금 그는 돈 많은 사기꾼이 되고 말았죠. 그는 돈을 엄청 좋아하고 많이 벌었지만 행복하진 않아요. 원칙을 지키면서 사업을 했으면 사람들에게 더 사랑받고 존경받을 수 있었다는 걸 알기 때문이겠죠. 안타깝지만 원칙은 한 번 잃으면 되찾기가 제일 어려운 것들 중 하나예요. 그래서 우린 여기서 영원히 살게 될 수도 있어요. 그래서 새로운 일을 맡기로 했어요. 우린 왕께서 옳은 길만 가시도록 지켜 드릴 작정이에요."

크리스마스 피그가 물었다.

"왕께서 여러분의 도움을 필요로 할 때가 있나요?"

　원칙들이 대답을 하려는데 요란하게 팡파르가 울리며 그들 뒤
에 있는 문이 열렸다.

왕

식당 전체에 다홍빛이 가득 찼다. 그 빛이 크리스털 고블릿 잔들에 반사되고 은 접시들을 피처럼 붉게 물들였다. 다홍빛 한가운데에 선 진홍색 존재의 빛이 어찌나 밝은지 뒤따라 식당으로 들어오는 야망의 빛이 상대적으로 어둡게 느껴질 정도였다.

아름다움과 낙관주의, 원칙들은 공손하게 허리를 숙였고 잭과 크리스마스 피그도 그들을 따라 허리를 굽혔다. 줄곧 주절거리던 추억은 한쪽 다리를 뒤로 살짝 빼고 무릎을 구부리는 인사를 하면서 드디어 입을 다물었다.

야망이 잭과 크리스마스 피그에게 말했다.

"이분은 우리의 왕이신 권력님이세요. 폐하, 이들이 바로 찾으시던 자들입니다. 잃어버린 돼지 인형을 찾으러 온 자들이지요."

잭은 눈부심을 참고 눈을 가늘게 뜨고는 다홍빛 속의 사람을 바라보았다. 사나운 인상에 부루퉁한 표정, 주걱턱을 가진 몸집 큰 남자였다.

남자는 왕왕 울리는 목소리로 말했다.

"환영한다. 내 도시를 어떻게 생각하지? 마음에 드느냐?"

"굉장히 아름답습니다, 폐하."

크리스마스 피그가 대답했다. 잭은 겁이 나서 입이 떨어지지 않았다.

권력은 마뜩잖은 표정이었다.

"아름답다고? 아름다운 곳들은 많아. 나는 내 도시가 격조 높고 거대하고 **장엄하다고 생각하는데**."

그가 마지막 말에 힘을 주며 천둥처럼 요란하게 말하자 다들 화들짝 놀랐다.

크리스마스 피그가 꽥 하고 소리 높여 대답했다.

"그렇다고도 생각합니다!"

권력이 원칙들을 돌아보며 큰 소리로 말했다.

"너희는 **방에** 있으라고 명령한 것으로 **아는데?**"

원칙들은 조금 전처럼 한목소리로 대답했다.

"방에 머무는 것은 저희 원칙에 어긋나서요."

권력은 큼직한 손을 모아 주먹을 부르쥐고 이를 뿌드득 갈았다. 잭과 크리스마스 피그는 움찔하며 한 걸음 뒤로 물러섰다.

야망이 권력의 두툼한 팔에 한 손을 얹으며 나지막하게 말했다.

"폐하, 우리의 목적을 잊지 마세요."

야망의 손길에 권력은 원칙들을 호통치지 않는 게 좋겠다고 판단한 듯했다.

"당신 말이 옳아, 야망. 다들 **앉아라!**"

상석 쪽으로 걸어간 권력은 제일 큰 의자에 앉았다.

잭은 크리스마스 피그와 아름다움 사이에 자리를 잡고 앉았다. 아름다움은 빛나는 스푼 뒷면에 비친 자신의 모습을 감상하느라 여념이 없었다. 낙관주의는 좀 전처럼 환한 미소를 지으며 잭 맞은편 자리에 앉았다.

낙관주의가 식탁 너머로 말했다.

"불안해할 필요 없어! 모든 일이 멋지게 잘 풀릴 테니까!"

권력은 야망이 귀에 대고 무슨 말을 속삭이자 으르렁거리듯 물었다.

"좋아. 문은 잘 잠갔겠지?"

권력이 평범하게 한 말인데도 목소리 자체가 엄청 크게 울려서 식탁 위에 놓인 칼과 포크, 스푼까지 달그락거렸다.

"하인들이 그분이 잠자리에 드는 걸 확인하고 문을 잠글 거예요. 또 다른 분은…… 어디 있는지 찾질 못했어요. 폐하도 아시다시피, 그분은 품위 있는 존재라면 가지 않을 온갖 지저분하고 구석진 곳을 늘 돌아다니잖아요. 분실물 조정관들에게 그분을 사냥…… 아니, 찾아오라고 명령해 뒀는데……." 야망은 잭을 흘끗 쳐다보며 덧붙였다. "분실물 조정관들이 찾지를 못했어요."

잭이 보기에 권력과 야망은 식탁의 두 빈자리의 주인들에 대해 얘기하는 듯했다. 하지만 잭은 너무 무서워서 물어볼 엄두도 내지 못했다.

권력이 커다란 두 손으로 두 번 박수를 쳤다. 그 소리에 물건들이 음식을 들고 하인용 문으로 줄지어 들어왔다. 하나같이 괴상한 음식들이었다.

잭의 머리통만 한 박하사탕 하나, 커다란 감자 칩 몇 개, 베개처럼 생긴 생일 케이크, 꽃양배추만 한 크기의 팝콘 몇 개, 알록달록한 포일로 싼 뚱뚱한 산타클로스 모습의 트리 장식용 초콜릿 하

나. 각설탕 집게 하녀는 꿍 소리를 내며 초콜릿을 식탁 위에 내려 놓았다.

음식을 가지고 들어온 물건들이 하인용 문 너머로 물러가자 왕이 식탁 너머 잭에게 큰 소리로 말했다.

"이곳에는 잃어버린 음식밖에 없다. 우리는 음식이 필요 없지만, **넌 먹어야 되겠지**." 왕은 잭을 쏘아보며 덧붙였다. "왜냐하면 **넌 살아 있는 소년이니까!**"

권력의 계획

권력이 '살아 있는 소년'이라는 말을 크게 외치자마자 식당 앞뒤의 문에서 금속성의 절그럭절그럭 소리가 들렸다. 문 밖에서 하인들이 문을 모조리 잠가 버린 것이다.

원칙들이 일제히 중얼거렸다.

"우린 이런 일이 일어날까 봐 걱정했습니다."

크리스마스 피그는 꽥 소리쳤다.

"얘는 살아 있는 소년이 아니라 액션 피겨예요!"

잭도 입이 바짝 말랐지만 변명을 늘어놓았다.

"맞아요. 저는 잠과 꿈의 힘을 가진 잠옷 소년이에요."

크리스마스 피그가 덧붙였다.

"얘는 자기만의 만화도 있다고요!"

그러자 원칙들이 한목소리로 말했다.

"우리는 거짓말에 반대합니다."

추억이 또 얘기를 시작했다.

"80년 전에 내 주인의 여동생 어밀리아 루이즈는 거짓말을 했다가 들통났는데……."

"조용히 해!"

왕이 커다란 주먹으로 식탁을 내리치며 고함을 질렀다. 크리스털 고블릿 잔 하나가 옆으로 쓰러지면서 금이 갔다. 추억도 입을 다물었다. 권력은 조금 전보다 훨씬 진하고 어두운 붉은빛을 뿜어내며 일어섰다. 식탁에 둘러앉은 존재들은 야망을 제외하고 전부 초조해하는 기색이었다. 야망은 눈에서 불꽃을 뿜어내면서 입을 크게 벌리고 뾰족한 치아를 드러내며 미소 지었다.

권력이 잭을 바라보며 천둥처럼 요란하게 말했다.

"내가 왜 **이곳** 분실물 나라에 살고 있는지 **아느냐?**"

잭이 기어들어 가는 목소리로 대답했다.

"아뇨."

식탁 밑에서 크리스마스 피그가 앞발을 뻗어 잭의 손을 꼭 잡아 주었다.

권력은 식당 안에서 앞으로 갔다 뒤로 갔다 서성이며 말했다.

"내 주인은 **적들을** 제대로 때려잡지 못해 나를 잃었다! 한때 우리는 함께 **나라를** 다스렸지! 내 주인은 나를 유지하려고 **백성들을 무릎 꿇리고** 굴복시켰어." 권력은 혐오와 증오로 일그러진 표정으로 '백성'이라는 단어를 내뱉었다. 그의 시뻘건 눈에 광기가 서려 있었다. "**그때 너 같은** 소년이 **사람들 앞에서** 감히 내 주인에게 **도전했다! 바로 그 소년이 사람들에게 반란을** 일으킬 용기를 줬어!"

권력은 고래고래 소리쳤다.

"그렇게 해서 내가 분실물 나라로 빨려 내려오게 된 거다!"

아름다움이 그를 말렸다.

"권력님, 소리 그만 지르세요. 시끄럽기도 하고 무엇보다 얼굴이 너무 못생겨 보여요."

크리스마스 피그는 식탁 밑으로 잭의 손을 꼭 잡고 물었다.

"살아 있는 소년에게 복수하고 싶어서 우리를 꾀어 이곳으로 오게 한 겁니까?"

그러자 야망이 비웃으며 말했다.

"물론 아니지! 우린 사소한 복수 따위에는 관심 없어! 우리의 목적은 더 높은 자리로 올라가 더 큰 명성을 얻고 더 대단한 성공을 거두는……."

왕이 고함쳤다.

"**권력**을 강화하는 것이지! 너희가 뭘 찾는지는 알고 있다. 디피라고 불리는 인형을 찾는다고……."

잭이 다급히 물었다.

"디피가 어디 있는지 아세요?"

"**당연히 알지! 하지만 너희는 그놈을 절대 못 찾아! 내가 너희를 루저한테 넘길 거니까. 루저는 내게 보상을 해줄 거다. 나는 야망을 왕비로 삼고 지금보다 훨씬 넓은 지역을 다스릴 거다! 루저만큼 강한 권력을 손에 쥐고 말겠어!**"

야망은 권력의 팔에 다시 앙상한 손을 얹으며 말했다.

"진정하세요, 폐하. 이 일을 진행하려면 투표를 해야 해요……. 다들 잘 들어요." 야망은 아름다움과 낙관주의, 추억, 원칙들에게 말했다. "우리가 이 두 놈을 루저에게 넘기면 루저는 우리에게 보상을 해 줄 겁니다. 더 많은 거울이 있는 더 큰 궁전을 줄 수도 있고……." 야망은 아름다움을 흘끗 쳐다보며 말을 이었다. "……도시 성벽 밖에만 머무르겠다고 약속할 수도 있을 거예요! 간절히 찾는 물건 도시에 누구를 들일지에 관해 발언권을 얻을 수도 있고 요! 우리 기준에 못 미치는 물건들이 들어올 때도 있잖아요……. 그 꾀죄죄한 시도 그렇고 섬뜩할 정도로 평범한 상상 친구를 기억 하실 겁니다. 아름다움, 당신은 어느 쪽에 표를 던질 건가요?"

아름다움은 의자에서 일어섰다.

"아무래도 이러다 싸움이 일어날 것 같네요. 난 싸움은 절대 안 합니다. 싸우면 머리도 엉망이 되고 심각한 경우에는 치아가 나갈 수도 있어서요. 나는 이만 잠자리에 들 테니 나 빼고 투표하세요."

권력이 나지막하게 협박하듯 말했다.

"못 나가. 앞뒤 문은 다 잠겼다. 투표를 하지 않으면 내가 직 접 네 이를 전부 뽑아 주마. 저 두 놈을 루저한테 넘길 거냐, 말 거 냐?"

"아, 더 많은 거울을 준다면야, 넘겨야죠."

아름다움은 한숨을 푹 쉬며 의자에 도로 앉았다. 그는 스푼을 집 어 들고 등받이에 기대어 앉아 다시 자신의 모습을 들여다보았다.

야망이 말했다.

"추억님, 이 도망자들을 루저에게 넘기는 것에 동의하시죠?"

추억이 높고 갈라진 목소리로 대답했다.

"69년 전에 내 주인과 그녀의 여동생 어밀리아 루이즈는 '도망 자'라는 제목의 영화를 보러 갔는데……."

야망이 말허리를 잘랐다.

"추억님, 집중 좀 하세요. 지금 투표 얘기를 하고 있잖아요. 저 소년과 돼지를 루저에게 넘겨요, 말아요?"

남빛 속에 들어앉은 노부인이 잭과 크리스마스 피그를 돌아보았다. 한참 침묵하던 그녀가 말했다.

"넘기지 말죠. 얘들은 내가 과거를 추억할 때 말을 자르지 않았어요. 얘들이 마음에 들어요."

크리스마스 피그는 식탁 밑으로 여전히 잭의 손을 꼭 잡은 채 조용히 말했다.

"고맙습니다, 추억님."

"너는 어느 쪽에 표를 던질 거냐, 낙관주의?"

권력이 묻자 낙관주의는 입술을 바들바들 떨며 대답했다.

"저는 이 아이들한테 모든 일이 멋지게 잘 풀릴 거라고 했습니다! 폐하가 선하고 다정한 분이라고 말해 줬다고요!"

"투표해라!"

낙관주의는 조그맣게 흐느끼며 말했다.

"저는 '반대'에 표를 던지겠습니다. 저는 폐하의 마음속 깊은 곳에…… 깊고 깊은 곳에…… 조금이나마 선한 면이 있다고 믿어요. 다시 생각해 보시면 좋겠어요. 부디 마음을 바꿔서 이 아이들이 우리와 함께 성에서 살게 해 주세요!"

"입 닥쳐! 너희는 어느 쪽에 표를 던질 거냐, 원칙들아? 이 두 놈이 분실물 나라의 법을 어겼다는 건 알고 있겠지? 살아 있는 존재가 이곳에 들어오는 건 금지돼 있다!"

원칙들이 한목소리로 대답했다.

"맞습니다. 저희는 법을 어기는 것에 대해 반대하는 입장입니다."

그러자 야망이 열을 올리며 물었다.

"저놈들을 루저에게 넘기는 것에 찬성한다는 뜻입니까?"

하지만 원칙들이 대답을 하기도 전에 금속성의 절그럭절그럭 소리가 들리더니 방 저 끝에서 아는 목소리가 들려왔다.

"왜 저를 방에 가둬 놓으셨죠?"

문이 열리고 눈부신 황금빛이 식당 안을 가득 채웠다. 행복이 었다.

마지막 두 명

"장거리 여행을 하고 오셨으니 휴식이 필요할 거라고 생각했습니다, 전하."

야망이 무릎을 약간 굽히고 인사하며 초조하게 변명을 했다. 행복은 황금빛을 뿌리며 식당 안으로 들어왔다. 야망이 계속해서 말했다.

"도착한 날 저녁에 굳이 지루한 회의에 참여하고 싶어 하지 않으실 것 같아서요."

권력이 행복에게 물었다.

"어떻게 방 밖으로 **나왔지**? 어떻게 저 문을 열고 **들어온 거냐?**"

그러자 또 다른 목소리가 대답했다.

"제가 자물쇠를 열었습니다. 어떤 자물쇠로도 저를 가둬 두지 못한다는 걸 잘 아실 텐데요, 권력님."

잭은 두 번째 존재가 식당 안으로 들어온 줄도 모르고 있었다. 행복의 황금빛이 워낙 강해서 그 주변의 다른 존재는 잘 보이지 않았다. 자세히 보니 야망만큼 키가 크고 훨씬 더 체격이 건장한 여자가 보였다. 그 여자는 대단히 아름다웠고 부드러운 분홍빛을 뿜어냈는데 다른 왕족들에 비하면 빛이 약했다. 그리고 다른 왕족들과 달리 등에 날개가 돋아 있었다. 황야를 헤매던 망가진 천사의 날개처럼 빳빳하고 단단한 플라스틱 날개가 아니라, 흰색 바탕에 가장자리로 갈수록 진한 분홍색을 띠는 거대한 깃털 날개였다. 그 날개를 마치 기차처럼 길게 바닥에 끌며 들어오고 있었다.

"너희를 다시 보게 돼서 정말 기분 좋구나." 행복은 잭과 크리스마스 피그에게 미소를 지었다. 그녀는 함께 식당으로 들어온 여자를 가리키며 덧붙였다. "이쪽은 내 친구 '희망'이야."

분홍빛을 내는 숙녀가 잭과 크리스마스 피그에게 미소를 지었다. 잭과 크리스마스 피그는 겁에 질려 있었지만 미소로 화답했다. 행복과 희망은 식탁 저 끝에 비어 있는 두 자리에 가 앉았다.

행복이 말했다.

"손님들을 루저에게 넘기는 것에 대해 찬반 투표를 한다고 들었어요. 계속하시죠. 저희도 투표에 참석할게요."

야망이 말했다.

"좋습니다. 이 살아 있는 소년과 그의 돼지 인형은 불가능한 목표를 이루기 위해 법을 어겼습니다. 잃어버린 물건이 살아 있는 자들의 나라로 돌아가는 유일한 방법은 저 위의 세상에서 발견이 되는 겁니다. 하지만 디피는 저 위에서 절대 발견될 수 없으니……."

잭이 물었다.

"어째서 절대 발견될 수 없는데요?"

야망이 잔인한 미소를 지으며 대답했다.

"고속도로에서 대형 트럭이 디피를 깔아뭉개고 지나갔거든. 살아 있는 자들의 나라에서 디피는 흩어진 플라스틱 콩 몇 개와 털 일부만 남아 있어. 절대 발견될 수 없는 처지가 됐으니 우리와 함께 영원히 여기 있을 거다."

잭이 조그맣게 내뱉었다.

"아니야. 그 말 안 믿을래요. 사실일 리 없어."

하지만 잭은 디피를 찾으러 나갔던 할아버지가 차로 돌아와 할머니에게 고개를 살짝 저어 보이던 모습을 떠올렸다.

크리스마스 피그는 식탁 밑으로 잭의 손을 꽉 잡고 힘주어 말했다.

"디피를 되찾을 수 있을 거야. 내가 약속할게, 잭. 넌 디피를 구할 수 있어."

그러자 희망이 말했다.

"네 말이 맞아, 돼지 인형. 야망은 살아 있는 자들의 나라에서 오늘 밤이 무슨 날인지 잊었나 봐." 희망은 왕을 돌아보며 말을 이었다. "이 둘은 불가능한 일을 이뤄 낼 수 있으리라는 희망을 품고 분실물 나라로 용감하게 들어왔어요. 그리고 오늘 밤은 기적과 잃어버린 것들의 밤이니 잘될 가능성이 있습니다."

행복이 맞장구쳤다.

"이 둘은 자격도 충분해요. 저는 이 둘을 루저에게 넘기는 것에 반대합니다."

희망도 말했다.

"저도 반대합니다."

야망은 분노로 폭발 직전인 왕의 팔에 손을 얹어 진정시키며 말했다.

"정리하자면, 저 둘을 루저에게 넘기는 것에 찬성하는 표는 셋, 반대하는 표는 넷이네요. 원칙들이 행사하는 표로 결과가 정해지겠어요."

야망은 똑같이 생긴 자그마한 파란 남자들을 돌아보며 물었다.

"이 둘이 법을 어긴 것에 동의하시죠?"

원칙들은 지금까지처럼 한목소리로 대답했다.

"그렇습니다."

크리스마스 피그가 나섰다.

"하지만 살아 있는 소년을 루저한테 넘기는 건 살인 행위입니다. 그야말로 최악의 범죄예요!"

원칙들이 답했다.

"이 말도 사실입니다."

그러자 잭이 다급하게 말했다.

"저는 디피를 되찾고 싶을 뿐이에요! 어느 누구한테도 해를 끼칠 생각은 없었어요!"

야망은 잭을 무시하고 원칙들에게 물었다.

"그래서 어느 쪽에 표를 던지실 건가요, 원칙님들? 분실물 나라의 오래된 법을 어긴 거짓말쟁이와 규칙 파괴자를 어떻게 처리하면 좋을까요? 동기가 어떻든 간에 저들을 루저에게 보내 합당한 벌을 받게 하는 게 옳지 않겠어요?"

원칙들 중 셋은 "그렇습니다", 나머지 셋은 "그렇지는 않습니다"라고 대답했다.

"7대 6이니까 우리가 이겼어!"

잭이 크리스마스 피그에게 속삭였다. 하지만 그 순간 권력이

257

벌떡 일어나 고함쳤다.

"이 투표는 무효다!"

권력은 커다란 박하사탕을 바닥에 내던지고 이를 드러내며 주먹을 쥐었다. 아름다움은 반들거리는 스푼을 손에 쥔 채 눈에 띄지 않으려고 천천히 식탁 밑으로 내려갔다. 추억이 또 어밀리아 루이즈에 대해 중얼거리기 시작했지만 아무도 들을 수 없었다. 권력이 악을 써 댔기 때문이었다.

"분실물 조정관들은 저들을 루저에게 끌고 가라!"

훨훨 날아서

왕의 명령이 떨어지자 식당의 앞뒤 문이 벌컥 열렸다. 잭이 잘못 둔 곳에서부터 보아 온 중 제일 머릿수가 많은 분실물 조정관들이 요란하게 덜커덕 소리를 내며 식당으로 몰려들어 왔다. 면도칼, 가위, 펜치, 칼, 철사 절단기, 끌, 나무망치였다. 성문 앞을 지키던 분실물 조정관들처럼 이들도 깃털이 꽂힌 검은 모자를 썼다. 잭과 크리스마스 피그는 벌떡 일어섰다. 잭은 팝콘을 손에 움켜쥐고 여차하면 던질 작정이었다. 크리스마스 피그는 커다란 박하사탕을 집어 들었다.

"저놈들을 잡아!"

권력이 고함쳤다. 그 순간 잭은 이대로 붙잡혀 루저의 집으로 끌려가겠구나, 엄마와 디피를 다시는 못 보겠구나 생각했다.

하지만 그때 따뜻하고 강한 팔이 몸을 감싸 안아서 잭은 깜짝 놀랐다. 휙 하고 날개 치는 소리도 들렸다. 다음 순간 잭은 금속 물건들이 내는 고함과 서로 철컹철컹 부딪치는 소리 위로 둥실 떠 올랐다. 희망은 잭을 한 팔로, 크리스마스 피그를 다른 한 팔로 안고 거대한 날개를 퍼덕이며 식당을 가로질렀다. 분노한 권력은 고래고래 소리를 질렀다. 행복은 분실물 조정관들이 그들을 추격하기 어렵도록 황금빛을 더욱 환하게 내뿜었다. 희망은 방 끝의 쌍여닫이문을 빠져나가 어두컴컴한 복도로 나갔다.

"우리 어디로 가요?"

잭은 희망의 튼튼한 팔을 붙잡고 물었다. 뒤에서는 분실물 조정관들이 덜그럭거리며 그들을 쫓아 나오고 있었다.

"디피한테 가야지. 디피가 사는 곳에 나는 못 들어가. 분실물 나라에서 가장 고귀한 존재들만 그곳에 들어갈 수 있거든. 근처까지는 데려다줄 수 있어. 그다음에는 네가 알아서 해야 해. 저 벽에 걸려 있는 벽걸이 융단을 잡아채!"

잭은 손을 뻗어 벽걸이 융단을 움켜잡았다. 묵직한 융단이 떨어져 나와 그들 뒤로 펄럭였다. 무게가 꽤 많이 나가서 잭은 융단을 있는 힘껏 붙잡아야 했다. 융단 때문에 비행 속도가 느려졌다. 분실물 조정관들이 고함을 지르며 요란하게 달려오는 소리가 잭의 귀에 들렸다. 이러다 저들에게 붙잡힐 수도 있겠다는 생각을 한 순간, 희망이 나선형 계단 위로 날아올랐다. 그들은 자물쇠로 잠기고 빗장이 걸린 문 앞까지 벽걸이 융단을 끌고 날아갔다.

이제 꼼짝없이 잡히겠구나 싶었는데 희망은 문을 향해 곧장 날아갔다. 빗장이 휙 풀리더니 문이 벌컥 열리고 그들은 눈 내리는 바깥으로 나갈 수 있었다.

황금으로 된 궁전 지붕에 내려선 희망은 잭과 크리스마스 피그를 내려놓으며 재촉했다.

"내가 들고 가기 쉽게 융단으로 얼른 너희 몸을 감싸. 그곳까지 가는 동안 엄청 추울 텐데 너희 몸은 젖어 있잖아."

잭과 크리스마스 피그는 묵직한 융단으로 몸을 감쌌다. 희망은 다시 강력한 날개를 펼치고 융단 가장자리를 모아 잡은 뒤 날아올랐다. 잭과 크리스마스 피그는 해먹을 타고 날아가는 기분이었다.

두툼한 융단 너머로 분실물 조정관들이 분노하며 악쓰는 소리가 들렸다. 그들을 쫓아 지붕으로 올라온 자들이었다. 이어서 권력의 고함 소리도 들렸다.

"돌아와! 그놈들을 도로 데려와!"

하지만 희망은 그대로 쭉 날아갔고 고함 소리는 곧 멀어졌다가 아예 들리지 않게 됐다. 이제는 희망의 크고 강한 날개가 퍼덕이는 소리만 들릴 뿐이었다.

희망의 이야기

벽걸이 융단 안쪽은 먼지가 많았지만 아늑했다. 잭과 크리스마스 피그는 서로를 꼭 껴안았다. 무시무시한 것들에게 쫓기며 권력의 궁전을 빠져나온 뒤라서 그런지 크리스마스 피그의 품속이 더없이 위로가 됐다. 크리스마스 피그의 눅눅한 몸에서 풍기는 수로의 물 냄새도 싫지 않았다.

안전하게 빠져나오자 잭은 드디어 디피를 만나러 가는 게 실감이 났다. 흥분한 잭은 크리스마스 피그를 꼭 안으며 말했다.

"이제 거의 다 됐어! 아까 궁전에서는 엄청 무섭더라. 너는?"

"나도 엄청 무서웠어. 희망님한테 감사해야 해. 희망님이 없었으면 우린 지금쯤 루저의 집으로 끌려가고 있을걸."

"맞아." 잭은 목소리를 높여 말했다. "정말 고마워요, 희망님!"

머리 위에서 그녀의 목소리가 들렸다.

"천만에. 괜찮니?"

잭이 대답했다.

"예."

크리스마스 피그가 물었다.

"우리가 무겁지 않으세요?"

"아, 전혀. 난 너희보다 더 무거운 것도 날라 봤어."

이번에는 잭이 물었다.

"어쩌다가 잃어버린 존재가 됐어요, 희망님?"

날갯짓 소리 너머로 희망의 목소리가 들렸다.

"나름 슬픈 얘기야. 내 주인은 지금 감옥에 있어."

잭은 깜짝 놀랐다.

"감옥에요? 무슨 짓을 했어요?"

"나쁜 짓은 하지 않았어. 오히려 그 반대지. 그녀는 좋은 일을 했어. 저 권력이랑 비슷한 독재자 대통령에게 저항을 했어. 대통령은 자기한테 저항하는 그녀에게 분노해서 마치 그녀가 법을 어긴 것처럼 꾸며서 감옥에 가뒀어. 대통령의 뜻을 거스르는 게 무서웠던 판사가 그녀에게 징역형을 선고했지. 내 주인은 지금 다른 열 명의 죄수들과 함께 감방에 갇혀 있어. 먹을 것도 부족하고 누울 공간도 거의 없는 곳이야."

"끔찍하네요!"

"그래. 내 주인은 20년 징역형을 선고받고 나서 상황이 당장 나아질 거란 생각을 못 하고 있어. 수감 기간을 듣고 나를 잃었지. 하지만 본인이 생각하는 것보다 더 빨리 나를 되찾게 될 거야."

"그걸 어떻게 알아요?"

"내 주인은 감옥 바깥에 훌륭한 가족들과 많은 친구들이 있거든. 그들이 자기를 석방시키려 애쓰고 있는 걸 알게 되면 나를 되찾을 수 있겠지. 나는 그녀가 아무리 힘들어도 견뎌 내도록 도와줄 거야. 내가 내 친구 행복처럼 밝게 빛나지는 못하지만 내 불꽃을 꺼뜨리는 건 더 어려워."

희망이 비행을 계속하는 동안 잭과 크리스마스 피그를 태운 융단이 부드럽게 앞뒤로 흔들거렸다. 잭은 졸음이 쏟아지기 시작했다. 잠시 후, 얕은 잠에 빠진 거대한 짐승의 숨소리 같은 새로운 소리가 들리고 익숙한 냄새가 코에 와닿았다. 잭은 자세를 약간 바꿔서 융단 가장자리 너머를 내다보았다. 저 아래에 밤하늘처럼 까만 바다가 펼쳐져 있었다. 하늘에서 눈이 계속 내리고 있었다. 희망의 크고 하얀 날개가 수면에 비쳤다.

"어디로 가는 거예요, 희망님?"

잭이 물었다.

"사랑받은 물건 섬으로 가고 있어. 그 섬의 존재를 아는 자는 육지에 몇 없어. 진심으로 사랑받은 물건들은 섬에서만 사니까 다른 도시나 마을에 사는 물건들과 만날 일이 없거든. 하지만 나는 그 섬 위로 날아간 적이 있어서 그 섬의 존재를 알고 있지. 한참 더 가야 하니까 잠을 자 둬. 혼자서 가야 하는 지점에 도착하면 깨워 줄게. 지금까지 넌 정말 잘해 왔어. 크리스마스 전까지 네 사명을 잘 마칠 수 있을 거야! 밤 11시까지는 집으로 돌아갈 수 있을 거야!"

잭은 융단 안쪽으로 다시 돌아가 크리스마스 피그에게 얼굴을 기대고 눈을 감았다. 그리고 크리스마스 피그의 촉촉하게 젖은 귀에 대고 속삭였다.

"야망은 내가 디피를 되찾지 못할 거라고 했는데, 그건 다 거짓말이었어! 너한테 정말 고맙다는 말을 하고 싶어, 시피. 네가 없었으면 디피를 되찾을 수 없었을 거야."

크리스마스 피그는 이상하게 먹먹한 목소리로 대답했다.

"그래. 어서 자. 희망이 한 말 들었잖아. 아직 한참 더 날아가야 해."

잭은 눈을 감고 크리스마스 피그를 꼭 껴안았다. 배 속의 익숙한 플라스틱 콩을 느끼며 기분 좋을 정도로 적당히 지저분한 크리스마스 피그의 몸 냄새를 맡았다. 곧 잭은 잠들기 직전이 됐다. 입술에 짭짤한 물기가 톡 떨어졌다. 저 아래에 펼쳐진 바다 꿈을 꾸고 있어 그런 모양이었다.

제 7 부
사랑받은 물건
섬

사랑받은 물건 섬

몇 시간이 지났을까. 잭은 희망이 부르는 소리에 잠이 깼다.

"잭, 이제 가야 할 시간이야. 준비해. 몸이 젖겠지만 내가 더 이상은 데려다줄 수가 없어!"

융단 양옆에서 쏟아져 들어오는 빛이 마치 행복의 빛만큼이나 강렬해서 잭은 눈을 간신히 뜰 수 있었다. 그 열기에 융단까지 뜨끈해졌다. 입고 있는 잠옷도 따뜻하고 잘 말라 있었다. 발까지 따뜻해졌다. 그들이 와 있는 이곳은 태양이 환하게 빛나는 곳이었다.

"준비됐지? 발부터 융단 밖으로 뻗어. 한참 떨어지지는 않을 거야. 내가 최대한 낮게 날고 있으니까!"

"어서 가자, 시피!"

"너 먼저 내려가."

헤엄을 못 치는 크리스마스 피그는 바다에 뛰어드는 걸 겁내는 모양이었다.

"먼저 내려가서 널 잡아 줄게, 시피. 걱정하지 마!"

잭은 융단 가장자리로 발을 뻗었다. 바다의 짭조름한 냄새가 어느 때보다 강하게 코에 와닿았다. 맨발에는 태양의 열기가 고스

271

란히 느껴졌다. 잭은 숨을 깊이 들이마신 다음 융단 밖으로 몸을
날렸다.

희망의 말대로 물까지는 그리 멀지 않았다. 잭은 크리스털처럼
맑고 목욕물처럼 따스한 바다에 떨어졌다. 물의 깊이는 무릎 정도
밖에 되지 않았다. 주변을 둘러보니 야자나무들이 바람 따라 흔들
거리고, 부드러운 백사장이 하얗게 펼쳐진 아름다운 섬이 있었다.
구름 한 점 없이 밝은 보랏빛이 섞인 푸른 하늘에는 무수히 많은
발견 구멍들이 뚫려 있었다. 무슨 일인지 보려고 해변으로 달려
나온 낡은 장난감들 중 맨 앞에 디피가 보였다.

"디피!" 잭은 웃음과 울음이 동시에 터져 나왔다. "디피, 나야!"

디피는 예전과 다름없는 모습이었다. 회색 몸통, 비딱하게 구
부러진 귀, 단추로 된 눈. 디피는 환하게 웃으며 해변을 달려 내려
와 바다로 뛰어들었다. 잭도 두 팔을 활짝 벌리고 철벅거리며 달
려갔다. 디피의 단추 눈에서 눈물이 흐르고 있었다. 드디어 만난
소년과 장난감 인형은 서로를 꼭 끌어안았다. 잭은 디피의 익숙한
냄새를 한껏 들이마셨다. 침대와 정원, 그리고 디피에게 잘 자라
고 뽀뽀해 준 엄마의 향수 냄새가 살짝 섞인 냄새였다.

"디피, 내가 널 찾았어. 드디어 찾았어!"

잭은 흐느껴 울었다. 디피의 등 뒤로 수백 개의 낡은 장난감들
이 환호하며 앞발과 발굽으로 손뼉을 쳤다. 작은 바다오리 인형은
신나게 공중제비를 돌았다.

"일이 다 잘 풀렸어! 홀리가 널 차창 밖으로 내던져서 내가 엄
청 화를 냈거든. 네가 고속도로에 혼자 떨어지게 된 걸 견딜 수가
없었어. 악을 쓰면서 내 방의 물건들을 다 때려 부쉈어……."

디피는 잭의 등을 토닥여 주었다.

"알아, 잭. 알아. 이제 다 괜찮아. 날 찾아냈잖아! 우리 집으로 가자!"

디피는 낡은 앞발로 잭에게 어깨동무를 하고 바다에서 해변으로 이끌었다. 다른 사랑받은 물건들은 계속해서 환호하며 그들을 지켜보았다.

디피는 작고 노란 해변의 집을 가리키며 말했다.

"난 저기 살아. 네가 아는 누군가랑."

놀랍게도 두루마리 휴지 천사가 수염 난 얼굴에 환한 미소를 지으며 그 집 안에서 창문 밖을 내다보고 있었다.

집 안은 밝고 환한 분위기 속에 바람이 잘 통했다. 창밖으로는 바다와 야자나무들로 이루어진 멋진 풍경이 내다보였다.

"엄청 멋진 집이구나, 디피!"

"그렇지? 우리 친구 두루마리 휴지 천사 기억하지?"

"물론이지! 그런데…… 너 토비한테 잡아먹히지 않았어?"

두루마리 휴지 천사는 노래하듯 사랑스러운 목소리로 대답했다.

"맞아. 토비가 나를 갈가리 찢어 놨어. 저 위의 세상에서 남은 거라고는 털실 약간뿐이야. 트리 밑에 놓인 선물들 중에 두 번째로 큰 선물 밑을 보면 내 흔적이 있을 거야."

"하지만…… 이해가 안 돼. 넌 여기 이렇게 멀쩡하게 있잖아."

"이건 내 각성한 부분이야. 너희 엄마가 나를 엄청 사랑해서 나는 사랑받은 물건 섬에서 영원히 살 수 있게 됐어."

무서운 생각이 머리를 스친 잭이 디피를 돌아보았다.

"그럼…… 그렇다는 건……? 디피, 야망은 대형 트럭이 널 깔아웅갰다고 했어!"

디피가 나지막하게 대답했다.

"그건…… 사실이야, 잭. 저 위의 세상에서 할아버지가 나를 구해 주시려고 위험을 무릅쓰고 도로로 들어가려고 하셨는데 대형 트럭이 나를 짓이기고 지나갔어. 할아버지는 내 몸이 터지는 걸 보셨어. 살아 있는 자들의 세상에 남아 있는 내 몸은 플라스틱 콩 몇 개랑 찢어진 천 조각뿐이야."

"하지만 넌 여기 있잖아! 난 널 만질 수 있어! 널 느낄 수 있어! 네 몸 냄새도 맡을 수 있어!"

디피는 잭을 줄무늬 소파로 데려가 함께 앉았다.

"그래. 네가 나를 무척 사랑해 준 덕분에 난 여기 있게 됐어. 나는 이 섬이 익숙해. 주인한테 큰 사랑을 받은 물건들은 주인이 잃어버릴 때마다 이 섬으로 곧장 내려오거든. 잘못 둔 곳을 거칠 필요도 없어! 난 몇 년 동안 여기 수시로 내려오면서 친구들도 사귀었어." 디피는 낡은 단추 눈을 반짝이며 덧붙였다. "네가 나를 자주 잃어버렸잖아, 잭."

"루저는 여기 못 와?"

"절대 못 와. 루저는 이 섬에 발을 못 들여놓게 돼 있어. 혹시 오더라도 우릴 해치지 못해. 사람들의 사랑이 우릴 죽지 않는 존재로 만들었거든."

"네 몸이 대형 트럭에 깔려 터졌으면 내가 널 어떻게 집으로 데리고 가? 시피가 널 꼭 집으로 데려갈 수 있게 해 주겠다고 약속했는데!"

디피와 두루마리 휴지 천사는 진지한 표정으로 눈빛을 주고받았다. 디피가 말했다.

"그게…… 내 형제의 말은 맞아. 네가 원한다면 나를 살아 있는 자들의 나라로 데려갈 수 있어. 아직 저 위의 세상은 크리스마스 이브니까. 기적과 잃어버린 것들의 밤이잖아. 하지만……."

잭은 크리스마스 피그를 향해 뒤를 돌아보며 외쳤다.

"시피, 우리가 해냈어!"

하지만 크리스마스 피그의 모습은 보이지 않았다.

진실

"시피? 크리스마스 피그? 어디로 갔지?"

잭은 방 안을 둘러보다가 소파에서 벌떡 일어나 창가로 달려 갔다.

"내 뒤에서 바로 바다로 뛰어내렸을 텐데? 아, 어떻게 하지……. 설마 시피가 물에 빠져 죽은 건 아니겠지? 이 앞바다는 수심이 안 깊어서 시피가 안전할 거라고 생각했어!"

다시 생각해 보니 크리스마스 피그가 그의 뒤를 따라서 물로 뛰어내린 소리를 못 들은 것 같았다. 해변에 서 있는 디피를 보고 다른 것은 다 잊은 탓이었다. 창밖을 내다보던 잭은 거대한 새 같은 것이 섬에서 멀리 떠나가는 모습을 보았다. 두 손으로 벽걸이 융단을 꼭 붙잡은 채 육지로 돌아가고 있는 희망이었다.

두루마리 휴지 천사가 노래하듯 말했다.

"크리스마스 피그는 이 섬에 들어올 수 없어, 잭. 여긴 살아 있는 자들의 나라에서 깊이 사랑받은 물건들만 들어올 수 있는 곳이야."

잭은 두려움에 휩싸였다.

"왜 저렇게 멀리 가버린 건데? 시피를 집으로 데려가야 해. 홀리한테 주기로 약속했단 말이야!"

디피가 잭의 어깨에 앞발을 올리며 설명했다.

"잭, 내 형제인 시피는 너와 함께 살아 있는 자들의 나라로 돌아가지 못하게 될 것을 처음부터 알고 있었어. 저 위의 세상에서 내 몸이 망가져 버렸기 때문에 내가 분실물 나라를 떠나려면 나와 똑같은 장난감이 루저가 알고 있는 머릿수를 맞춰 줘야 하거든. 크리스마스 피그는 내 자리를 대신하기로 마음먹은 거야. 물건들은 일이 그렇게 돌아간다는 걸 다들 알아. 자발적으로 그렇게 하겠다고 나선 물건에 대한 얘기는 들어 본 적 없지만."

잭이 힘 빠진 목소리로 말했다.

"시피가 왜 자발적으로 나섰을까? 대체 왜?"

"널 행복하게 해 주고 싶어서겠지."

잭은 들릴 듯 말 듯 조용히 말했다.

"그럴 리 없어. 내가 시피를 옷장에 집어 던졌단 말이야. 발로 밟기도 했어. 머리를 잡아 뽑으려고도 했어."

"네가 왜 그랬는지 시피는 이해해. 시피는 대체품이야. 각성한 대체품은 주인한테 어떤 사정이 있었는지 처음부터 다 알게 돼 있어. 내가 너에 대해 아는 걸 시피도 전부 알아. 그래서 시피도 나만큼 너를 늘 사랑했어."

"하지만…… 시피가 왜 나한테 말 안 했을까?" 잭의 두 눈에 눈물이 차올랐다. "나랑 같이 돌아갈 수 있을 것처럼 말했어! 나더러 자기를 홀리한테 주라고 약속까지 하게 했다고!"

"자기가 하려는 일에 대해 네가 알면 힘들어할까 봐 거짓말을

277

한 거야. 시피는 겸손한 돼지니까. 네 마음을 처음부터 다 알고 있으니 자기는 너한테 나 같은 존재가 될 수 없다고 생각했겠지. 시피한텐 자신의 행복보다 네 행복이 더 중요하니까 자기를 희생하기로 마음먹은 거야."

"그래도 나한테 미리 말했어야지!" 잭은 목구멍 안에 덩어리가 생겨난 듯 목이 메었다. "난 우리가 다 같이 집으로 돌아갈 수 있을 줄 알았어! 시피도 같이 갈 줄 알았어! 시피는 육지로 돌아가서 뭘 어쩌려는 걸까?"

디피가 가라앉은 목소리로 대답했다.

"황야로 가겠지. 내가 자유롭게 풀려나려면 크리스마스 피그가 분실물 나라에서 내 자리를 대신해야 해. 크리스마스 피그는 이곳의 법을 한 번도 아니고 여러 번 어겼잖아. 그래서 이제는 그를 돕고 나서는 물건도 같이 잡아먹히고 말아. 그는 나를 구하려면 자기가 루저한테 가야 한다는 걸 처음부터 알고 있었어. 지금 그한테…… 남은 시간이 별로 없어."

잭은 눈물이 앞을 가렸다. 창밖을 다시 돌아보니 희망은 수평선 저 끝에 작은 점이 되어 있었다.

잭은 눈물을 줄줄 흘리며 같은 말을 되풀이했다.

"나한테 미리 말했어야지! 말도 안 해 주다니 이건 불공평해!"

황야를 휩쓸던 루저의 탐조등 불빛, 그리고 크리스마스 피그에게 들은 무시무시한 이야기가 기억났다. 루저가 물건한테서 각성한 부분을 쏙 빨아먹는다는 얘기였다.

'인간들이 말하는 죽음 같은 거야.'

휘청거리며 디피의 작은 줄무늬 소파로 돌아가 앉은 잭은 펑펑 울었다.

"내가 원한 건 이런 게 아니었어. 시피가 루저한테 잡아먹히는 건 내가 원하던 게 아니야!"

"알아, 잭."

디피가 잭의 옆에 앉아 앞발로 그를 꼭 안아 주었다. 두루마리 휴지 천사도 잭의 다른 쪽 옆에 가 앉았다. 하지만 두루마리 천사는 팔이 없어서 잭을 안아 줄 수가 없어 깊고 안타까운 한숨만 내쉬었다.

지금까지 크리스마스 피그와 함께 해 온 일들이 잭의 머릿속에 계속 떠올랐다. 생각해 보니 크리스마스 피그는 잭을 별로 안 좋아하는 척했을 뿐이었다. 이런 때가 왔을 때 잭이 죄책감을 갖지 않도록 일부러 그런 게 분명했다. 시피가 재빨리 머리를 굴려 으깨기를 피할 수 있게 해 주던 모습, 간절히 찾는 물건 도시의 수로에 빠져 잭이 구해 주기 전까지 작은 주둥이만 물 위에 올라와 있던 모습이 자꾸 생각났다. 어젯밤 융단 안에서 입에 흘러든 짭짤한 물이 시피의 눈물이었다는 걸 잭은 그제야 깨달았다. 잭이 사랑받은 물건 섬으로 가게 돼서 한껏 들뜨고 행복해하며 잠든 동안 시피는 이제 다시는 잭을 볼 수 없게 되었다는 생각에, 섬에 도착하면 영원히 헤어져야 한다는 생각에 울고 있었던 것이다.

지금까지 잭은 디피만 찾으면 다시 행복해질 줄 알았다. 하지만 전혀 행복한 기분이 아니었다. 이렇게 때가 다 늦어서야 잭은 시피를 사랑하게 됐다는 걸 깨달았다. 디피 대신이 아니라, 용감하고 착한 시피 자체를 사랑하게 된 것이다. 그 순간 잭은 각성한 물건이 된다는 게 어떤 기분인지 확실히 알았다. 그리고 어떻게 행동해야 할지도 알았다.

"디피…… 난 시피를 구하러 가야겠어."

디피는 시피와 똑같이 주둥이를 살짝 찡그리며 미소 지었다.

"네가 그런 결정을 하길 바랐어, 잭. 다행이다."

"너도…… 나랑 같이 갈 거지?"

"난 못 간다는 거 알잖아, 잭." 디피는 나지막하게 말하며 낡은 회색 앞발을 잭의 손에 얹었다. "우리 중 하나만 집으로 데려갈 수 있어. 하지만 네가 시피를 구해 내면 난 이 아름다운 섬에서 영원히 안전하게 살 수 있을 거야. 여긴 무척 멋진 곳이거든. 난 여기서 매일 너를 생각하고, 나를 깊이 사랑해 준 너한테 고마워하면서 살 거야."

잭은 오랜 친구를 품에 꼭 안았다. 디피는 그에게 너무나도 소중한 존재라서, 디피를 품에서 놓는 일은 절대 있을 수 없다고 오랫동안 생각해 왔다. 하지만 시피를 생각하면, 시피에게 지금 그가 얼마나 필요할지를 생각하면 디피를 놓아주어야 했다. 잭은 눈물을 흘리며 말했다.

"황야까지 돌아갈 방법이 있을까? 여기로 데려와 준 희망이 떠나 버렸어!"

잠시 정적이 흘렀다. 두루마리 휴지 천사가 나섰다.

"누가 도와줄 수 있는지 알 것 같아. 따라와."

유명한 친구

잭과 디피는 두루마리 휴지 천사를 따라 해변을 향해 창문이 난 집을 나섰다. 그들은 집 뒤쪽의 마을로 들어갔다. 사랑받은 물건 섬의 건물들은 전부 아이스크림 색깔로 칠해져 있었고 거리는 무척 깨끗했다. 그들 옆으로 지나가는 오래된 장난감들이 미소 띤 얼굴로 인사를 건넸다. 이 섬에는 장난감들 말고 다른 물건은 없는 듯했다. 디피는 친구가 무척 많은 것 같았고, 분실물 조정관은 한 명도 보이지 않았다. 그들은 조개껍데기와 불가사리를 매달아 놓은 크리스마스트리들, 양동이와 삽을 파는 가게들, 물놀이용 공과 선글라스를 살 수 있는 작은 시장을 지나갔다. 장난감 미용실도 있었는데 그곳에서는 의사 가운을 입은 인형들과 테디 베어들이 낡은 장난감들의 찢어진 털을 꿰매 주고 빠진 눈도 다시 붙여 주고 있었다.

"다 왔다."

두루마리 휴지 천사가 마을 한가운데 위치한 커다란 나무 집을 가리키며 말했다. 그 집 현관문 위에는 '작은 동굴'이라는 간판이 붙어 있었다. 잭의 키는 디피만큼 줄어들었는데 그 집 현관문은 평범한 사람의 키 높이에 맞춰져 있어서 초인종을 누를 수 있을 것 같지가 않았다.

"누구네 집이야?"

잭의 물음에 두루마리 휴지 천사가 말했다.

"기다려 봐. 너희 둘이 노크를 해 줘. 난 팔이 없어서 못해."

"알았어. 팔을 못 만들어 줘서 미안해. 널 만들었을 때 내가 겨우 네 살이었거든."

잭과 디피는 현관문 아래쪽을 세게 두드렸다. 하지만 디피의 앞발은 너무 부드러워 소리를 못 내고 잭의 주먹만 콩콩 소리를 냈다.

현관문 안쪽에서 걸어오는 발소리가 들렸다. 마치 거인의 발소리처럼 요란했다. 마침내 현관문이 삐걱 열렸다.

눈처럼 하얀 턱수염을 기르고 하얀 조끼에 새빨간 바지를 입은 할아버지가 그들을 내려다보았다.

잭이 놀라 물었다.

"산타 할아버지? 여기서 뭐 하세요?"

"으음……." 당황한 산타는 잠시 할 말을 잊었다가 설명을 해 주었다. "그게…… 물건들도 크리스마스를 즐길 자격이 있잖니. 그래서 이곳에 별장을 마련했어. 그나저나 분실물 나라에 살아 있는 소년이 어떻게 들어온 거냐? 믿을 수가 없구나. 이게 가능한 일인 줄 생각도 못 했다!"

"오늘 밤이라 가능한 거예요. 저 위의 세상은 아직 크리스마스이브 맞죠?"

"그래." 산타는 손목시계를 들여다보며 말을 이었다. "맞아. 크리스마스이브가 끝나기까지 아직 한 시간 정도 남았구나."

"다행이다. 부탁이 있어요. 크리스마스 피그를 구출해서 집으로 데려갈 수 있게 도와주시겠어요? 크리스마스 피그는 지금 슬퍼하는 이 없는 황야로 떠났어요. 루저한테 잡아먹히지 않게 제가 가서 구해 줘야 해요!"

"음." 산타는 잠시 턱수염을 쓰다듬으며 생각을 하다가 한숨을 쉬며 말했다. "가능하다고 확답은 못 하겠구나."

"아."

잭은 울지 않으려고 입술을 깨물었다.

"난 육지에 발을 들여놓을 수가 없어. 루저와 나는…… 그게, 좀 복잡한 사정이 있단다. 나는 주는 쪽이고 루저는 가져가는 쪽이라서. 저 위의 세상에서는 내 방식대로 할 수 있는데, 이 아래에서는 루저의 방식을 따라야 해. 슬퍼하는 이 없는 황야까지 썰매로 데려다줄 수는 있어. 나는 썰매에서 내릴 수가 없어서 너만 혼자 그곳에 내려놓아야 해. 집으로 돌아가 네 침대에 눕고 싶지 않니? 그게 훨씬 안전하고, 내가 쉽게 도와줄 수 있는데."

잭은 고개를 저었다.

"아뇨. 크리스마스 피그를 꼭 구해야 해요."

"참 용감한 소년이구나. 썰매를 준비할 테니 거기서 기다려라."

산타는 집 안으로 들어가 현관문을 닫았다. 잭과 디피, 두루마리 휴지 천사는 햇볕을 받으며 산타가 다시 나오기를 기다렸다. 그들 사이에 묘한 감정이 흘렀다. 잭은 눈물이 나오려는 걸 꾹 참았다. 디피에게 하고 싶은 말이 무척 많았지만 어떻게 말을 꺼내야 할지 알 수 없었다.

마침내 발굽 소리, 딸랑딸랑 종소리가 들려왔다. 나무 집 모퉁이 너머에서 모자와 재킷을 입고 장화를 신은 산타가 썰매를 끄는 순록 여덟 마리를 이끌고 나타났다. 썰매에는 선물들이 높이 쌓여 있었다. 그들이 모자를 쓰고 장화를 신은 산타와 썰매를 바라보는 동안 지나가던 장난감들도 산타의 출발을 지켜보기 위해 모여들었다. 너무 많은 장난감들이 바라보고 있어서 잭은 디피에게 속말을 하기가 더 힘들어졌다.

산타가 물었다.

"준비됐니, 잭?"

"예, 자…… 잠깐 작별 인사 좀 하고요."

잭은 두루마리 휴지 천사를 돌아보며 말했다.

"네가 우리 집 트리 꼭대기에 있던 때가 그리울 거야."

천사는 노래하듯 대답했다.

"고마워, 잭. 나도 거기 있던 시절이 그리울 거야."

잭은 디피를 향해 돌아서서 나지막하게 말했다.

"너도 같이 집으로 돌아갈 수 있으면 좋았을 텐데."

디피는 마지막으로 잭의 목을 두 앞발로 끌어안았다. 잭은 다양한 은신처와 따뜻한 담요 동굴, 잘 자라고 뽀뽀해 준 엄마의 향수 냄새가 배어 있는 디피의 향기를 한껏 들이마셨다. 디피는 잭의 머리카락에 코를 대고 훌쩍이며 조용히 말했다.

"잃는다는 건 삶의 일부야. 하지만 우리 중 몇몇은 사라진 후에도 계속 살아갈 수 있어. 사랑이 있으면 그렇게 돼. 나는 사랑받은 물건 섬에서 계속 살 거야. 네가 크리스마스 피그를 껴안으면 나를 껴안는 것과 같아. 우린 쌍둥이거든. 크리스마스 피그가 느끼는 모든 걸 나도 똑같이 느껴. 하지만 크리스마스 피그를 구하고 싶으면 서둘러야 해. 루저는 황야에 사는 물건들 중에서도 특히 크리스마스 피그를 꼭 잡으려고 벼르고 있을 거야. 앞으로 또 그를 속이려 드는 다른 대체품한테 본보기를 보이기 위해서겠지."

"잘 있어, 디피."

잭은 제일 오래된 친구의 품을 벗어났다.

산타는 몸집이 작은 그를 손으로 들어 올려 썰매에 태웠다.

잭은 흐르는 눈물을 닦아 내며 디피에게 외쳤다.

"네가 살고 있는 곳을 봐서 정말 좋다. 넌 늘 해변을 좋아했잖아!"

디피의 단추 눈도 잭처럼 눈물에 젖어 있었다.

"맞아! 행운을 빌어, 잭. 내 형제 시피한테도 안부 전해 줘! 시피가 해 주려고 한 일에 대해서도 정말 고맙게 생각하고 있어! 그는 최고로 멋지고 용감한 돼지 인형이라고 꼭 전해 줘!"

썰매를 타고

썰매가 움직이기 시작하자 더 많은 장난감들이 구경하러 집 밖으로 나왔다. 순록들이 일제히 발을 구르며 전속력으로 달려 나갔다. 따뜻한 바람이 잭의 머리카락 사이로 휙휙 지나갔다. 뒤를 돌아보니 디피와 두루마리 휴지 천사가 점점 조그맣게 멀어지고 있었다. 마구에 붙은 종이 딸랑딸랑 울리고 뜨거운 공기가 몰아치면서 썰매가 공중에 붕 떴다. 사랑받은 물건 섬은 점점 멀어지다가 드넓은 푸른 바다 한가운데의 황금색 점이 되었다.

장난감만 한 크기가 된 잭에게 산타의 몸집은 엄청 크게 느껴졌다. 잭이 지금까지 만나 본 중 제일 유명한 사람이기도 했다. 긴장한 잭은 말이 잘 나오지 않았다. 다행히 산타가 먼저 말을 건네 주었다.

"널 내려 주고 나서 난 곧바로 저 위의 세상으로 올라갈 거다. 선물들을 제때 배달하려면 정신없이 바쁘거든."

그는 잭을 내려다보며 미소 지었다.

잭은 늘 궁금하던 것을 물어보았다.

"어떻게 하룻밤 동안 전 세계를 돌아다니면서 그 많은 장난감 선물들을 배달하세요?"

산타는 눈을 빛내며 대답했다.

"아, 그건 나만의 비밀인데, 사실 마법을 사용한단다. 너도 짐작하고 있겠지만."

"그럴 줄 알았어요."

잭은 고개를 끄덕였다.

"넌 새 자전거를 받고 싶다고 했지."

"맞아요. 하지만 크리스마스 피그를 데리고 돌아갈 수만 있다면 자전거 같은 건 아무래도 상관없어요."

"그래. 크리스마스 피그를 구출해서 데리고 올라가면 꼭 자전거에 태워 주렴. 그 녀석은 아직 새것이라 모르겠지만 사실 자전거 타는 걸 무척 좋아하는 돼지 인형이거든."

"알 것 같아요." 잭은 후드티 앞쪽에 크리스마스 피그를 집어넣어 목만 내놓게 한 채로, 집 앞 거리를 자전거로 빠르게 내달리는 상상을 했다. "꽤 대담한 돼지 인형이잖아요."

"루저한테 맞서는 엄청 대담한 녀석이지."

"루저는 어디서 생겨난 거예요?"

산타의 얼굴에서 미소가 가셨다.

"좋은 질문이다. 사실, 아무도 답을 몰라. 저 위 세상 사람들의 탐욕과 잔인함이 넘치다 못해 그중 일부가 이곳으로 흘러 내려와 만들어졌다는 얘기도 있어. 원래 몸뚱이가 없으니 다른 물건들을 잡아다가 제 몸을 만든다고 하더라. 태초부터 여기 있던 존재라는 얘기도 있고. 인간들을 부러워하고 인간들이 만들어 낸 똑똑한 물건들을 탐내서 마구잡이로 훔치는 거라고 하더구나. 그놈은 사랑

받은 물건 섬에 사는 장난감들처럼 주인한테 사랑받은 소중한 물
건들을 탐내는데 그 섬에 있는 이상 건드릴 수가 없으니 화가 나
겠지. 자, 저 뒤쪽에 있는 선물들 사이를 뒤져 봐라, 잭. 몸을 따뜻
하게 해 줄 만한 게 있을 거다."

잭은 선물들을 이리저리 뒤적였다. 말랑한 무언가가 만져져서
끄집어 올렸더니 지금 잭의 몸에 꼭 맞는 스웨터를 입은 테디 베
어 인형이었다. 이륙 후 몇 분 후부터 따뜻했던 공기가 쌀쌀하게
변했는데 스웨터를 찾아내서 다행이었다. 페인트칠이 된 하늘이
밝은 파란색에서 회색으로 서서히 변해 가고 있었다. 해가 구름
뒤로 숨으면서 눈보라가 다시 휘몰아치기 시작했다.

그들은 계속해서 날아갔다. 순록의 마구에 붙은 종이 딸랑딸랑
울렸다. 차가운 공기에 잭의 얼굴이 얼어붙었다. 그의 머릿속은
지금쯤 슬퍼하는 이 없는 황야에 도착했을 시피에 대한 생각으로
가득 차 있었다. 시피는 잭에 대한 사랑을 마음속에 간직한 채 잭
을 그리워하며 황야를 헤매고 있을 것이다. 그는 잭이 디피를 데
리고 행복하게 저 위의 세상으로 돌아갔을 거라고, 너무 행복해서
디피의 대체품인 그에겐 신경 쓸 겨를도 없을 거라 믿고 있을 것
이다.

황야로 돌아가다

회색이던 하늘이 시커멓게 변했다. 하늘에서 펑펑 내리는 눈이 산타의 턱수염과 잭의 속눈썹 위에도 내려앉았다. 저 아래 간절히 찾는 물건 도시의 불빛이 점점이 내려다보였다. 권력이 살고 있는 궁전의 황금 지붕, 산타의 썰매와 순록들의 모습이 비치는 수로들을 지나 그들은 넓고 어두운 평야로 날아갔다.

산타는 썰매 고리에 황금 랜턴을 걸어 저 아래 지상에 빛을 드리웠다. 잭은 크리스마스 피그를 찾으려고 주변을 열심히 둘러보았다. 썰매의 그림자가 눈으로 뒤덮인 돌투성이 땅 위로 물결치듯 흘러갔다. 한참 동안 아무것도 보이지 않다가, 이리저리 배회하는 작고 빨간 점 하나가 시야에 들어왔다.

"나쁜 습관 갱단이에요." 잭은 떼를 지어 돌아다니는 신체 부위들을 가리키며 산타에게 말했다. 그들 중에는 담배를 피우는 입도 있었다. "착한 녀석들은 아니지만…… 루저한테 몇몇이 잡혀간 것 같아요." 잭은 썰매 뒤로 멀어져 가는 나쁜 습관들을 돌아보며 덧붙였다. "전에 만났을 때보다 머릿수가 줄었어요."

산타는 황량한 황야 위로 최대한 낮게 날았지만 잭은 시피의 모습을 어디에서도 찾을 수 없었다. 불길한 생각이 들어 심장이 철렁했다. 혹시 너무 늦게 온 걸까? 벌써 붙잡혀 간 건가?

"나침반 씨!"

잭이 소리쳤다. 썰매의 흔들거리는 랜턴 빛이 저 아래에서 둥그런 놋쇠 몸뚱이를 죽기 살기로 빠르게 굴리며 나아가는 나침반을 비춰 주었다.

"산타 할아버지, 시피를 봤는지 나침반한테 물어볼게요!"

산타는 썰매의 방향을 돌려 나침반이 있는 곳으로 돌아갔다. 나침반은 구르기를 멈추고 그들을 올려다보았다.

나침반이 썰매를 향해 인사를 건넸다.

"산타!"

산타가 미소 지으며 나침반에게 말했다.

"그래, 나야. 아직 살아 있는 모습을 보니 반갑구먼, 나침반!"

"아, 제가 이 숨바꼭질을 얼마나 좋아하는지 아시잖아요." 나침반은 주변을 빙글빙글 도는 썰매를 따라 같이 빙글빙글 돌면서 물었다. "둘이 여기엔 웬일이에요?"

잭이 대답했다.

"저는 크리스마스 피그를 찾으러 왔어요. 혹시 보셨어요?"

나침반은 바늘의 방향을 남쪽으로 바꾸더니 슬픈 표정을 지어 보였다.

"그게 말이야…… 보기는 했어, 잠옷 소년."

"지금 어디 있어요?"

썰매가 좁은 원을 그리며 빠르게 공중을 맴돌고 있어서 잭은 어지러움을 느꼈다.

"안타깝게도 30분쯤 전에 붙잡혔어. 그 녀석은 도망칠 생각도 안 하더라고. 내가 어서 도망치라고 소리쳤는데도 가만히 서서 루저가 와서 잡아가길 기다리더라니까."

"아, 안 돼."

잭은 전부 자기 탓인 것만 같았다. 더 빨리 왔어야 했는데. 어떻게 해야 할지 결정하느라 시간을 낭비했다. 그래서 결국 이렇게 된 것이다…….

산타가 물었다.

"그래서 그 녀석이 지금 루저의 집에 잡혀 있는 건가?"

"아마 거기 있겠죠. 어쩌면 벌써 잡아먹혔을 수도 있어요. 그 녀석을 붙잡은 루저가 어찌나 좋아하던지. 그렇게 기분 좋아 하는 모습은 처음 봤어요!"

"나침반 씨, 루저의 집이 어디인지 아세요?"

"물론 알지."

"저를 거기까지 데려다주실 수 있나요?"

나침반은 깜짝 놀라며 물었다.

"루저의 집으로 가겠다고?"

잭은 썰매에서 뛰어내릴 준비를 했다.

"예. 시피는 제 돼지 인형이에요. 아직 살아 있다면 집으로 꼭 데려갈 거예요!"

썰매에서 내리려는 잭에게 산타가 말했다.

"잭, 내가 도움을 줄 수 있을 것 같구나. 저 위 세상에서 내가 해 줄 수 있는 일이 있을 것 같아. 몸조심하렴. 루저는 살아 있는 소년을 붙잡고 싶어서 안달이 나 있을 거야!"

"조심할게요. 안녕히 가세요, 산타 할아버지. 정말 고마워요!"

잭은 썰매의 좌석에서 내려와 황야로 훌쩍 뛰어내렸다.

잭은 황야가 워낙 어두컴컴해서 그 자리에 있는 줄도 몰랐던 엉겅퀴 위로 툭 떨어졌다. 엉겅퀴가 꺼끌꺼끌해서 편하지는 않았지만 날카로운 부싯돌과 돌멩이 위로 떨어진 것보다는 나았다.

"잘 있어, 잭, 행운을 빈다!"

산타는 이렇게 소리치며 썰매를 타고 저만치 날아갔다. 황금 랜턴의 빛이 점점 작아지다가 이윽고 사라졌다.

나침반은 경악한 표정으로 잭을 바라보았다.

"아까 산타가 널 뭐라고 불렀니?" 그녀는 조금 더 가까이 굴러 와 물었다. "살아 있는 소년이라고 하지 않았어?"

"맞아요. 저는 사람이에요. 디피를 찾으려고 여기 내려왔는데 디피는 사랑받은 물건 섬에서 행복하게 살고 있더라고요. 저는 이제 크리스마스 피그를 구해야 해요. 루저의 집까지 길 안내를 부탁드릴게요."

나침반은 한참 동안 잭을 물끄러미 바라보다가 말했다. 그녀의 낭랑한 목소리가 황야에 울려 퍼졌다.

"이 얘기는 수백 년 동안 우리 입에 오르내릴 거야! 살아 있는 소년이 돼지 인형을 찾으러 루저의 집으로 간다니……. 이 이야기의 끝이 어떻게 될지는 아직 모르지?"

"그렇죠. 길을 아시면 안내 좀 해 주세요!"

나침반은 얼어붙은 황야를 가로질러 굴러가기 시작했다. 잭은 그 뒤를 열심히 따라 뛰었다. 그들의 얼굴에 더 큼직한 눈송이들이 더 빠르게 떨어지기 시작했다.

제 8 부
루저의 집

분화구

"아주 멀지는 않으니까 걱정 마!"

나침반은 이렇게 말하며 놋쇠 몸뚱이로 돌바닥을 달그락달그락 굴러갔다.

잭은 곧 옆구리가 다시 쑤시고 맨발이 냉기에 얼어붙기 시작했지만 신경 쓸 겨를이 없었다. 머릿속에는 오직 시피뿐이었다. 잭에게 사랑받지 못하는 처지라 생각하고 가만히 서서 루저에게 잡혀갔을 시피를 생각하면 가슴이 아파 꾸물거릴 수가 없었다.

얼마 안 가서 저 앞 지평선에 시뻘겋게 타오르는 불꽃이 보이기 시작했다. 가까이 갈수록 그 불꽃은 점점 커지고 밝아졌다.

"바로 저기야. 불덩어리 보이지? 루저는 저 분화구 안쪽 구멍에 살고 있어. 그 구멍 안에서 1년 내내 불을 피워. 물건의 각성한 부분을 빨아먹고 필요한 부분을 챙긴 다음 나머지를 불 속에 던져 넣거든."

잭은 두려움으로 몸이 떨렸지만 뛰는 속도를 늦추지 않았다. 어서 시피를 구해야 했다. 머뭇거릴 때가 아니었다.

루저의 집으로 가까이 갈수록 불길은 더욱 크고 환하게 타올랐다. 마침내 황야의 바닥이 아래로 비탈지기 시작했다. 마치 화산처럼 분화구 한가운데에 큼직하게 뚫려 있는 구멍이 보였다. 그 구멍에서 매캐한 검은 연기가 모락모락 피어오르고 있었다. 루저의 집 위쪽 하늘을 올려다보니 발견 구멍은 하나도 없었다.

잭은 숨을 헐떡이며 멈춰 섰다.

"그만요, 나침반 씨. 여기서부터는 저 혼자 갈게요."

나침반은 신난 목소리로 대꾸했다.

"웃기는 소리 하지 마. 난 루저의 집에 처음 와 봤어. 정말 짜릿하다! 엄청난 모험이야! 내 좌우명이 뭔지 알아?"

"무에 관한 얘기였던 것 같은데, 맞나요?"

잭은 정확히는 기억하지 못했다.

"그건 도덕적 교훈에 관한 얘기고. 내 좌우명은 이거야. '북쪽에서는 양말을 신고 최대한 우산을 갖고 다녀라. 하지만 남쪽으로 갈 때는 친구를 데려가라.' 너 혼자서 루저를 만날 생각은 마!"

"저 혼자 가야 돼요, 나침반 씨. 당신은 너무 중요한 분이라 잡아먹히면 안 되거든요. 이 황야를 헤매는 물건들한테 당신 같은 영웅이 필요하잖아요. 여기서 살아남을 줄 아는 똑똑하고 용감한 분은 당신뿐이에요."

"정말…… 멋진 칭찬이야. 물건들한테 한 번도 칭찬을 받은 적이 없었어. 다들 도망치기 바빠서 나를 곧 잊어버리거든."

"저는 무슨 일이 있어도 당신을 잊지 않을 거예요. 잘 가세요, 나침반 씨. 도와주셔서 정말 고마웠어요."

잭은 저 아래 구멍을 향해 비탈을 달려 내려가다가 딱 한 번 뒤돌아서서 손을 흔들었다. 예상대로 나침반은 그곳에 서서 그를 바라보고 있었다.

잭은 무른 바위들과 돌들 위로 미끄러지고 비틀거리며 가파른 경사를 계속해서 내려갔다. 시뻘건 불길과 분화구 한가운데 뚫린 구멍에서 올라오는 연기 때문에 앞이 잘 보이지 않았지만 최대한 서둘렀다. 어느새 그의 젖은 잠옷은 분화구의 열기에 바짝 말랐다. 시커먼 연기 때문에 기침이 나기 시작했다. 그 연기에는 모닥불 연기 냄새와는 다르게 플라스틱, 천, 스티로폼 탄내가 진하게 배어 있었다.

얼마나 더 내려가야 할까. 뜨끈한 돌무더기를 밟고 내려가느라 발바닥이 뜨거워졌다. 무른 자갈들 위로 미끄러진 잭은 멈출 새도 없이 구멍 속으로 추락하고 말았다. 그는 연기에 휩싸인 채 지하의 은신처로 곧장 떨어졌다. 이대로라면 불길 속으로 떨어져, 엄마와 시피를 다시는 못 보겠구나 싶었다.

루저의 집

다행히 잭은 불길을 피해 그 옆의 뜨끈하고 말랑하고 부드러운 흙 더미에 떨어졌다. 잠시 후에야 잭은 그게 루저가 물건들을 먹어치우고 내버린 솜뭉치와 천 쪼가리 무더기란 걸 알아챘다. 그 무더기는 불 바로 옆에 있어서 연기를 뿜어내며 같이 타고 있었다. 잭은 솜털 덩어리와 불붙은 파편들 위로 미끄러지며 재빨리 돌벽 쪽으로 몸을 피했다. 그 자리는 지하 구멍의 옆면에 해당됐다.

돌벽에 붙어 서 있는 동안 잭은 지금까지 타닥타닥 타는 거대한 불 소리 때문에 듣지 못했던 비통한 신음과 비명 소리를 듣게됐다. 두려웠지만 애써 눈을 뜨고 주변을 둘러보았다.

루저의 집은 거대한 지하 동굴이었다. 동굴 안에서 거대한 불길이 활활 타오르고 있었다. 벽에는 우리들이 잔뜩 걸려 있었고, 우리마다 루저가 아직 먹지 않은 물건들이 가득 들어 있었다. 우리에 갇힌 물건들의 비명 소리가 잭의 귀를 넘칠 듯이 채웠다. 하지만 물건들이 전부 비명을 지르고 있는 것은 아니었다. 대부분은 곧 다가올 끝을 예감하고 우리 바닥에 조용히 우울하게 웅크리고 있었다. 거의가 볼품없는 싸구려 물건들로, 쓸데없이 수백만 개씩

대량으로 만들어진 탓에 사랑 한 번 받지 못하고 공간만 채우고 살았다. 그러다 주인이 잃어버리면 이 아래 분실물 나라로 빨려 내려오는 것이다.

저 앞에 루저가 보였다.

루저는 덩치가 엄청 컸지만 잭은 벽에 매달아 놓은 우리들을 쳐다보느라 루저가 그곳에 있는 줄도 몰랐다. 또 다른 쓰레기 더미인 줄 알았다. 거대한 장작불 맞은편에 엎드린 루저는 황야에서 나무 하늘에 대고 머리를 긁었듯이, 이 집 천장에 흉측한 머리를 벅벅 긁어 대고 있었다. 탐조등 눈은 불빛이 꺼진 상태였다. 이곳에는 장작불이 활활 타오르면서 벽에 펄럭이는 그림자들을 드리우고 있어 굳이 탐조등을 켤 필요가 없을 것이다. 루저의 텅 빈 유리 눈에 춤추듯 일렁이는 불길이 반사되었다. 루저의 몸 껍데기도 불빛에 번쩍거렸다. 한눈에 봐도 루저가 죽은 물건들의 제일 단단한 부분들을 제 몸에 붙였다는 걸 알 수 있었다. 강철, 플라스틱, 유리, 돌 등을 몸에 덕지덕지 붙인 로봇 같은 모습이었다. 지금 루저는 낡은 포크를 한 줌 쥐고 뜯어먹고 있었다. 번뜩이는 송곳니로 포크를 와그작와그작 씹을 때마다 입에서 포크 파편들이 이리저리 튀었다. 송곳니가 다이아몬드처럼 단단해 보였다.

잭은 장작불 맞은편으로 떨어진 데다 시커먼 연기 덕분에 모습을 감출 수 있었다. 루저는 잭이 자기 집으로 떨어진 줄도 모르는 눈치였다. 잭은 크리스마스 피그를 찾으려고 미친 듯이 우리들을 살펴보기 시작했다. 크리스마스 피그가 루저에게 이미 갈가리 찢겨, 배 속의 플라스틱 콩들과 몸속의 솜이 저쪽 쓰레기 더미에 쌓여 있지 않길 바랄 뿐이었다.

그런데 우리 안에는 봉제 인형이 하나도 없고 죄다 음식을 주문하면 공짜로 주는 자그마한 플라스틱 장난감들 아니면 오래된 잡지, 더 이상 작동하지 않는 기계 장치의 충전기 같은 물건들뿐이었다. 한마디로 아무런 아쉬움이나 후회 없이 내다버릴 만한 물건들이었다. 이미 늦어 버렸구나 하는 생각에 잭은 점점 더 두려워졌다.

바로 그때 크리스마스 피그가 보였다. 크리스마스 피그는 제일 높은 곳에 매달아 놓은 우리들 중 한 곳에 갇혀 있었다. 작은 앞발로 창살을 붙잡고 서서 루저가 낡은 포크를 씹어 먹는 모습을 바라보고 있었다. 크리스마스 피그 옆에는 망가진 천사도 있었다. 천사는 한 손으로 부서진 얼굴을 가리고 우리의 한쪽 구석에 주저앉아 있었다. 크리스마스 피그는 잭과 함께 온갖 모험을 하고 다닌 덕분에 한껏 지저분해진 상태였다. 처음처럼 분홍색을 띤 고급스러운 모습이 아니라, 너저분하고 몸에 초록색 물이 들었으며 귀도 비딱하게 접힌 모습이었다.

잭이 까치발로 서서 속삭였다.

"나 왔어, 시피."

그때 일그러진 금속 조각들을 마저 씹어 먹은 루저가 입을 열었다. 루저의 목소리에 동굴 안이 웅웅 울렸다.

"이제 겁이 좀 나냐, 돼지 놈아?"

지금까지 잭이 들어 본 중 제일 끔찍한 목소리였다. 브레이크를 밟을 때처럼 높고 고통스러우며 날카로운 목소리였다. 어쩌면 죽음을 기다리고 있는 다른 물건들처럼 루저도 속으로는 고통스러워하고 있지 않을까 하는 생각이 잭의 머릿속을 스쳤다.

시피는 언제나처럼 귀여운 목소리로 대답했다.

"아니, 아까도 말했잖아. 난 아무것도 잃을 게 없어. 그래서 용감해졌지. 먹고 싶으면 언제든 먹어. 더 이상 아무 상관 없으니까."

루저가 찢어지는 듯한 목소리로 물었다.

"소년을 잃은 게 몸이 갈가리 찢기는 것보다 더 괴롭단 말이냐? 아무것도 못 느끼고, 존재하지도 않는 무無의 상태로 돌아가는 것보다 더 힘들다고?"

"지금처럼 괴로운 것보다는 아무것도 못 느끼는 게 나아."

잭은 크리스마스 피그가 그의 목소리를 들을 수 없다는 걸 알면서도 나지막하게 외쳤다.

"그런 말 하지 마!"

루저는 금속 다리로 바닥을 디디며 일어섰다.

"넌 나를 두려워하면서 죽게 될 거다."

루저는 크리스마스 피그와 망가진 천사가 들어 있는 우리 바로 옆에 걸린 우리 자물쇠를 잡아 뜯어 열었다. 그 안에서 촌스러운 색깔의 구불구불한 빨대 50개, 조잡한 싸구려 연 하나, 우둘투둘한 나선형 무늬가 들어간 초라한 유리 꽃병 하나를 끄집어냈다. 그 물건들이 마지막까지 저항하며 악을 써 대는 가운데 루저는 다시 바닥에 엎드리고는 커다란 금속 입을 벌리고 물건들을 하나씩 집어넣었다.

다급해진 잭은 크리스마스 피그에게 올라갈 방법을 찾으려고 주변을 둘러보았다. 벽이 거칠고 울퉁불퉁한 걸 보니 잘하면 발로 디뎌 가면서 위로 올라갈 수 있을 것 같았다. 잭은 벽 사이의 갈라진 틈을 손으로 붙잡고 몸을 위로 끌어 올리며 벽을 타고 올라가기 시작했다.

마음처럼 속도가 나지 않았다. 바위로 된 벽이 뜨겁게 달궈진 상태라 손가락과 발가락으로 딛기가 쉽지 않았다. 뒤에서는 장작불이 타닥타닥 타오르는 소리, 루저가 플라스틱과 유리를 입에 넣고 와그작와그작 씹어 대는 소리가 들려왔다.

마침내 잭은 맨 위에 걸린 우리들과 같은 높이까지 올라갔다. 뜨거운 바위를 계속 붙잡고 있기가 힘이 들었다. 저 우리 안에 있는 불쌍한 물건들이 그를 보고 놀라 소리라도 질렀다가는 루저에게 들키고 말 것이다. 하지만 대부분의 물건들은 차마 루저를 쳐다보지도 못하고 손으로 눈을 덮어 가린 모습이었다. 루저는 이빨에 걸린 날카로운 유리 파편들을 끄집어내서 흉측한 검은 고무 혀로 핥았다. 고무 혀에서 스며 나온 접착제를 묻힌 유리 파편들을 몸 껍데기의 톱니며 뚜껑 위에 척척 붙이고 있었다.

잭은 뜨겁게 달아오른 우리들의 위쪽을 조심스럽게 가로질렀다. 이 우리에서 저 우리로 훌쩍훌쩍 건너뛰었다. 발바닥에 닿은 우리 윗면의 창살이 뜨끈했다. 크리스마스 피그는 작고 까만 눈을 깜박이지도 않고 루저만 뚫어져라 바라보고 있었다. 크리스마스 피그에게 다가가면서 잭은 또 다른 문제가 있음을 알아챘다. 모든 우리에는 묵직한 맹꽁이자물쇠가 걸려 있었는데, 크리스마스 피그의 우리에 달아 놓은 맹꽁이자물쇠는 그중에 제일 컸다.

마침내 크리스마스 피그와 망가진 천사가 갇혀 있는 우리로 훌쩍 건너뛴 잭이 아래에 대고 속삭였다.

"시피, 시피, 나야. 위를 봐."

시피는 그 소리에 위를 올려다보았다. 시피는 잠시 그 자리에 얼어붙은 듯 꼼짝도 하지 않았다. 시피의 작고 까만 눈은 놀라움으로 가득 차 있었다. 망가진 천사도 반쯤 씹어 먹힌 얼굴에서 손을 떼고 잭을 올려다보았다.

크리스마스 피그가 놀라 숨도 제대로 못 쉬며 물었다.

"잭! 이게…… 어떻게 된……."

"너를…… 너희를 구하러 왔어!" 잭은 우리 위쪽을 가로질러 기어가 커다란 자물쇠를 손으로 쥐었다. "너희는 둘 다 내 친구야. 난 너희를 데리고 집으로 돌아갈 거야!"

"하지만…… 디피는 어쩌고?"

"우리는 작별 인사를 잘 하고 헤어졌어." 잭은 자물쇠를 잡아당겨 봤지만 자물쇠는 꼼짝도 하지 않았다. "디피도 내가 이렇게 하길 바랐어. 내가 꺼내 줄게!"

하지만 자물쇠를 열 수가 없었다.

"잭, 이해가 안 돼. 넌 디피를 데리고 돌아가고 싶어 했잖아!"

"맞아. 나는 디피가 필요했어. 그런데 네가 나를 더 필요로 하더라고."

"당장 여기서 나가! 분실물 나라에서 루저가 제일 잡아먹고 싶어 하는 게 바로 살아 있는 소년이란 말이야! 너를 제일 맛있게 먹어치울 거라고!"

"너 없이 혼자서는 안 돌아가."

잭은 자물쇠를 부숴 보려고 안간힘을 썼지만 뜻대로 되질 않았다.

"너무 늦었어!" 크리스마스 피그는 눈물을 흘렸다. "잭, 크리스마스까지 몇 분밖에 안 남았어. 빨리 발견 구멍을 찾아서 그 밑에 가 있어! 우린 희망이 없지만 넌 아직 탈출할 수 있어!"

잭이 대답을 하기도 전에 루저가 지독하게 끔찍하고 요란한 끼익 소리를 냈다. 잭은 그렇게 무시무시한 소리는 처음 들어 봤다. 뾰족한 금속 다리로 일어선 루저의 두 눈이 하얗게 빛나고 있었다. 그 강력한 불빛에 포착된 잭과 크리스마스 피그, 망가진 천사는 그 자리에 얼어붙었다.

루저가 살아 있는 소년을 보고야 말았다.

마지막 희망

"내가 뭘 보고 있는 거지? 지금까지 잡은 것들과는 완전히 다른 남아도는 물건이구나!"

루저는 날카로운 목소리로 내뱉었다.

잭은 우리의 창살 사이로 손을 집어넣어 크리스마스 피그의 앞발을 꽉 잡았다. 망가진 천사는 시피의 다른 쪽 앞발을 잡고 있었다. 그들 셋이 서로를 그렇게 붙잡고 있는 동안, 루저는 뾰족한 금속 발로 죽은 물건들의 파편들을 이리저리 걷어차며 느긋하게 동굴을 가로질러 왔다. 벽에 걸려 있는 우리들 속에서 물건들이 신음과 탄식을 내뱉었다. 그들은 이제 무슨 일이 일어날지 알고 있었다. 그들 눈앞에서 잭과 크리스마스 피그, 망가진 천사는 루저에게 잡아먹히고 말 것이다.

루저가 말했다.

"네가 올 줄 알고 있었다. 말해 봐라, 꼬마야. 인간들은 어째서 물건들을 그렇게 깊이 사랑하지?"

루저의 숨결이 뜨끈하고 악취 나는 바람처럼 잭의 몸을 스치고 지나갔다. 세상의 온갖 쓰레기들, 먼지, 썩어 빠진 천 쪼가리들,

배터리, 불에 탄 고무, 인간이 만든 온갖 물건들의 조각들이 놈의 배 속에 쌓여 있는 듯 냄새가 엄청 지독했다.

잭은 떨리는 목소리로 대답했다.

"우리는 모든 물건들을 사랑하진 않아. 아주 특별한 물건들만 사랑해."

루저는 잭의 몸보다 훨씬 큰 거대한 머리를 가까이 들이밀었다. 탐조등으로 된 두 눈이 너무 밝아서 잭은 놈을 제대로 쳐다볼 수도 없었다. 루저가 물었다.

"저 지저분한 싸구려 돼지 인형이 어째서 사랑받을 가치가 있지?"

잭이 꿋꿋하게 대답했다.

"세상에서 가장 멋있고 용감한 돼지 인형이니까."

크리스마스 피그가 나지막하게 물었다.

"너…… 나를 사랑해?"

잭은 크리스마스 피그의 앞발을 어느 때보다 꽉 붙잡고 힘차게 대답했다.

"당연히 사랑하지!"

"하지만…… 하지만 넌 디피를 사랑하잖아!"

"꼭 한 가지 물건만 사랑할 수 있는 건 아니야!" 잭은 루저를 돌아보며 말했다. "시피를 풀어 줘. 망가진 천사도 놔주고! 애들은 잡아먹힐 짓을 한 적 없어. 누군가를 해친 적도 없고, 잘못을 저지르지도 않았어! 애들을 집으로 데리고 갈 수 있게 해 줘!"

루저는 고개를 뒤로 젖히고 끔찍하게 생긴 입을 한껏 벌리며 웃어 댔다. 번뜩이는 송곳니들 사이에 거대한 고무 혀가 통통한 검은 뱀장어처럼 자리하고 있었다. 루저는 눈부시게 환한 두 눈으로 잭을 돌아보며 고함쳤다.

"내가 누구인지 아무도 너한테 설명을 안 해 줬냐? 나는 뭐든 가져가고 가져가고 또 가져가는 존재다! 이제 크리스마스이브가 거의 끝나가고 있어……." 루저는 시뻘건 장작불 불빛을 받아 무시무시하게 빛나는 다이아몬드 이빨을 드러내며 가까이 다가왔다. 루저의 입에서 역겨운 바람이 훅훅 불어 나왔다. "자정을 알리는 마지막 종이 울리면 너는 이곳에 영원히 갇히는 거다. 돌아갈 희망 따윈 없어. 그때 널 꿀꺽 삼켜 주마. 널 잡아먹으면 나도 사람들처럼 물건들을 사랑하게 될지도 모르지!"

사방의 벽에 걸린 우리 안에서, 사랑받지 못한 싸구려 물건들이 울부짖고 부들부들 떨며 흐느껴 울었다.

"그 소년은 안 돼요! 그 소년을 잡아먹지 말아요!"

"이 녀석을 위해 애원하는 거냐?"

루저의 탐조등 눈이 우리들을 훑어보자 가여운 싸구려 물건들은 겁에 질려 웅크렸다.

"인간들은 너희를 만들었지만 아무 데나 버리고 잊어버렸어. 너희가 이 황야로 오게 된 건 다 인간들 탓이다! 너희는 싸구려고 못생겨서 주인들은 너희를 아무짝에도 쓸모없다고 여겼어! 그럼 너희도 인간이 죽는 걸 보면서 즐거워해야지! 내가 너희를 잘근잘근 씹어 먹기 전에 인간부터 잡아먹으려는 거니까!"

잭은 좋은 생각이 떠올랐다. 이미 너무 늦었을지도 모르지만 지금 쓸 수 있는 유일한 방법이었다. 크리스마스 피그의 앞발을 꽉 붙잡은 잭은 우리에 갇힌 모든 물건들이 들을 수 있도록 크게 외쳤다.

"다들 잘 들어! 나는 인간이고 너희를 아끼고 있어! 너희는 쓰레기가 아니야! 난 너희를 여기서 내보낼 방법을 알고 있어!"

이 말을 하자마자, 크리스마스 피그가 갇혀 있던 우리의 커다란 자물쇠가 산산이 부서졌다. 동굴 벽의 우리에 갇힌 물건들은 깜짝 놀라 헉 소리를 냈다. 그런데 동굴 안의 나머지 우리들에 걸어 놓은 자물쇠들도 하나씩 부서지기 시작했다.

분노하고 충격에 빠진 루저가 악을 써 댔다. 잭은 지금 어떤 일이 일어나고 있는지 정확히 알았다. 잭이 물건들에게 희망을 준 것이다. 희망은 어떤 자물쇠로도 가둬 놓을 수 없었다. 제일 용감한 물건들부터 우리에서 빠져나오기 시작했다. 그들은 서로를 도와 가며 차례로 우리에서 벗어났다.

잭은 여전히 겁을 먹고 달달 떠느라 감옥에서 나오지 못하는 물건들에게 소리쳤다.

"너희를 여기서 내보낼 방법이 분명히 있어, 내가 약속할게! 내 말을 믿어야 돼!"

루저는 물건들이 우리에서 빠져나오는 광경을 보며 약이 올라 악을 썼다.

"다시 들어가! 저놈이 거짓말하는 거다! 다시 들어가라고! 당장! 제일 먼저 나오는 놈들부터 잡아먹겠다!"

잭이 고래고래 소리쳤다.

"거짓말이 아니야! 누구나 희망을 갖고 믿으면 돼……."

그때 기이한 일이 일어났다. 몹시도 아름다운 현상이었다. 기적과 잃어버린 것들의 밤에 일어날 법한 일이기도 했다. 잭이 끝까지 희망을 포기하지 않은 덕분이었다. 희망이 남아 있는 한 영원히 사라지는 것은 없었다…….

발견 구멍이라고는 하나도 없던 루저의 집 위쪽의 시커먼 나무 하늘이 쩍 하고 갈라졌다. 하늘이 쪼개지는 소리에 괴물 루저는 위를 올려다보며 분노에 찬 고함을 내질렀다. 하늘에 구멍이 생겨났다. 그런데 여느 평범한 발견 구멍처럼 시커먼 구멍이 아니었다. 마치 마법의 힘이 깃든 것처럼 구멍 안에서 반짝이는 빛이 쉭쉭 소리를 내며 돌고 있었다. 잭은 그 마법에 대해 잘 알고 있었다. 오래전, 그러니까 세 살 때 잭은 디피가 저런 구멍 안에서 마법 자전거를 타고 쉭쉭 돌아다닌다고 상상했다.

잭이 외쳤다.

"너희는 저 구멍을 통해서 살아 있는 자들의 나라로 갈 수 있어! 다들 희망을 가져!"

구멍이 점점 커졌다. 널찍하게 벌어진 구멍은 황금빛이 가득했다. 그리고 진짜 마법 같은 일이 일어났다. 그 구멍을 통해 황금빛 줄기가 내려와 물건 하나만 달랑 데리고 간 게 아니었다. 소용돌이치며 내려온 반짝이는 빛은 놀라움과 기쁨에 어쩔 줄 몰라 하는 수백 개의 물건들을 쭉 끌어올렸다. 물건들은 지저분한 우리 밖으로 둥실 떠올랐다. 주석 파편, 판지, 나무토막, 플라스틱 들은 신나게 웃으며 빛나는 소용돌이 속으로 빨려 올라갔다. 당황하고 분노한 루저는 어떻게 된 일인지 이해를 못 하고 이리저리 손을 뻗어 물건들을 붙잡으려고 발악을 했다. 물건들은 루저의 강철 대들보 같은 기다란 손가락 사이를 빠져나가 그들의 희망이 천장에 만들어 낸 새로운 구멍으로 쭉쭉 올라갔다.

손가락 사이를 빠져나가 위로 올라가는 물건들을 붙잡으려 안간힘을 쓰는 괴물에게 잭이 소리쳤다.

"저들은 재활용될 거야! 저 위에서 새로운 물건으로 만들어져서 새 삶을 살아갈 거야!"

격분한 루저는 날카롭게 악을 질렀다.

"안 돼! 인간들한테 내줄 수 없어! 저것들은 내 거야! 내 거라고! 내 물건들이야⋯⋯."

구원받은 물건들이 빨려 올라간 반짝이는 구멍 위쪽에서 조그맣게 종소리가 들려오기 시작했다. 살아 있는 자들의 나라에서 자정이 되었음을 알리는 종소리였다. 크리스마스이브가 마침내 끝났다.

악에 받친 루저가 소리쳤다.

"저것들을 놓쳤으니 넌 꼭 잡아야겠다!"

루저는 강철 대들보처럼 기다란 손가락이 달린 날카로운 손을 쭉 뻗었다. 잭은 종소리를 들으며, 희망만으로는 충분하지 않겠다는 생각을 했다. 손에 꼭 쥔 크리스마스 피그의 앞발이 유일하게 위안이 됐다. 루저의 탐조등 눈이 잭에게 가까이 다가오며 환한 빛을 뿜어냈다. 잭은 눈을 감았다.

다음 순간 잭은 어딘가로 떨어지고⋯⋯

떨어지고⋯⋯

또 떨어졌다⋯⋯.

제 9 부
집으로

발견되다

루저의 입 냄새가 사라졌다. 잭은 크리스마스 피그의 앞발을 꽉 붙잡고 눈을 감은 채 여전히 어딘가로 떨어지고 있었다. 소나무 향을 풍기는 날카로운 가지에 긁힌 느낌이 난 후에도 한참 더 떨어진 끝에 잭은 바닥에 몸이 닿았다. 익숙한 목소리가 멀리서 그의 이름을 부르고 있었다.

"희망인가?"

잭이 중얼거렸다.

문이 열렸다.

"잭? 잭! 트리 밑에서 뭐 하고 있니? 다들 널 찾느라 여기저기 다 뒤지고 있었어!"

잭은 눈을 떴다. 그는 크리스마스트리 아래 바닥에 웅크리고 있었다. 선물들이 쌓여 있는 곳 한가운데였다. 어둠 속에서 트리의 꼬마전구들이 희미한 빛을 뿌렸다. 주변에는 온통 솔잎이 흩어져 있었고 잭은 원래의 몸으로 돌아와 있었다. 입고 있던 테디 베어 스웨터는 터지다시피 찢어져서 조그만 털실 뭉치가 되어 옆에 놓여 있었다. 잭의 한 손은 크리스마스 피그의 앞발을 붙잡았고,

317

망가진 천사의 멀쩡한 손이 크리스마스 피그의 다른 쪽 앞발 위에 걸쳐 있었다.

"브렌던, 잭을 찾았어!" 엄마는 무릎을 꿇고 나뭇가지 사이로 잭을 내려다보았다. "그 밑에서 뭐 하고 있니, 잭? 잘 자라고 뽀뽀 해 주러 네 방에 갔다가 네가 안 보여서 얼마나 걱정했는데!"

엄마가 손을 뻗었다. 잭은 한 손으로는 시피를, 다른 손으로는 망가진 천사를 붙잡고 트리 밑에서 기어 나왔다. 엄마는 잭을 끌어안았다. 잭도 엄마를 안아 주었다. 다시 집에 돌아오니 기분이 엄청 좋았다.

엄마가 나지막하게 말했다.

"디피 일은 정말 유감이야. 할아버지한테 얘기 들었어. 네가 침대에 없어서 디피를 찾으러 몰래 집을 나간 줄 알고 얼마나 놀랐는지……."

"디피를 찾으러 갔다 왔어요! 루저한테 잡아먹힐 뻔했지만 탈출한 거예요. 어떻게 탈출했는지 모르겠는데……."

그때 잭의 눈에 큼직한 빨간 리본을 매단 반짝이는 새 자전거가 보였다. 트리 옆 벽에 기대어 선 그 자전거의 손잡이가 트리의 나뭇가지에 닿아 있었다. 잭은 엄마 품에서 벗어나 자전거를 가리켰다.

"저거 덕분이에요! 산타 할아버지가 저를 도울 수 있을 것 같다고 하셨는데! 천사가 풀려나게 해 주신 거였어요!"

"뭐라고?"

엄마는 혼란스러운 표정이었다.

잭은 엄마에게 날개가 구부러지고 개에게 씹힌 천사를 보여 주었다.

"이 천사는 트리 뒤쪽 가지에 얽혀 있었어요. 그런데 산타 할아 버지가 여기 새 자전거를 갖다 두시면서 일부러 트리를 좀 흔들어 서 천사가 바닥으로 떨어지게 해 주신 거예요! 그래서 이 천사는 더 이상 사라진 게 아니게 된 거죠. 덕분에 천사는 저랑 크리스마 스 피그를 따라 살아 있는 자들의 나라로 돌아오게 됐어요!"

"잭, 무슨 얘길 하는 거니?"

엄마는 웃고 있었지만 걱정스러운 표정이었다. 브렌던이 거실 로 달려 들어와 손으로 가슴을 쓸어내리며 잭에게 말했다.

"아이고, 다행이다. 우린 널 잃어버린 줄 알았어, 잭!"

"잃어버렸던 거 맞아요!"

그때 브렌던 뒤에서 홀리도 거실로 들어왔다. 펑펑 울어서 눈 이 여전히 부어 있었지만, 홀리는 잭이 멀쩡히 살아서 크리스마스 트리 옆에 있는 모습을 보고 크게 안도의 한숨을 내쉬었다.

잭이 모두에게 설명했다.

"저는 분실물 나라에 갔다 왔어요. 시피랑 같이요! 거기서 디 피를 찾았는데 행복하게 살고 있더라고요. 디피가 해변을 좋아한 다는 걸 저는 늘 알고 있었어요. 다른 물건들도 많이 만났어요. 여 러 도시와 마을에도 가 봤어요. 루저한테 붙잡힐 뻔했는데 망가진 천사가 우릴 구해 줬어요. 우린 이 천사를 집에 데리고 있어야 돼 요!"

잭은 이렇게 말하며 심하게 훼손된 천사 인형을 엄마의 코 밑 에 들이밀었다.

"그래." 엄마는 살짝 웃으며 잭이 내민 천사 인형을 받아 들었다. "이제야 우리 가족한테 어울리는 천사가 된 것 같구나. 토비한테 물리기 전에는 우리한테 좀 과분하다 싶을 정도로 화려했잖아."

"이 천사한테 붕대를 감아 주세요. 디피한테 새 눈을 달아 주시고 붕대를 감아 줬을 때처럼요."

"그래." 엄마는 코를 킁킁대며 물었다. "네 몸에서 웬 연기 냄새가 나지? 잠옷에 묻은 진흙은 또 뭐야?"

"아, 루저의 장작불에서 피어오른 연기 냄새가 뱄어요. 파란 토끼 인형이 저를 껴안는 바람에 진흙이 묻었고요. 분실물 나라에서는 깔끔하게 있기가 힘들어요."

"음, 무슨 말인지 잘 모르겠구나. 어쨌든 그 돼지 인형은 좀 빨아야겠다."

"아직은 안 돼요." 잭은 크리스마스 피그를 품에 꼭 껴안았다. "헤엄을 못 쳐서 물을 엄청 무서워해요. 그래서 몸이 초록색이 된 거예요. 수로에 빠져서 거의 죽을 뻔했거든요. 엄마가 시피를 빨기 전에 제가 세탁기에 대해 설명해 줘야 돼요. 안 그러면 엄청 겁을 먹을 거예요. 그 전에 시피를 새 자전거에 태워 줘야 돼요. 시피는 자전거 타는 걸 좋아한다고 산타 할아버지가 말해 줬어요."

"꿈을 꾼 모양이구나. 원래는 아직 저 자전거를 보면 안 되는데. 아직 크리스마스가 아니라서."

그러자 브렌던이 손목시계를 들여다보며 말했다.

"크리스마스 맞아. 지금 막 자정에서 1분 지났어."

잭이 말했다.

"배고파요. 분실물 나라에서 3일 있었는데 아무것도 못 먹었어

요. 음식을 먹으면 살아 있는 소년인 걸 들킬까 봐요. 제 말 안 믿
으시죠?"

잭은 엄마와 브렌던의 얼굴을 번갈아 쳐다보았다. 두 사람은
어른들 특유의 다 안다는 듯한 짜증 나는 미소를 짓고 있었다. 실
제로 가서 모든 것을 보고 온 사람은 잭인데 말이다.

"코코아 좀 만들어 줄까?"

엄마는 미소 띤 얼굴로 이렇게 말한 뒤 망가진 천사를 거실 밖
으로 들고 나갔다. 브렌던은 전기난로를 켜 두고 엄마를 도와주러
주방으로 갔다. 거실에는 홀리와 잭만 남았다.

홀리는 잠긴 목소리로 말했다.

"네가 분실물 나라에 다녀왔다는 거 난 믿어. 정말이야, 잭. 네
가 거기서 디피를 만났고 디피가 행복하게 잘 살고 있다니 정말
다행이야. 디피를 차창 밖으로 집어 던져서 정말 정말 정말 미안
해."

"뭐…… 괜찮아. 디피는 해변에 있는 작고 예쁜 집에서 두루마
리 휴지 천사와 함께 살고 있어. 그리고 난 시피를 데리고 있으니
까 이제 괜찮아. 디피는 시피가 세상에서 제일 멋지고 용감한 돼
지 인형이랬어. 그 말은 사실이야."

"분실물 나라에서 또 무슨 일을 겪었니?"

홀리가 물었다. 잭은 홀리와 함께 전기난로 앞에 앉아 얘기를
들려주었다. 별로 안 찾는 물건 마을의 안경 보안관, 도시락 통과
흡입기, 찾고 싶은 물건 마을의 주소록과 시, 슬퍼하는 이 없는 황
야를 한참 가로지른 일, 나침반, 파란 토끼, 간절히 찾는 물건 도
시에서 만난 묘한 존재들, 루저의 집에서 탈출한 일에 이르기까지

다 얘기해 주었다.

잭이 숨을 돌리는 동안 홀리가 말했다.

"그동안 너한테 너무 못되게 굴었어, 잭. 앞으로 다시는 안 괴롭히겠다고 약속할게."

"응, 믿을게." 잭은 괴롭히는 주먹을 떠올렸지만, 그 얘기는 굳이 하지 않았다. 무릎 위에 올려놓은 시피의 몸도 전기난로의 열기에 따뜻해졌다. "그리고 난 누나가 체조를 그만둬야 한다고 생각해. 누나는 이제 체조가 재미없어졌고, 음악을 하고 싶잖아."

홀리는 깜짝 놀랐다.

"그걸 네가 어…… 어떻게 알았어? 아무한테도 말 안 했는데!"

"분실물 나라에 있다 보면 알게 돼."

홀리는 전기난로를 바라보며 말했다.

"전에는 올림픽에 나가고 싶었는데 이제는 아니야. 주말마다 쉬지도 못하고 연습만 하는 대신, 친구들을 만나고 싶어."

"야망을 잃는 게 꼭 나쁘지만은 않아. 저 아래 세상에서 잃어버린 야망을 만났거든. 진짜 못된 여자야. 언젠가는 누나가 멋지고 새로운 야망을 찾을 거라고 믿어."

"난 기타 치는 방법을 배우고 싶어."

"그거 참 잘됐구나." 브렌던이 뜨끈한 코코아가 담긴 큰 컵 두 개를 들고 거실로 돌아오며 말했다. "주디랑 나는 너희가 잠자리에 들기 전에 선물을 풀어 보는 걸 허락하기로 했어. 홀리, 저기 있는 황금색 포장지로 싼 큼직한 선물을 풀어 보렴."

잭은 새 자전거를 묶은 빨간 리본을 풀고 크리스마스 피그에게 멋진 새 자전거를 보여 주었다. 제일 큰 선물의 포장지를 뜯은 홀리는 반짝이는 검은색 기타를 꺼냈다. 홀리가 첫 코드를 연주하는 방법을 익히는 동안 브렌던은 잭이 자전거의 안장 높이를 맞추게 도와주었다. 잠시 후 엄마가 망가진 천사를 들고 거실로 돌아왔다.

엄마는 천사의 얼굴에서 없어진 부분을 가리기 위해 그 부분을 붕대로 덮었고, 구부러진 날개를 폈으며, 손이 없어진 팔에도 붕대를 감아 주었다. 그들 중 키가 제일 큰 브렌던이 천사를 원래 있던 트리 꼭대기에 다시 올려 두었다. 천사는 붕대를 감고 있는 게 당연하다는 듯, 뿌듯해하는 모습으로 미소 지으며 그들을 내려다보았다.

엄마가 말했다.

"난 저 천사가 마음에 들어. 다정해 보이지 않니? 자, 코코아다 마셨으면 어서들 이제 올라가서 자. 몇 시간 후에는 일어나야 해."

계단을 올라간 잭과 홀리는 층계참에 서서 서로에게 다정하게 잘 자라고 인사를 건넸다. 그리고 홀리는 자기 방으로 들어갔다. 잠시 후 엄마가 잭의 방으로 들어와 잘 자라고 뽀뽀를 해 주었다. 방 안의 물건들은 이제 말을 하거나 움직이지 않았다. 원래 눈과 팔이 있던 장난감들 말고는 새로 눈과 팔이 돋아난 물건들도 없었다. 잭은 담요 속으로 파고들어 갔다. 엄마는 잭과 크리스마스 피그에게 차례로 뽀뽀를 해 준 뒤 불을 끄고 문을 닫았다.

잭은 시피의 몸 냄새를 맡으며 침대에 웅크렸다. 시피한테서 수로와 연기 냄새, 엄마의 옅은 향수 냄새가 났다. 조만간 시피는 세탁기에 들어가야 할 것이다. 하지만 시간이 지나면 집 냄새, 잭의 담요 속 따뜻한 동굴 냄새가 다시 몸에 흠뻑 배겠지.

잭이 조용히 속삭였다.

"잘 자, 시피. 메리 크리스마스."

다양한 모험을 하고 돌아와 지친 잭은 눈을 감자마자 잠이 들었다.

기적과 잃어버린 것들의 밤인 크리스마스이브는 지났지만, 어둠 속에서 자그마한 앞발 두 개가 잠든 소년을 꼭 껴안았다.

자그마한 돼지 인형은 행복에 겨워 베개에 눈물을 떨어뜨리며 소곤거렸다.

"잘 자, 잭. 너도 메리 크리스마스!"

감사의 말

《크리스마스 피그》는 써 놓은 지 수년은 된 원고인데 언제나 가슴속에 담아 두고만 있었다. 마침내 세상에 공개하게 되어 기쁘고 속 시원하다.

이 작품을 출간할 수 있었던 것은 오랜 절친 아이네 카일리Aine Kiely의 공이 크다. 몇 년 전 나는 꽤 암울한 시기를 보냈는데, 아이네 덕분에 그래도 1년에 한 번씩 돌아오는 크리스마스에는 온전한 정신으로 지낼 수 있었다. 아이네의 도움을 받아 예전처럼 즐거운 마음으로 이 책을 집필했다. 이번 프로젝트는 루스 올타임스Ruth Alltimes라는 완벽한 편집자와 함께했다. 그녀는 통찰력과 열정, 공감 능력으로 편집이 이토록 즐거운 작업이라는 걸 일깨워 주었다. 스토리를 더 멋지게 만드는 데 도움을 준 스콜라스틱Scholastic 출판사의 에밀리 클레밍Emily Clement에게도 깊이 감사드린다.

《크리스마스 피그》 출간에 힘써 준 친구이자 에이전트인 닐 블레어 Neil Blair와 블레어 파트너십The Blair Partnership 측에도 고맙다는 말을 전하고 싶다.

내게 없어서는 안 될 관리팀 니키 스톤힐Nicky Stonehill, 리베카 솔트 Rebecca Salt, 마크 허친슨Mark Hutchinson에게도 무척 감사드린다. 두 사람은 함께 점심을 먹으며 작품의 스토리 전체를 들어 주었다. 다음에도 또 함께할 수 있기를 기대해 본다.

피오나 샵콧Fiona Shapcott, 디 브룩스Di Brooks, 앤절라 밀른Aangela Milne, 사이먼 브라운Simon Brown이 없었다면 나는 아직도 이 작품을 끝내지 못하고 붙잡고 있었을 것이다. 여러분이 해 주신 모든 것에 감사드린다.

일러스트레이터 짐 필드Jim Field는 이 프로젝트를 위해 완벽한 작업을 해 주었다. 잭과 돼지 인형 두 마리, 분실물 나라를 너무나도 아름답게 그려 주어 어떻게 감사의 말을 전해야 할지 모르겠다. 내가 상상했던 바를 그대로 포착해 낸 그의 일러스트를 볼 때마다 감탄이 절로 나온다.

그리고 마지막으로 가족에게 고맙다는 말을 하고 싶다. 우리 가족 다섯 명과 함께 모래사장에 앉아 쉬는 동안 나는 분실물 나라에 대한 얘기를 들려주었다. 그때부터 《크리스마스 피그》는 제대로 각성해 생생한 작품의 틀을 갖추기 시작했다. 가족들의 열정과 관심, 논리적인 질문 덕분에 나는 계속 작품을 써 나갈 수 있었다. 이 작품 속 물건들과 우리 가족이 잃었거나 다시 찾아낸 물건들과 비슷한 점이 있다면, 그건 전적으로 내가 의도한 것이다.

J.K. 롤링
J.K. Rowlling

J.K. 롤링^{J. K. Rowling}은 5억 부 이상 판매되고 80여 개 언어로 번역되었으며 여덟 편의 블록버스터 영화로 만들어진 〈해리 포터^{Harry Potter}〉시리즈의 작가다. 그녀는 자선 사업을 위해 〈신비한 동물사전^{Fantastic Beasts and Where to Find Them}〉을 포함한 세 편의 단편을 책으로 출간하기도 했는데, 이 책들은 새로운 영화 시리즈가 탄생하는 데 영감을 주었다. 또한 성인이 된 해리 포터의 이야기를 담은 연극 〈해리 포터와 저주 받은 아이^{Harry Potter and the Cursed Child}〉 대본을 잭 손, 존 티퍼니와 함께 집필했다.

2020년에는 코로나로 인해 집에만 있어야 하는 어린이들을 위해 동화 《이카보그^{The Ickabog}》를 출간했다. 원래 온라인에서 무료로 연재하다가, 나중에 코로나로 인해 고통 받는 취약계층을 돕기 위해 자신이 세운 자선단체 '볼란트^{Volant}'에 단행본 저작권료를 기부했다.

J.K. 롤링은 로버트 갤브레이스라는 이름으로 추리 소설도 출간하는

등 활발한 작품 활동을 하며 수많은 상을 받았다. 그녀는 '볼란트'를 통해 수많은 인도주의적 활동을 지지하고 있으며, 어린이 자선 단체 '루모스Lumos'를 창립하기도 했다.

그녀는 자신이 기억하는 제일 오래된 꿈이 작가가 되는 것이었다고 한다. 지금은 가족과 함께 스코틀랜드에서 살고 있다.

짐 필드
Jim Field

짐 필드Jim Field는 일러스트레이터 겸 캐릭터 디자이너 겸 애니메이션 감독이다. 동화 《어이 개구리!Oi Frog!》, 《사자의 속마음The Lion Inside》, 어린이 시리즈 책 《토끼와 곰Rabbit and Bear》, 데이비드 바디엘David Baddiel 작가의 어린이 소설들, 본인이 직접 쓴 이중언어 그림책 《휴일의 무슈 로스코 Monsieur Roscoe On Holiday》 등 세계적인 베스트셀러 및 수많은 상을 받은 동화들의 일러스트를 그렸다.

영국 판버러에서 어린 시절을 보냈고 런던에서 일했으며 지금은 아내, 어린 딸과 함께 파리에서 살고 있다.

J.K. ROWLING

해리포터

HARRY POTTER

〈해리 포터〉 세대가 새로운 〈해리 포터〉 세대를 위해 번역한 책!
원작의 완성도를 높인 번역으로 J.K. 롤링의 숨결을 되살리다!

〈해리포터〉 시리즈

J.K. 롤링 지음 | **강동혁** 옮김

21세기를 대표하는 아이콘, 해리 포터
새로운 번역으로 새로운 모험이 펼쳐진다.

· J. K. ROWLING

이카보그

우리 안에 잠들어 있는 용기와 희망을 깨우는 놀라운 모험!
개성 넘치는 34명 어린이 화가와 세계적 작가 롤링의 환상 컬래버레이션!

〈이카보그 일러스트 공모전〉 수상작품 수록

J.K. 롤링 지음 | **박아람** 옮김

너그럽고 인정 많은 사람들이 살아가는 코르누코피아 왕국을 쑥대밭으로 만들어 놓은 전설의 괴물, 이카보그. 계속되는 비극을 끊어내기 위해 버트와 데이지, 두 어린이가 모험을 떠나는데⋯⋯.

옮긴이_공보경

고려대학교 영어영문학과를 졸업하고 소설, 에세이, 인문 분야 전문 번역가로 활동하고 있다. 옮긴 책으로 《메이즈 러너》 시리즈, 《테메레르》 시리즈, 《제인 스틸》, 《아크라 문서》, 《작은 아씨들》, 《물에 잠긴 세계》, 《하이라이즈》, 《양들의 침묵》, 《개들의 섬》 등이 있다.

크리스마스 피그

초판 1쇄 발행 2021년 10월 12일
초판 9쇄 발행 2023년 12월 20일

지은이 | J.K. 롤링
그린이 | 짐 필드
옮긴이 | 공보경
발행인 | 강봉자, 김은경

펴낸곳 | (주) 문학수첩
주소 | 경기도 파주시 회동길 503-1(문발동 633-4) 출판문화단지
전화 | 031-955-9088(마케팅부), 9530(편집부)
팩스 | 031-955-9066
등록 | 1991년 11월 27일 제16-482호

홈페이지 | www.moonhak.co.kr
블로그 | blog.naver.com/moonhak91
이메일 | moonhak@moonhak.co.kr

ISBN 978-89-8392-882-5 03840

* 파본은 구매처에서 바꾸어 드립니다.